君に読ませたいミステリがあるんだ

東川篤哉

実業之日本社

目次

装画　カスヤナガト
装幀　高柳雅人

君に読ませたいミステリがあるんだ

文芸部長と『音楽室の殺人』

東京都国分寺市《こくぶんじし》の真ん中あたり。『恋ヶ窪《こいがくぼ》』の名で呼ばれる一帯は、古き良き武蔵野《むさしの》の面影を残す住宅街だ。積み木のように並び立つ真新しい住宅の傍らには、現在でも野菜畑や雑木林といった昔ながらの景色を見つけることができる。敢えていうなら都市の中の田舎《いなか》。そんな素敵な環境の中、堂々と聳《そび》え立つ学びの殿堂といえば、いわずと知れた有名私立高校、その名を『鯉ヶ窪《こいがくぼ》学園高等部』という。あまりにも普通すぎる普通科と、身の程知らずな芸能クラスを併せ持ち、数々の有益な人材とそうじゃない人材を主に中央線沿線に送り出してきた名門中の《迷門》。

そんな鯉ヶ窪学園がまたしても大勢の新入生を迎えて新たな一年をスタートさせた、四月上旬のこと――「ふうん、ここが『文芸部』かぁ」

僕は、その入口に掲げられたプレートの文字を見上げながら、阿呆《あほう》のように呟《つぶや》いていた。『文芸部』――と僕には確かにそう読めた。いや、そうとしか読めなかった。

ひょっとすると、この学園に通い慣れた上級生ならば、正確に判読できたのかもしれない。だが一週間前に入学式を終えたばかりで、それこそ右も左も判《わか》らない、場合によっては上と下だってうっかり間違いそうになる、そんな頼りない新入生の僕にとって、それは疑いようもなく『文芸部』の入口であるように思われたのだ。

「……にしても、部室がプレハブ小屋って変わってるな」

呟きながら、あらためて目の前の建物を見渡す。そこは鯉ケ窪学園の北側で、しかも建ち並ぶ校舎の裏側。《一日二十四時間のうち二十二時間ほどが日陰、もしくは夜》という哀《かな》しい環境の中に、そのプレハブ小屋は建っていた。大きさはJR武蔵野線でよく見かける貨物列車のコンテナ程度だろうか。傍らには、いまはもう使われなくなった焼却炉が何かのモニュメントのごとく屹立《きつりつ》している。薄汚れた焼却炉の周囲には、この小屋がただひとつあるばかり。あとは雑草さえもあまり生えないような、湿った土の地面が広がるばかりだ。

校庭や教室に満ちる生徒たちの喧騒《けんそう》から敢《あ》えて一歩距離を置いたような、寂しげな空間。あるいは単に《打ち捨てられたような》と形容しても構わないのかもしれないけれど、そんなプレハブ小屋の前で、僕はひとつ大きく深呼吸。それから意を決して目の前の引き戸を拳《こぶし》で二度叩《たた》いた。

合板でできた素っ気ない戸が新型の打楽器のごとくに「ボコン、バコン！」と間抜けな音色を奏でる。それに応えたのは意外にも（といっては失礼だが……）フルートの美しい低音を思わせるような、凛《りん》として透き通った女性の声だった。

「ん、誰だー？　入口なら開いてるぞー。入りたいなら勝手に入れー」

美しい声とは裏腹に、口調は酷《ひど》くぶっきらぼうだ。ドキリと胸を弾ませた僕は、「あ、あのー、僕、入部を希望する者ですが……」といって戸の引き手に恐る恐る手を掛ける。

だが、それを引こうとした次の瞬間、目の前の引き戸は空気を切り裂くような、ズバッという鋭い音を放ちながら、いきなり真横に開いた。まるで壊れた自動ドアだ。危うく片手を持っていかれそうになった僕は、驚きのあまり半歩ほど後ずさり。怯《おび》えた視線を入口に向けると、そこには長い黒髪をなびかせて立つ、見知らぬ女子の姿があった。戸を開け放った体勢のまま、変な魔法にでもかかったように硬直している。——誰だ、この人？

「………」僕は無言のまま、目の前の彼女を見詰めた。

皺《しわ》ひとつない茶色のブレザーに清潔感のある白いシャツ。胸元には赤いリボン。チェックのミニスカートから伸びる真《ま》っ直《す》ぐな両脚。足許《あしもと》は定番の紺色ソックス、そしてピカピカに磨き抜かれた黒のローファーだ。

これほど学園の制服がバッチリ似合っている女子を、僕は入学式以降、初めて見た気がした。そんな彼女は興奮気味に「はッはッ……」と荒い呼吸を繰り返しながら、一段高くなった入口から僕のことを見下ろしている。その目は十年捜し求めた珍獣に出会った動物学者のごとく、怪しい光を放っていた。必然的に僕は珍獣になった気分だ。捕獲されては大変——とばかりに思わずくるりと回れ右して逃走の構えを見せると、

「——こら、待て、君！」

いきなり制服の背中をむんずと摑《つか》まれた。そのまま物凄《ものすご》い力でプレハブ小屋の中に引きずり込まれたかと思うと、「えい！」と両手で突き飛ばされて、僕は部屋の中央にあった肘掛け椅子にドスンと腰を落とす。啞然《あぜん》とする僕の前で黒髪ロングの彼女は、入口の引き戸を素早く閉めると、背中を向けたままで何やらゴソゴソ。そして、ハイ一丁上がり——とばかりに両手をパンパンと

払いながら、こちらに向き直る。彼女は意地悪そうな切れ長の目をカミソリの刃のように細めると、唇の端にニヤリとした笑みを覗《のぞ》かせる。そして、いきなり僕にこういった。

「ようこそ『第二文芸部』へ。歓迎するぞ」

「………」狭いプレハブ小屋に、ちょっと長めの静寂が舞い降りる。

僕は首を回して、あたりの様子を素早く観察した。陽射しのない室内は、放課後を迎えたばかりだというのに、すでに夕暮れ時を思わせるほどに薄暗い。そんな中、まず目に付くのは部屋の奥にデンと据えられた背の高い本棚。棚板の上は判型の違う雑多な書籍がギッシリだ。本棚の隣にはアンティーク、というより単に時代遅れと形容したくなる古いデスクと回転椅子。机の上にはアーム式の照明器具と閉じたノートパソコン。片隅の棚には珈琲《コーヒー》メーカーと保温ポット、マグカップなどが雑然と並べてある。あとは僕がいま座っている肘掛け椅子があるぐらい。

僕の見る限りでは、いちおう文芸部の部室と見て間違いない空間に思えるのだが――

「はぁ、『第二文芸部』……?」僕は戸惑いの声を響かせた。

なんだ、その第二ってのは？　まるで超複雑な組織図を持つ大手出版社の部署みたいな名前ではないか。第一文芸部、第二文芸部、第三文芸部第四図書出版――とかなんとか、そういうやつなのか？　僕は肘掛け椅子に座ったまま、目をパチクリさせた。

「ええっと、要するに、ここは文芸部の部室ではないってこと？」

「おや、聞こえなかったのか？」黒髪を揺らして小首を傾《かし》げた彼女は、悠然と肘掛け椅子の背後に回り込む。そして背もたれ越しに僕の耳元へと囁《ささや》きかけた。「もちろん、ここは文芸部に決まっている。いったろ、第二文芸部だって。君が見た入口のプレートにも書いてあったはずだ。

小さな文字で『第二』って文字が」

「え？　いやいや、入口にはただの『文芸部』って書いてあったはず……」

思わず椅子を立った僕は、事実を確認するために入口へと駆け寄り、引き戸に手を掛ける。だが時すでに遅し――「あれ、開かない!?　え、なんで……うわ、鍵が掛かってる！」

唯一の入口は、いつの間にか南京錠《なんきんじょう》で施錠されていた。もちろん、意地悪な目をした彼女の仕業だ。事実、振り返った僕の視線の先で、彼女は細い指先にぶら下げた小さな鍵を愉快そうに振って見せた。「わざわざ外に出て確認するまでもないだろ。この私がいうんだから事実だ。米粒に書かれたような小さな文字だから、きっと読み損なったんだな」

「………」読み損なったんじゃない。騙《だま》されたんだ。僕はようやくその事実に気付く。

「まあ、いいじゃないか。とにかく、ここは第二文芸部の部室。そして私は第二文芸部の部長を務める三年女子。そういや、まだ名前をいってなかったな」そういって彼女は赤いリボンの胸に右手を当てると、その印象的な名前を初めて僕の前で口にした。「私の名前は水崎《みずさき》。水崎アンナだ。流れる『水』に茅ケ崎《ちがさき》の『崎』、『アンナ』はカタカナだ。判るだろ」

「はあ、水崎、アンナ……第二文芸部の部長……!?」

呆けたように呟く僕の前で「そのとおり」と頷《うなず》いた彼女は、自嘲的《じちょうてき》な笑みを浮かべながら綺麗な黒髪を右手で掻《か》き上げた。「ま、部長といっても、いまのところ部員は私ひとりだけだがな」

自分で入部を希望しておいて、こんなことをいうのもアレだが、僕の頭の中では文芸部というところは、教頭先生のようなダサい眼鏡《めがね》を掛けた髪の毛ボサボサのむさくるしい男子が、同じくダサい眼鏡を掛けたそばかすだらけの地味な女子を相手に、訳の判らない文学論を語る部活動——と、そんな印象があった（もちろん百パーセント、僕の偏見だが）。

　では第二文芸部の場合、通常の文芸部といったい何が違うのか？

　その点を真っ先に確認すると、水崎先輩（三年生なので、そう呼ばざるを得ない……）は突然、不機嫌な虎のごとく部室の中を大股で歩き回りながら、眉間に深い皺を刻む。

「文芸部と何が違うかだと？　ふん、愚問だな。そもそも文芸部なんて教頭先生のようなダサい眼鏡を掛けた髪の毛ボサボサで足だって絶対臭いにきまっている超むさくるしい男子が……」

　と水崎先輩は僕と同じかそれ以上の偏見を口にすると、いきなり返す刀で、

「だが第二文芸部は違う！」

　そういって力強く拳を振った。「第二文芸部、それは部室で顔を寄せ合いながら不毛な文学論を戦わせるような無益で堕落した部活動ではなく、あくまでも実践的な活動を本分とし、最終的にはプロとして作家デビューを目指す本格的な創作集団だ。アマチュア根性丸出しで、同人誌にくだらないポエムや私小説まがいの雑文などを載せて悦にいっている文芸部の連中とは目指すものが違う。足だって臭くない！」

「そ、そうですか……」確かめる術がないので、僕は頷くしかない。

「とにかく、私たちを文芸部員と一緒にしないようにしてほしい。私たちが目論《もくろ》むのは、あくまでもプロデビュー。あわよくばベストセラーをモノにしての一攫千金《いっかくせんきん》、そして夢の印税生活。それが私たちの究極目標だ。——いや、まあ、『私たち』っていっても、いまのところは私しかいないんだがな」

「…………」志が高いのか、それとも単に欲深いだけなのか。それはともかく水崎アンナという人、美人のわりに結構孤独な学園生活を送っているようだ。「なるほど、確かに普通の文芸部とは、ひと味違うみたいですね」

「だろ。君も第二文芸部に入って青春を謳歌《おうか》しないか」

冗談みたいな誘い文句を真顔で口にする女性部長。だが正直なところ、この薄暗いプレハブ小屋の中で、彼女が充分に青春を謳歌しているとは到底思えない。

僕は彼女にこう切り出した。「さっき水崎先輩、《第二文芸部は実践的な活動を本分》とするっていいましたよね。それから《本格的な創作集団》とも」

「そうだ。まあ、創作集団といっても、私ひとりの《集団》だが――それがどうかしたか？」

「だったら、過去の創作物があるはずですよね。純文学でもエンタメでも、水崎先輩が書かれたものが。それを見せてもらえませんか。その作品を読んでから入部の判断をするってことで、どうですかね……？」

すると僕の頼みを聞いて、先輩は一瞬キョトン。だが次の瞬間には、なぜか両の頬を赤く上気させながら、「え!?　な、なんだって、き、君が読みたいって!?　こ、この私の作品を!?　そっかそっかぁ、あ、ああ、もちろんいいとも。じゃあ、ちょっと待っててくれよ――」

挙動不審な態度でデスクに歩み寄った先輩は、いそいそと袖の引き出しを開ける。中には原稿の束がぎっしりだ。先輩はどこかフワフワした様子で、それをデスクの上に広げながら、

「え、ええっと、どれがいいかなあ。結構いろいろ書いたんだよなあ。ＳＦだろ、ホラーだろ、これはファンタジー、こっちは青春ラブコメ……うわッ、君、それは駄目だ！」

「え、なんでです?」僕はダブルクリップで留められた原稿を手にしながら、「これ、面白そうじゃないですか。『裏切りの絆《きずな》』って――ハードボイルド小説ですか?」

「いや、違う。それはBL小説だから、読んじゃ駄目!」

水崎先輩は禁断の原稿を僕の手から奪い取ると、自らの黒歴史を封印するかのごとく、それを引き出しの中へと叩き込んだ。

「………」ふぅん、BLですかぁ、先輩もなかなか腐ってますねぇ。

意味深な視線を向ける僕をよそに、水崎先輩は何事もなかったような澄まし顔。引き出しの中を掻き回して、また別の原稿を取り出すと、「やあ、あった、あった! これだ。これをぜひ君に読ませたい」といって原稿の表面をパッパッと右手で払った。

見ると、そこには印刷された大きな文字で、

『鯉ケ窪学園の事件簿20XX年度版(仮)』

というタイトルが記されてある。どうやら、うちの学園を舞台にしたミステリ小説らしい。

「いわゆる連作推理短編集ってやつだ。これなら一話ずつ読めるから、あまり負担にもならない。いますぐ、ここで読めるぞ。――君、ミステリは好きか」

「はあ、有名な作品はいくつか読みましたが、べつに好きでも嫌いでもないって感じですかね」

そんな僕の答えを聞いた水崎先輩は、次の瞬間、何かを企むようなニヤリとした笑みを浮かべると、「よーし、だったら、これに決定!」と断言。もはや他の原稿に用はないとばかりに、それらを再び引き出しの中へと仕舞い込むと、「ああ、君は、そこの椅子に座ってくれ」

先輩は原稿を束ねたダブルクリップを外しながら、デスクの前の回転椅子を顎で示した。

指示されたとおり椅子に座る僕。その背後から先輩の手が伸びてきて、デスクの上に最初の短編原稿を差し出した。右肩をホッチキスで綴《と》じられたA4サイズのコピー用紙。そこにビッシリと細かい活字が印刷されている。厚みから察するに十五枚前後だろうか。それが原稿用紙換算で何枚程度になるのか、創作経験のない僕にはよく判らなかった。

最初のページの第一行目に視線を向ければ、そこにはやや大きめの活字で、

『音楽室の殺人』

とある。これが第一話のタイトルらしい。学園ミステリでありながら、がっつり人が死ぬ話のようだ。

「でもまあ、確かにBLよりは読みやすそうですね」僕が率直な感想を述べると、

「BLのことは忘れろ。もういっぺんいったら殺す」先輩は頰を赤くして僕を脅した。

『音楽室の殺人』

1

それは校庭のそこかしこを桜の花たちが彩る、とある春の日の出来事だった。

武蔵野の一角、国分寺は恋ケ窪にある私立の名門、鯉ケ窪学園。その片隅にある第二文芸部の部室では、ひとりの美少女が独自の創作活動に励んでいた。

鯉ケ窪学園普通科に所属する二年生女子。水咲《みずさき》アンナ、十七歳である。

容姿端麗にして頭脳明晰《めいせき》。眉目秀麗にして才気煥発《さいきかんぱつ》。振る舞いは優美かつ慎ましやかであり、言動は穏やかにして的を外さない。下級生からは姉のように慕われ、上級生からは妹のように愛される稀有な存在で、付いたあだ名が《二刀流》。おまけに教師からの信頼も分厚い彼女は、べつに自ら望んだわけでもないのだが、大半の部員たちの要請もあって、第二文芸部における部長の重責を担っている。

ちなみに第二文芸部とは、部室で顔を寄せ合いながら不毛な文学論を戦わせるようなくだらない部活動ではなく、あくまでも実践的な活動を本分とし、最終的には作家デビューを目指す本格的創作集団。目標はあくまでプロデビュー。あわよくば一攫千金、そして印税生活である。

まあ、細かいことはともかくとして、水咲アンナが文芸部の者たちと根本的に違うという点だけは、いくら強調しても強調しすぎることはないだろう。が、それはさておき――

創作に没頭していたアンナが、ふと我に返ると、先ほどまで窓辺を照らしていた春の陽光はすでになく、あたりには夜の気配が舞い降りていた。こんなふうに暗くなるまで部活動に精を出しているのは、おそらく学園名物の弱小野球部と、水咲アンナ率いる第二文芸部だけだろう。その第二文芸部の仲間たちも、すでに部室を後にした。残るは部長のアンナただひとりである。

壁の時計はすでに午後六時を回っていた。

「やれやれ、もうこんな時間か。仕方ない。私もそろそろ帰るとするか……」

ノートパソコンを閉じたアンナは、回転椅子の上で疲れた肩をぐるぐると回す。そんな彼女の目に飛び込んできたのは、デスクの片隅に置かれた一冊の分厚い本だった。西洋の宗教関連の専門書で、特に魔女狩りや魔女裁判について詳しく書かれた本である。現在、アンナが鋭意創作に取り組んでいる傑作長編ファンタジーのための資料なのだが、もちろん彼女自身の持ち物ではない。これは国語教師、箕輪雅彦《みのわまさひこ》教諭に借りた本だ。すでに資料が必要な箇所は書き終えたから、いますぐ返しにいってもいいのだが、果たしてこの時間、箕輪教諭はまだ校内に居残っているだろうか。

「昼間には確かにいたようだが……」

そう思いつつ、アンナは部室の窓から校舎のシルエットを見やる。箕輪教諭がいるとすれば第一校舎のほうだろう。職員室か、もしくは彼が担任を務める二年A組の教室にいるかもしれない。

僅かな可能性に期待して、アンナは借り物の本とスクールバッグを手に部室を出た。

ちなみに第二文芸部の部室は、日中は陽光燦燦《ようこうさんさん》と降り注ぐ絶好の立地。学園設立記念のモニュメントが屹立するすぐ傍《そば》だ。その特徴的な建物はパッと見た感じ、現代アートかと見紛《みまが》うばかりのスタイリッシュな建造物であり、第二文芸部は学園側の厚意により、それを部室として独占的に使用させてもらっている。アンナは扉のオートロックが正常に機能していることを確認してから、ひとりスタイリッシュな部室を後にした。

校舎の脇を通って校庭に出れば、そこから第一校舎の明かりが確認できる。建物のほぼ中央付近の二階部分に明かりが見えた。アンナの口から思わず快哉《かいさい》が漏れる。

「おお、あれこそはまさしく二年A組の教室！」

さっそく彼女は第一校舎の中央にある正面玄関から、建物の中へと足を踏み入れた。階段で二階に上がって廊下を右に曲がれば、すぐそこが二年A組。箕輪教諭の教室だ。入口の窓から薄暗い廊下に向かって明かりが漏れている。アンナは入口の引き戸を軽く叩くと、「水咲です。入ります」といって引き戸を開けた。だが次の瞬間、「――あれ？」

彼女は肩透かしを食らった気分で、思わず首を傾げた。

そこには誰の姿もなかった。教室の明かりは点《つ》きっ放しで、教卓の上には採点中の小テストらしきものが広げられている。なのに、肝心の国語教師の姿だけがどこにもないのだ。

「おかしいな。箕輪先生、テストの採点ほったらかして、飯でも食いにいったのか……？」

するとそのとき、カツカツカツ……と階段を上がってくる誰かの足音。ハッとして振り返ると、彼女のすぐ目の前に馴染《なじ》みの国語教師の気さくな笑顔があった。

「よお、どうしたんだ、水咲。こんな時間まで補習でも受けてたのか」

彼こそは箕輪雅彦教諭だった。年齢は三十一歳。中肉中背で知性的な顔立ち。その授業は《賢い女子に大人気で、馬鹿な男子にも判りやすい》と生徒たちの間で評判が高い。真新しいグレーのスーツを一分の隙もなく着こなした姿は、国語教師というより一流商社マンといった雰囲気だ。

慌てたアンナは彼の顔から視線を逸《そ》らし、皺ひとつないスーツの肩のラインを眺めながら、控えめに首を振った。

「あ、いえ、補習じゃありません。さっきまで部室で創作に励んでいたんです。先生からお借りした本を参考にしながら。そうこうするうちに、ふと気が付いたら、もうこんな遅い時刻になってしまっていて……」

普段、友人たちの前では男よりも男らしい言葉遣いをする水咲アンナだが、先輩や教師の前ではまともな敬語で話す。誰彼構わずタメ口で通す礼儀知らずなヤンキーやギャルたちとは、そもそも人間の出来が違うのである。

「それで本をお返ししようと思って、先生の教室に伺ったのですが、いらっしゃらないので飯でも食いにいかれたのかな、と……」

　水咲アンナは礼儀をよく知る女だが、敬語をよく知るわけではない。内心シマッタと舌打ちする彼女の前で、箕輪教諭は端整な顔に柔らかい笑みを覗かせた。

「ああ、そういうことか。いや、飯じゃないよ。昼間の補習でやらせた小テストを採点していたら、急に腹の具合が悪くなってね。ちょっとトイレにいっていていただけさ」

「そうでしたか。――あ、この本、ありがとうございました」

　アンナは手にした本をおずおずと箕輪教諭に差し出した。それを受け取った彼は、なぜかスタスタと廊下の窓辺に歩み寄り、外の景色へと視線を向けた。中庭に植えられた桜の大木。窓辺まで伸びた枝の向こうに、第二校舎が見える。第一校舎と第二校舎はほぼ同じ造りをした建物が並行して並ぶ、いわば双子の校舎。したがって、こちらの廊下側の窓から見えるのは、第二校舎の教室側の窓ということになる。ほとんどの窓に人の気配がない中、第二校舎の中央三階部分には確かな明かりが見える。音楽室の窓だ。

　――音楽教師といえば浦本響子《うらもときょうこ》先生。

　それはアンナにとっても、すでにお馴染みの名前である。優雅にピアノを奏でる美人音楽教師の姿を脳裏に描きながら、アンナは箕輪教諭へと視線を戻した。

「音楽室がどうかしましたか、先生？」

「うん、実はこの本、僕の本じゃないんだ。音楽の浦本先生の本で、それを僕が借りたんだよ。君がこの手の本を探しているみたいだったから」

「え、じゃあ、この本って又貸しだったんですか」

「そういうこと。僕だって、こんな難しい本はわざわざ買って読まないよ」自嘲気味の笑みを覗かせた国語教師は教卓の上にある小テストと、音楽室の明かりを交互に見やりながら、目の前の彼女にいった。「悪いけど物はついでだ。この本、浦本先生に返してやってくれないか。いまは音楽室にいるみたいだからさ」

えー？　自分で借りたんなら自分で返せばいいじゃないですか。なんで、私があんな遥《はる》か遠くにある第二校舎まで延々と歩いて、箕輪先生が借りた本を返しにいってやらなくちゃいけないんですか――と胸の奥でブツクサ呟きながらも、アンナは目の前のイケメン教師に百点満点の笑顔を向けた。「ええ、もちろん構いませんよ。私がお借りした本ですから。それじゃあ、いまからいってきますね」

再び本を受け取ったアンナは教師に対して丁寧に一礼。くるりと踵《きびす》を返すと、階段をゆっくりと下りていく。そんな彼女の背中に向かって、箕輪雅彦教諭の口から「頼んだよ」という優しい声が飛んだ。

2

踊り場をターンして階段を下りれば、そこは第一校舎の裏口だ。先ほどは正面玄関から入ったが、第二校舎へ向かうなら裏口から出るのが正しい。水咲アンナは迷わず裏口から外へと足を踏み出した。目の前に広がるのは、すっかり暗くなった中庭だ。その中央を突っ切るように屋根の付いた渡り廊下が延びている。

アンナは右肩にスクールバッグ、左手に借り物の本を持ちながら、渡り廊下を真っ直ぐ歩いて第二校舎へと向かった。そうしてたどり着いたのは第二校舎の正面玄関だ。建物の中へと足を踏み入れると、廊下は薄暗くあたりはシンと静まり返っている。なんだか不気味な予感を覚えながら、アンナは二階へ向かって階段を上がっていった。

カツン、カツン、カツン……

薄暗い空間に響き渡る自分の靴音。それに混じって、誰か違う人の足音が聞こえた気がして、思わずアンナは踊り場でいったん足を止めた。「ん？　誰かいるのか……」

誰にともなく問い掛けるアンナ。その瞬間、今度は誰かに見られているような気配。咄嗟《とっさ》に彼女は怯えた視線で左右を見渡した。するとそのとき、中庭を向いたサッシ窓の向こう側に、絶世の黒髪美人の顔が！　恐怖のあまりギクリと首をすくめたアンナは、しかしその直後にはホッと胸を撫《な》で下ろしながら、「――なんだ、私の顔か」

絶世の美人と思えたのも無理はない。それは窓ガラスに映るアンナ自身の顔だった。不安を払拭した彼女の耳には、もう先ほどの不審な足音も聞こえなかった。透明なガラス越しに見えるのは、たったいま歩いてきた渡り廊下の低い屋根ばかりだ。

「どうやら空耳だったようだな……」

自分に言い聞かせるように呟くと、アンナは再び階段を上っていった。二階を通過して三階へ。そして今度は廊下を左手に曲がる。すぐそこにある教室が音楽室だ。入口の窓からは確かに明かりが漏れている。だが浦本響子教諭は本当にいるのだろうか。若干の不安を覚えながら、音楽室の引き戸に手を掛ける。と、そのとき突然――ガラガラッ！

アンナが引き戸を引くよりも先に、目の前のそれが勢いよく真横に開かれた。アッと叫び声を発する暇さえもない。全開になった入口の向こう側から、いきなり躍り出てくる黒い影。それは無防備な彼女の身体《からだ》を目掛けて、頭を低くしながら全力の体当たりを敢行してきた。学園一のスレンダーボディと称される水咲アンナの華奢《きゃしゃ》な肉体が、その衝撃に耐えられるわけもない。

「あれぇぇぇ……」

か弱い悲鳴をあげながら、廊下の端まで吹っ飛ばされていく学園一のスレンダーボディ。無様に床に這《は》いつくばった彼女の視界の端を、黒っぽい姿をした何者かが駆け抜けていく。

『待ちなさい』と咄嗟に叫ぼうとするアンナだったが、次の瞬間には『いや、待たれても困る』と思い直して死んだフリ。そのまま黙ってやり過ごすと、謎の人物は音も立てない俊敏な動きで階段を駆け下り、瞬く間に三階から姿を消した。すべては一瞬の出来事だった。

暴漢の気配が消えるのを待って、アンナは廊下の端でむっくりと身体を起こした。

「くそ、なんだ、いまのは⁉　いったい、どーいうことだ⁉」

痛む腰や背中を押さえながらヨタヨタと立ち上がる。とてもじゃないが謎の人物を追いかける気力はない。廊下に転がるスクールバッグと分厚い本。それらを横目で見やりながら、とりあえず彼女は開きっぱなしの入口から音楽室の中を覗き込んだ。

「おい、誰かいるか？　いや、誰かいますか……先生……浦本先生……？」

だが返事はない。アンナは意を決して音楽室に足を踏み入れる。整然と並んだ机と教卓。その向こうにデンとした存在感を示しているのは、《音楽室の象徴》グランドピアノだ。強い磁力に引き付けられる金具のごとくに、彼女はそのピアノへとゆっくり歩み寄っていった。

回り込むようにピアノの前方を覗き込む。次の瞬間、視界に飛び込んできた驚くべき光景。そのあまりの意外さに、彼女は思わず息を呑《の》んだ。

黒光りするグランドピアノの前。腰掛けから滑り落ちたような恰好《かっこう》で、床の上に転がる若い女性の姿があった。白いブラウスに紺色のスカート。浦本響子教諭に間違いなかった。その首筋にはなぜか一本のロープ。それは邪悪な蛇のごとく、彼女の細い首筋に絡み付いている。床に倒れたその身体は、不自然な体勢のままピクリともせず動きを止めていた。

「…………」脈を診るまでもない、とアンナは確信した。

音楽教師、浦本響子は何者かに首を絞められて、すでに絶命しているのだった――

3

「きゃあぁぁぁぁ――ッ」

水咲アンナはあられもない悲鳴をあげながら、音楽室を飛び出した。先ほどはゆっくり一段ずつ上がってきた階段を、今度は二段とばしで駆け下りる。第二校舎の正面玄関を出ると、目の前の渡り廊下を自分史上最速のダッシュで一気に駆け抜ける。低い屋根に反響するアンナの足音。そのまま第一校舎に舞い戻った彼女は、ふらつく足で階段を数段上がったところで、

「――先生！　箕輪先生ッ！」

二階に向かって必死に叫ぶ。その声は確かに二年A組の教室に届いたらしい。間もなく激しい

靴音を響かせながら、グレーのスーツを着た男性教師が階段を駆け下りてきた。

「どうした、水咲、何があったんだ!?」

階段の途中で倒れそうになる彼女の身体を、箕輪教諭のたくましい腕が支える。アンナは喘《あえ》ぐように口をパクパクさせつつ、「音楽室で……浦本先生が……」といって第二校舎のほうを指で示すのが精一杯だった。『浦本先生が殺されています』とまでは怖くて口にできない。

それでもとにかく、重大事であるということだけは伝わったらしい。

「よし、判った。音楽室だな」力強く頷くと、すぐさま箕輪教諭は裏口を飛び出していった。

「あ、待って。私もいきます!」叫びながら、アンナも慌てて彼の背中を追いかける。

相前後しながら渡り廊下を駆け抜ける箕輪教諭と水咲アンナ。だが第二校舎の正面玄関に間もなくたどり着こうとしたとき、「――おや?」

何かに気を取られた様子で、箕輪教諭が突然立ち止まる。後ろを走るアンナはスーツの背中に勢いよく鼻面をぶつけて、「――んが」と恥ずかしい声をあげた。「なんれすか、先生。急に止まんないれくらさい」

鼻を押さえながら抗議すると、箕輪教諭は「やあ、すまん」と片手で謝罪のポーズ。そして暗い中庭の一方、第二校舎に向かって左手の方角を指差しながら、「向こうに誰かいる」と声を潜めていった。「なんだか小競り合いしているみたいだが……」

確かに彼のいうとおり、何者かの声が聞こえる。男性同士が言い争うような険悪な声だ。よくよく目を凝らせば、暗闇の向こうに男性二人らしきシルエットも見える。咄嗟にアンナは事件との関連性を疑った。とはいえ音楽室で倒れている浦本教諭のことも後回しにはできない。そこで彼女は蛮勇を奮って、目の前の国語教師に提案した。

「先生は音楽室へ急いでください。私は彼らに事情を聞いてみたいので」

よし判った、と頷いた箕輪教諭は、アンナを渡り廊下に残して、自分は正面玄関から第二校舎へと消えていった。『音楽室で女性教師が首を絞められて死んでいる』という事実を、アンナが正確に伝えていたなら、箕輪教諭も彼女を残して別行動などしなかったはずだ。

彼は音楽室のあの状況を見て、どんな反応を示すのだろう。自分がそうだったように、やはり悲鳴をあげるのだろうか……？

そんなことを思いながら、アンナは声のするほうに向かって中庭を小走りに進んだ。するると渡り廊下からずいぶん離れたところに、争う男二人の影。二人とも闇に溶け込むような黒の学ラン姿だ。これこそが鯉ケ窪学園男子の伝統的かつ時代遅れな制服である。

ひとりは長身で髪の長い男子。対するは、肩からバッグを提げた小太りの男子。いや、正直いって、男子という呼び名が相応《ふさわ》しくないと思えるほど、なんだか妙にフケ顔の男である。

二人の争いの原因が何であるかは知らない。だが見る限りにおいては、長身の男が小太りの男の腕をがっしり摑んでいる状況だ。逆に小太りの男は相手の手を何とか振り解《ほど》いて、ここを逃げ出そうとする構え。二人の間では不毛な押し問答が繰り広げられていた。

「おら、逃げんじゃねえ。おとなしくしろよ、てめえ。ばれてんだぞ、このクソが」

「ぼ、僕は何もしていないじゃないか。た、ただ中庭を歩いていただけだろ」

駆け寄ったアンナは、争う二人の間に割って入った。

「おい、やめろ、君たち。いったい何を揉《も》めてるんだ。いいから事情を話せよ」

彼女の鋭い問い掛けに、まず口を開いたのは長身の彼だった。

「この男が、いきなり俺にぶつかってきやがったんだよ」彼は小太りの男の腕を摑んだままで続けた。「俺はスマホをいじりながら、この中庭を歩いてたんだ。そしたらコイツがいきなり真正面からぶつかってきた。おまけに謝りもしねえ。それどころか慌てて逃げ出そうとしやがる。それで俺が引っ捕らえてやったってわけだ」

そうか、と頷いたアンナは、とりあえず長身の男から名前を聞くことにした。胸に手を当てながら、まずは自分が名乗る。「私は二年の水咲アンナだ。――君は？」

長身の男は「二年C組の神山研吾《かみやまけんご》だ」と名乗った。そういえば、こういう背の高い男子がC組にいたっけな、とアンナはぼんやり思い至った。

そんな神山研吾に向かって、小太りの男が不満そうに口を尖《とが》らせた。「ぼ、僕は何も悪いことなんてしていない。彼と衝突したのだって、向こうのほうがスマホを見ながら歩いていたから、肩がぶつかっただけのことで……」

「本当に、それだけか？」アンナは男のフケ顔を覗き込みながら、ここぞとばかりに鋭い声を発した。「あんた、一刻も早くこの中庭から逃げようとしてたんじゃないのか。あんたには、ここから逃げなきゃならない理由があった。そういうことなんじゃないのか」

「な、何のことだ？　意味が判らん」不貞腐《ふてくさ》れたように顔をそむける小太りの男。

その態度は露骨なまでに怪しい、とアンナは感じた。

するとそのとき、渡り廊下の方角から、誰かが駆け寄ってくる気配。間もなく暗闇から現れたのは、眼鏡を掛けた小柄な男子だ。彼もまた学ラン姿であることはいうまでもない。

眼鏡の男子は息を弾ませながら、誰にともなく質問を投げた。

「いったい、どうしたんです？　さっきは第二校舎のほうで女性の悲鳴みたいな声が聞こえましたよね。そしたら急に渡り廊下を女子やら先生やらが行き来するし、今度は中庭のこっち側で男同士の喧嘩《けんか》みたいな声がするし……。何が起こっているのか、僕にはサッパリ判りません。誰か教えてもらえませんか？」

「そういう君は誰なんだ？」

アンナの問いに答えて、眼鏡の彼は「一年Ｄ組の佐野弘樹《さのひろき》です」と名乗った。

どうやら彼は中庭にいて、一連の成り行きの一部を見たり聞いたりしていたらしい。だとすれば興味と不安を抱いて、この場所に駆けつけることも不自然とはいえない。

アンナは佐野弘樹に尋ねた。「君は中庭のどこにいたんだ？　渡り廊下のあたりか？」

「いいえ、渡り廊下よりもまだ向こう側です。最初に女性の悲鳴がして、それから渡り廊下のほうが騒がしくなったんで、そっちに近寄っていったら、皆さんたちの声が聞こえてきて、それでこうして様子を見にきたってわけです」

「そうか。それじゃあ聞くけど、君のいたあたりに誰か怪しい人物が逃げてこなかったか。第二校舎から飛び出してきて、中庭を逃げていった人物が、誰かいると思うんだが……」

「中庭を逃げていった人物!?」佐野は眼鏡を指先で押し上げながら、「いいえ、僕は見掛けませんでしたね。その人物、僕のいる方角には逃げなかったんじゃありませんか」

「そうかもしれない。そして君のいる側に逃げたんじゃないとするならば、その人物は、やはりこちら側に逃げてきた可能性が高いってことだ……」

呟いたアンナは長い髪を揺らして小太りの男へと向き直る。そして両手を腰に当てた。

「さてと、いまさらだけれど聞かせてもらおうか。――あんた、名前は何ていうんだ。学園の制服を着てるけど、クラスは何年何組なのかな？」

この何でもない質問に対して、小太りの男の表情が見る間に歪《ゆが》んでいく。やがて彼は唇を小刻みに震わせながら、「ヨ、ヨシダ……タツオ……二年A組だ……」と答えた。

「ん、ヨシダタツオ？　タツオって、どういう字を書くんだ？」

「……り、竜宮城の『竜』に夫の『夫』だ。『竜夫《たつお》』だ」

「ふーん、二年A組、吉田竜夫か」悠然と繰り返すアンナ。その口からいきなり小太り男への叱責の声が飛んだ。「おい、簡単にばれる嘘《うそ》をつくなよ。二年A組は箕輪先生が受け持つクラスだ。あのクラスに、あんたみたいな男子はいない。それと、もうひとつ――」アンナは駄目押しとばかりに、付け加えていった。「吉田竜夫っていえば、『タツノコプロ』を作った人だぞ。ありがちな名前だからって、勝手に使うんじゃない！」

傍らで聞いていた、神山研吾と佐野弘樹はほぼ同時に、「そういや、そうだ！」「どっかで聞いた名前だと思った！」と頷いてポンと手を叩いた。説明しよう。『タツノコプロ』とは、かつて国分寺に存在したアニメ製作会社である。国分寺の人間なら偉大なる吉田竜夫の名を騙《かた》ることはあり得ないのである。アンナは男のフケ顔をズバリ指差していった。

「あんた、この学園の生徒じゃないな。いや、そもそも高校生でもないだろ！」

鋭く指摘された男の口から「――うッ」と小さな呻《うめ》き声。彼の両脇には、いつの間にか神山研吾と佐野弘樹がしっかり取り付いている。もはや男に逃げ場はなかった。

神山研吾が男の身体に右手を伸ばして、「おまえ、何か持ってるだろ」と学ランのポケットなどを乱暴に探った。「なんだ、これは？　ちっ、スマホか……」

「そ、それがどうした。スマホくらい誰だって持つだろ」

「じゃあ、これはなんだ？　デジカメだな」

「デ、デジカメだって、持ってる奴は大勢いるさ」

「それじゃあ、こっちは……」男のバッグに手を突っ込んだ神山は、大きな黒い物体を取り出しながら、「おいおい、これはなんだ？　一眼レフカメラだな」

「い、一眼レフぐらい誰だって持っ……」

「持ってねーよ！」神山は男の言葉を遮るように叫んだ。「ははん、判ったぞ。さては貴様、芸能人目当てで学園に忍び込んだ、カメラ小僧だな！」

カメラ小僧という呼び名が、このフケ顔の男に当てはまるか否か、それはさておき――

身の程知らずにも芸能クラスを抱える鯉ケ窪学園には、ときどき、いや、結構しょっちゅう、この手の闖入者《ちんにゅうしゃ》が現れる。対策として警備員が常駐して不審者の侵入防止に努めているのだが、それでも指の隙間から砂がこぼれるように、侵入者は訪れてしまう。どうやら一眼レフカメラを隠し持ったこの男も、そのひとりと見て間違いないようだ。

「ふん、馬鹿ですねえ」小柄な佐野弘樹は、眼鏡越しの視線を不審者へと向けた。「いまごろ忍び込んだところで、お目当ての芸能人に会えるわけがないのに」

「まったくだな」と頷く神山研吾。

だが、いまはこの男の不法侵入や盗撮行為を咎《とが》めている場合ではない。アンナは目の前の不審者に一歩にじり寄ると、「おい、あんた」と呼びかけ、そしてズバリと尋ねた。「あんた、さっきまで音楽室にいなかったか？　音楽室の入口で美人女子高生を突き飛ばして、スタコラと逃げていったのは、あんたなんじゃないのか？」

水咲アンナの厳しい問い掛けに、男は首を傾げて逆に聞いてきた。

「はあ、なんだって？　音楽室って、いったい何のことだ……」

※

「――どうだ、途中まで読んだ感想は？」

第二文芸部部長、水崎アンナ先輩が僕の肩越しに顔を覗かせて聞いてくる。デスクに向かい原稿に集中していた僕は、思わず「わッ」と驚きの声を発して、現実に引き戻された。

ここは僕が文芸部と間違えて入った第二文芸部の部室。僕は彼女から渡された原稿を半分ほど読み進めたところだ。水崎先輩はデスクの端に浅く腰を下ろすと、綺麗《きれい》な黒髪を指先で弄《もてあそ》びながら、誘うような視線を僕へと向けた。「どうだ、君。そろそろ第二文芸部に入りたくなってきたんじゃないのか。私の作品の素晴らしさに打たれて……」

「…………」いったい、何をどういえば良いのだろうか。ツッコミどころ満載の原稿を前に、僕は椅子の上で硬直。そして可能な限り穏当な言葉を探した。「ええっと、この小説って、先輩自身が主人公なんですね」

「そうだ。作中では『水咲アンナ』となっているがな」

先輩は中空に文字を描きながら説明した。「だって『水崎』よりも『水咲』のほうが、ヒロインの名前として相応しいだろ。だから名前の一部分だけ、変更したんだ」

「そうですか」だが変更されたのは《名前の一部分だけ》ではない気がする。「容姿端麗にして頭脳明晰……？」

「そう、眉目秀麗にして才気煥発。——おや、何か疑問な点でも？」

横目で睨《にら》まれて僕は「いえ、べつに」と目を逸らす。確かに先輩は美人の部類だ。きっと頭もいいに違いない。しかし、だからといって大袈裟《おおげさ》な四文字熟語を四つも並べるほどではないのでは？　正直そう思ったが口には出さず、僕は別の疑問点を指摘した。

「第二文芸部の部室は学園設立記念のモニュメントの傍？　実際は焼却炉の傍では……」

「ストーリーとは関係のない部分だ。多少の脚色は問題ないだろ」

「スタイリッシュな部室には、まるで大勢の部員がいるかのように書かれていますね。実際の部室はプレハブ小屋で、部員は水崎先輩がひとりだけ……」

「だから、いいんだってーの。所詮はフィクションなんだから！」

——うわ、《所詮はフィクション》って、ぶっちゃけちゃったよ、この人！

呆《あき》れる僕は、思わず椅子の上で大きくのけぞる仕草。そして、いまさらながら根本的な疑問を彼女にぶつけてみた。「念のため聞きますけど、この音楽室の殺人って、そもそも本当にこの学園で起こった事件なんですか。そんな重大事件が過去に起こっているなら、入学する前に僕の耳にも入っていると思うんですが」

するど先輩はあざ笑うような視線を僕に向け、茶色いブレザーの肩をすくめた。

「へえ、それじゃあ、君は横溝正史《よこみぞせいし》の『本陣殺人事件』を読んで、作者に聞くのか。『こんな事件が本当に岡山で起こったんですか』って。はは、横溝もビックリ大笑いだな！」

「………」むむ、確かに彼女の言葉には一理あるかも。

僕は見当違いの質問をした自分自身を呪う。先輩は真剣な表情で続けた。

「いいか、君。ミステリの愉《たの》しみは、その話が事実か否かにあるのではない。そもそも現実の殺人事件なんて乱暴で悲惨な話ばかり。それを小説にしたところで単純かつ退屈なものにしかならないだろう。だが私の書くミステリは、そうじゃない。理想的な殺人犯と理想的な名探偵の無意識の共同作業によって成立する奇跡の物語だ。それは話としては確かにフィクションに違いない。だが、それを書く私は現実だ。そして、それを読む君も、また然《しか》り。――そう思わないか？」

「はあ、なんか判るような、判らないような……」

「やれやれ、じれったい奴だな」水崎先輩は黒髪を揺らしてデスクの端から降りると、再び僕の肩越しに顔を突き出し、机の上の原稿を掌《てのひら》でバシンと叩いた。「要するにだ、君がこの話を現実だと思って読めば、それは現実の事件なんだよ。これを書いた私と、それを読む君の中では、現実ってこと。いいから余計なことは考えるな。意識のすべてを作品世界に埋没させるんだ。迷わず読めよ。読めば判る！」

「だったら先輩も、僕が読んでる途中で感想を聞くの、やめてもらえませんか」

作品世界に埋没できないでしょ――と口を尖らせながら抗議すると、先輩は我に返った様子で、「あ、そっか、スマン」と右手ひとつで謝罪のポーズ。そして綺麗な指先で長い髪を搔き上げながら、「まあ、とにかく続きを読んでくれ。この後、重大な手掛かりが明らかになって、意外な真犯人が現れるんだ――」

「ちょっと先輩！　なに余計なことといってんですか。僕、これから読むんですよ！」

第二文芸部部長の無駄なお喋《しゃべ》りを、僕は無理やり遮る。そして、あらためてデスクに向き直ると、再び原稿の文字を追いはじめるのだった。

『音楽室の殺人』（続き）

4

微風さえ吹かない重たい空気の中、水咲アンナは重大な事実を告げた。

「実は、音楽室で殺人事件があってな。浦本響子先生が殺されたんだ……」

たちまち、男たちの間に衝撃が走った。二年生の神山研吾は、「なんだって！」と目を丸くし、一年生の佐野弘樹は「ほ、本当ですか？」と唇を震わせる。アンナが黙って頷くと、神山と佐野は揃《そろ》って小太りの不審者へと疑惑に満ちた視線を向けた。

「え？　おいおい、ちょっと待ってくれ。俺は関係ないぞ」先ほど吉田竜夫という偽名を名乗って失敗した彼は、二人の視線を払い退けるように両手を振った。「わ、判った。本当のことをいうよ。俺の本当の名前は安岡雄二《やすおかゆうじ》ってんだ」

「本当か」神山が威嚇《いかく》するように一歩踏み出す。「また偽名だったら承知しないぞ」

「偽名じゃない。今度は本名だ。職業は居酒屋のアルバイトで年齢は三十三歳……」

「え、三十三歳かよ！」神山は驚嘆の声をあげた。「もう、オッサンじゃん」

「どうりで高校生にしてはフケ顔だと思った」佐野も呆れ顔だ。

しかし、とにもかくにも男は真実を語っているらしい。アンナは直感的にそう感じた。

だが、そんな安岡雄二も殺人についてはキッパリと身の潔白を主張した。

「いっておくが、俺は音楽室には近寄っていない。音楽教師のことも知らない。俺はただ単に、芸能クラスの有名人に会えるんじゃないかと期待して、この学園に忍び込んだだけの普通の男だ。何も悪いことはしていない」

「してんじゃねーか、この不法侵入者め！」

「まったく、どこが普通の男ですか！」

神山と佐野に両側から怒鳴りつけられた安岡は、左右の耳を両手で塞ぎながら、「そうだとしても、人殺しなんかしてないっていってんだよッ」

必死に訴える三十男。それでも疑念を払拭できないらしい神山と佐野は、両側から安岡の腕を捕まえて、万が一の逃亡に備える。

これ以上、中庭で言い争っても埒《らち》が明かないようだ。そう判断したアンナは、「とにかく、三人とも一緒にきてくれ」といって、男たちの前で踵を返した。「音楽室へいってみよう。そこに箕輪先生がいるはずだから」

アンナは音楽室を目指して暗い中庭を歩き出す。男子二名と、もはや男子とは呼びづらい成人男性一名は、おとなしく彼女の後に続いた。アンナは先頭を切って、第二校舎の正面玄関から建物の中へと足を踏み入れる。一団となってぞろぞろと階段を上がっていく四人。だが、二階に向かう途中の踊り場に着いたとき、アンナは視界の端に気になるものを見つけた。

「――む？」踊り場で突然、足を止めるアンナ。

後ろに続く男たちは、全員たたらを踏むように前のめりになりながら、「なんだよ」「急に止まるなっての」「どうしたんですか？」と非難の声をあげる。

アンナは不満げな男たちを無視して、踊り場の窓へと顔を向けた。暗闇をバックにした窓ガラスには、先ほどと同様、整いすぎた自分の顔が映るばかり。だが彼女が目を凝らして見詰めるのは、ガラスに映り込む自分の美貌ではなかった。窓辺に歩み寄った彼女は、窓枠の底辺部分に右手を伸ばす。ほっそりとした指先は、そこに落ちている小さなピンク色の物体を摘《つま》み上げた。

それは花びらだった。窓枠の底辺部分に、桜の花びらが二枚ほど落ちているのだ。

――こんなところに、桜の花びらなんてなかったはずだが。

先ほど階段を上がる際に目にした光景と、いま目にしている光景。二つを比較しながら、アンナはピンク色の花弁をしげしげと見やる。そんな彼女の背後から、「おい、何やってんだ？」と神山の声が響く。「音楽室は三階だろ。さっさといこーぜ」

「ん？　ああ、そうだな」我に返ったアンナは摘んだ花びらを、そっと窓枠に戻した。

再び階段を上がりはじめるアンナと男たち。そうして、たどり着いた三階の音楽室。アンナは迷うことなく入口の引き戸を開け放った。「――どうですか、箕輪先生？」

アンナが顔を覗かせると、イケメンの国語教師はグランドピアノのすぐ傍だった。浦本教諭の遺体が転がっているあたりだ。箕輪教諭はアンナたちがずかずかと音楽室に踏み込んでくるのを見て、たちまち血相を変えた。

「こら、入ってきちゃ駄目だ。廊下にいろ！」

箕輪教諭はアンナたちを音楽室から押し出すと、自らも廊下に出て入口の戸をピシャリと閉める。そして、そこに居並ぶ男三人の顔ぶれを眺めて、怪訝《けげん》そうな表情を浮かべた。

「おい、水咲、ちょっとこっちへ」箕輪教諭は廊下の片隅にアンナひとりを呼び寄せて、小声で聞いてきた。「いったい、なんだ、あの三人は？」

「中庭にいた人たちです。ひょっとすると、事件の容疑者かもしれません。中でも、ひとり別格に怪しい男がいましてね。——ところで浦本先生の様子をご覧になりましたか？」

「ああ、見たよ。驚いた。残念ながら、すでに亡くなっているようだ。いちおう救急車を手配したが、正直いって意味はないと思う」

「そうですか。では警察への通報は？」

「いや、まだだ。警察を呼ぶ前に、教頭先生に連絡をと思ってね。それで先ほど携帯で話したんだが、教頭もかなり慌てていた。『いますぐいくから、一一〇番通報はもう少し待つように』といっていた。自分の目で事態を把握しておきたいんだろう。あるいは電話で話を聞いただけでは、信じ切れないのかもしれないな。学園内での殺人ってことが」

「やっぱり、殺人ですか？」

「うむ、その点は疑いようがない。浦本先生の首には細いロープが巻きつけられていた。しかもロープは彼女の頸部《けいぶ》を一周して、首の後ろで交差している。おそらく、何者かが浦本先生に背後から接近して、その首にロープを掛けて絞め上げたんだな」

つまり殺人ということだ。事故や自殺ではあり得ない。厳しい現実を突きつけられて、アンナはその類まれな美貌に憂いの色を覗かせた。

と、そのとき、踵《かかと》を鳴らしながら階段を駆け上がってくる何者かの気配。やがて廊下に姿を現したのは、濃紺のスーツに身を包む女性だった。彼女こそは鯉ケ窪学園で教頭を務める女性教師、和泉亜希子《いずみあきこ》。堂々たる肉体を誇る年齢不詳の眼鏡美人である（とはいえ教頭なのだから、まあまあの年齢には違いないのだが）。

そんな和泉教頭は、その背後に三人の警備員を従えていた。いかにもガードマンといった感じの紺色の制服に身を包む男性三人だ。教頭の口から異変を聞き、ここへ駆けつけたらしい。

和泉教頭は音楽室の前にたむろするアンナたちを眼鏡越しに一瞥《いちべつ》すると、毅然《きぜん》とした態度で状況の説明を求めた。

「いったい何がどうなっているの？　電話で聞いた話は本当なのですか、箕輪先生？」

「ええ、事実ですよ。念のために現場をご覧になりますか」

「え？　ああ、そ、そうね」と頷いた和泉教頭は、次の瞬間、怖気《おじけ》づいたようにブルッと体を震わせて前言撤回。「い、いいえ、やっぱり現場はなるべく、そのままにしておくほうが……」

「まあ、そうおっしゃらずに、さあさあ、中へどーぞ」

箕輪教諭が催促するように音楽室の入口を開ける。一瞬、和泉教頭の美貌に、確かな狼狽《ろうばい》の色が浮かぶ。だが生徒たちの手前、後には引けないと悟ったのだろう。「わ、判ったわ。では、この私が確認を……」と頷きながら、教頭は箕輪教諭とともに音楽室へと消えた。

するとと間もなく、閉じられた戸の向こうから「ひぇえええ！」と哀れを誘うような女性の悲鳴。やがて再び入口が開かれたとき、和泉教頭は顔面蒼白《そうはく》で息も絶え絶え。箕輪教諭の肩を借りなければ、まともに歩けないほどの惨状を呈している。そんな彼女は鼻の上で斜めになった眼鏡を掛けなおしながら、「いったい、どういうこと？　音楽室で何が起こったの？　誰か説明してちょうだい……」

こうなった以上、状況を詳しく説明できる人物は、自分を措《お》いてほかにいない。そう思ったアンナは、ここに至るまでの経緯を一分三十秒で大雑把に説明した。

彼女の説明を受けて、箕輪教諭が和泉教頭に向き直った。「間もなく、ここに救急車が到着します。救急隊員があの変死体を見れば、否応《いやおう》なしに警察に連絡がいくことでしょう。やがては警察がここに駆けつけて、我々は取調べを受けることになります。この三人も含めてね」

そういって箕輪教諭は、中庭にいた三人の男たちを指で示す。神山研吾と佐野弘樹は緊張に満ちた表情。そんな二人に両側から捕らえられた安岡雄二は不貞腐れたような態度だ。

「そう、判ったわ」和泉教頭は頷き、そして対応を指示した。「とにかく現場の周辺を荒らしてはマズイわね。箕輪先生はここにいる生徒を連れて、あなたの教室で待機を。警備員をひとり付けるわ。ええ、もちろん、その生徒じゃなさそうなフケ顔の男も一緒に連れていくのよ。それから警備員の残り二名は、ここにいて救急隊員を迎えてあげてちょうだい。――え、私!?　私はこれからすぐに校長室へいくわ。この件を校長にご報告して、今後の指示を仰がなくてはならないでしょ」

「はあ、今度は校長ですかぁ？」アンナはうんざりして肩をすくめる。事件の一報はアンナから箕輪教諭に伝えられた後、箕輪教諭から和泉教頭へと伝えられ、それから校長先生に伝わって、それからそれから――「最終的に校長は『学園理事長へご報告を』ってパターンですかね」

揶揄《やゆ》するように呟くアンナ。その隣で箕輪教諭も呆れ顔で溜め息《たいき》をつく。

「ああ、まるで伝言ゲームだな。実にスピーディーなことだ」

肩をすくめる二人をよそに、和泉教頭は誰よりも先に踵を返すと、

「いいわね。そのフケ顔の男だけは絶対、逃がしちゃ駄目よ」

そう念を押しながら、再び階段を駆け下りていくのだった。

5

水咲アンナと箕輪教諭は教頭の指示に従い、第一校舎へと移動を開始した。二人の背後には二年生の神山研吾、一年生の佐野弘樹、三十三歳の安岡雄二、そして制服姿の若い警備員が続く。第二校舎の正面玄関を出た六人は、一団となって渡り廊下を進んだ。

だが第一校舎の裏口が近づいたころ、渡り廊下の途中で佐野が突然、「おや？」といって足を止めた。眼鏡の縁に指を当て、中庭の暗がりへと視線を向けながら、「何ですかね、あそこの黒っぽいやつ？」

アンナも立ち止まり、佐野の視線を追う。そこは第一校舎に向かって右手の中庭。佐野がいうとおり、確かに何か黒っぽい物体が落ちているようなのだが、「暗くて、よく見えないな」

彼女の隣で同じく暗闇に目を凝らしていた箕輪教諭がいった。「よし、確認してみよう」

その声を合図に、一同はその物体へと歩み寄った。第一校舎の裏口付近には、ただ一本ポツンと立つ桜の木。その根本から三、四メートルほど離れた地面にそれはあった。どうやら黒い布製

の物体らしい。それがクルクルと丸められた状態で、地面に落ちているのだ。

「ん？」ピンときた様子の箕輪教諭が声をあげる。「ひょっとして、これは……」

彼はその布地を両手で掴み、持ち上げた。丸められた布は大きく広がって全体の形状を現した。

アンナの口から思わず、「あッ」という声が漏れる。

それはコートだった。男性用の黒いコートだ。

「やっぱりそうか」箕輪教諭は断定的にいった。「きっと犯人が脱ぎ捨てたんだな」

「ええ。確かに、よく似ていると思います。私を突き飛ばしていった犯人が着ていたものに」

アンナは深く頷く一方で戸惑いの表情を浮かべた。「どうしましょうか、このコート？ 犯人の遺留品にあまり手を触れるべきではないのかもしれませんけど」

「ああ、でも、もう触っちゃったしな。それに、この暗い中庭に犯人のコートを置きっぱなしってわけにもいかないだろ」万が一、大切な証拠の品を失うようなことがあっては大変。おそらく、そう考えたのだろう。箕輪教諭は手にしたコートを再び丸めると、付き添いの警備員に手渡していった。「では、これは君が持っていてくれ。それなら安心だ」

了解しました、といって若い警備員は丸めたコートを大事そうに受け取った。

一同は再び渡り廊下に戻り、第一校舎へと歩を進める。二年A組の教室前にたどり着いたころには、けたたましいサイレンの音が間近に迫っていた。アンナは廊下の窓際に歩み寄ると、桜の枝越しに中庭へと視線を向けながら呟いた。

「ようやく、救急車が到着したらしいな……」

となれば、次は警察だ。国分寺署のパトカーがサイレンを鳴らしながら、この学園に集結するのも、もはや時間の問題だろう。そんなことを思いつつ、アンナはいちばん最後に教室へと足を踏み入れた。教室の中では、安岡雄二が胸に募る不満を爆発させていた。

「おい、どうやらあんたたちは、この俺のことを殺人犯として、警察に突き出す腹のようだな。しかし、そんなことして本当にいいと思っているのか！」

すると神山と佐野の口からは、「いいにきまってる」「当然の務めですね」と容赦ない返事。たちまち安岡は顔面を朱に染めて、拳をブルブルと震わせた。「何度もいうが、俺は誰も殺していない。俺は偶然、この校内に居合わせただけの、善意の第三者なんだからな」

「誰が善意の第三者だよ！」

「悪意の盗撮犯のくせに！」

神山と佐野の罵声が教室の天井に響く。安岡は負けじとばかり反撃に転じた。

「なるほど、確かに俺は盗撮目的で、この学園に不法侵入した男だ。しかし、だからといって殺人の濡《ぬ》れ衣《ぎぬ》まで着せられちゃ堪《たま》らない。そもそもおまえら、この俺が殺人犯だと決め付ける証拠でもあるのか。え、どーなんだ、おい？」

問われて神山は、「いや、それは……」と、いきなり口ごもる。

佐野も俯《うつむ》き加減になりながら、「これから何か見つかるのかも……」と頼りない。

「ふん、馬鹿馬鹿しい。何も見つかるものか」強気になった安岡は二人の様子を鼻で笑う。そして、ふと気付いたように目の前の二人に意味深な視線を向けた。「ははん、判ったぞ。そういうおまえらこそ、ひょっとして……」

「ひょ、ひょっとして、なんだよ!?」神山はドキリとした表情。

「な、何がいいたいんですか⁉」佐野は眼鏡を指先で持ち上げる。

「とぼけるな。おまえら二人のうちのどちらかが、音楽室での殺人をおこなった。そして、その罪を無実の俺に擦《なす》り付けようとしている。そういうことなんじゃないのか？」

「なにいッ」と強張《こわば》る神山の表情。「俺たちこそが、真犯人だというのか！」

「そ、そんなわけないじゃないですか。――ねえ、水咲さん？」

一年生の佐野は、すがるような目で先輩の美女に助けを求める。だがアンナは敢えて首を左右に振った。「いや、悪いが、この盗撮変態野郎のいうとおりだと思うぞ」

「おいこら、誰が盗撮変態野郎だ！」たちまち安岡が声を荒らげる。

「はぁ？」アンナは意外とばかりに首を傾げた。「おいおい、こっちは盗撮変態野郎のあんたに、わざわざ味方してやってるんだぞ。むしろ感謝すべきだと思わないか？」

真顔で問い掛けるアンナを前に、安岡は「そりゃまあ、そうだが……」と不満そうな顔で黙り込む。アンナは三十男と二人の男子生徒を交互に見やりながら続けた。

「公平に見て、この盗撮犯が同時に殺人も犯したと決め付ける根拠はない。また中庭に居合わせた君たち二人が、絶対無実だと決め付ける根拠もない。――そうですよね、箕輪先生？」

「まあ、確かにそうだな」国語教師は即座に頷いた。「三人とも、ほぼ同時刻に中庭にいたみたいだし、全員に犯行の機会はあったと見るべきだろう。動機に関しては、ここで議論しても始まらないだろうから措いておくとして、三人ともいちおうの容疑者には違いない」

「そんなぁ、箕輪先生まで……」佐野が天に見放されたような声をあげる。

その隣で神山が不満げに唇を尖らせた。「中庭にいたからといって、容疑者扱いだなんて納得できませんか。それとも、犯人は中庭に逃げたと決め付ける証拠でもあるんですか」

「証拠？　それなら、あれがその証拠の品だとはいえないかな」

そういって箕輪教諭は警備員が抱え持つ黒いコートを指で示した。「犯人の着ていたコートが、丸めて中庭に捨ててあった。すなわち犯人は中庭に逃げた。したがって、中庭付近にいた人物が怪しい。そう推理することも、それほど無理な話ではないと思うが」

「いや、しかし」と神山が反論する。「そのコートは校舎の窓から放り捨てることだって可能なはず。あるいは、第二校舎で殺人を犯した人物は、渡り廊下を進んで、この第一校舎に逃げ込んだのかもしれない。その渡り廊下の途中でコートを中庭に放ったのかも」

「そう、それですよ」佐野も神山の意見に同調した。「犯人のコートが中庭にあったからといって、中庭にいた人物が犯人だなんて推理は、あまりに短絡的過ぎます。これは犯人の罠《わな》ですよ」

「そのとおりだ」と安岡までもが図々しく男子生徒たちの意見に便乗した。「そもそも、そのコートが本当に犯人のものかどうかだって、判らないはずじゃないか」

「はあ？　これはどう考えたって犯人の脱ぎ捨てたコートだろ。状況からみて、まず間違いない。――そうだよな、水咲？」

「ええ、そう思いますけど。――警備員さん、そのコート、もう一度よく見せてもらえますか」

アンナが依頼すると、警備員はコートの両肩の部分を持ち、大きく広げてくれた。間違いなく男性用のコートだ。サイズはLか。先ほど、暗がりで見たときは気付かなかったが、明かりの下であらためて観察すると、右のポケットが大きく膨らんでいるのが判る。

「ポケットの中に何か入っているみたいです。取り出してみていいですか」

すると箕輪教諭は渋い顔で、「本当は良くないが、この際だから、いいぞ」と微妙な指示。アンナは躊躇《ためら》うことなくポケットの中を探った。出てきたのは紺色の目出し帽だった。ドラマの中の銀行強盗が被《かぶ》っている定番アイテム。だが実物を見たのは、これが生まれて初めてだった。

アンナはその目出し帽を三人の容疑者たちの前に示しながら、強気にいった。

「やはり、これは犯人が脱ぎ捨てたコートに間違いない。犯人はこのコートと目出し帽で正体を隠し、音楽室で浦本先生を殺害。その直後、音楽室にやってきた私を突き飛ばして逃走した。そして中庭に出たところで目出し帽を脱いでポケットにねじ込み、そのコートを脱ぎ捨てたんだな——ん？」

そのときアンナの視線が、ふいに目出し帽の一部に留まった。紺色の毛糸で編まれた目出し帽の表面に、なにやら小さな異物が張り付いているのだ。アンナはそのピンク色の物体に顔を寄せた。それは桜の花びらだった。目出し帽の頭頂部あたりに、一片の花びらが付着しているのだ。アンナが軽く指で弾《はじ》くと、それは紺色の布地を離れて、ひらひらと教室の床に舞い落ちた。

「桜の、花びら……か」ボソリと呟くアンナ。

それがどうかしたのか、というように神山研吾と佐野弘樹が顔を見合わせる。安岡雄二は腕組みしながら、床に落ちた花びらをぼんやりと眺めるばかりだ。

だが、そんな三人をよそに、アンナの脳裏には突如として閃《ひらめ》くものがあった。そして次の瞬間には、学園創設以来の秀才と呼ばれるアンナの頭の中で、思考の歯車が物凄い勢いで回転を始めた。いままで明らかになった事実、目撃した場面、耳にした情報。それらのすべてがパズルのピースのように彼女の明晰な頭脳の中で組み合わさっていく。

「そうか……そういうことだったのか……」

呟いたアンナは毅然と顔を上げると、その学園一と噂《うわさ》される美貌に、ひと際魅力的な微笑《ほほえ》みを浮かべた。たちまち魅入られるように黙り込む容疑者たち。そんな中、箕輪教諭が不思議そうに問い掛ける。「どうしたんだ、水咲。何か判ったことでもあるのか？」

水咲アンナは宣言するようにいった。

「はい、先生、犯人が判りました。浦本先生を殺した人物は、確かにこの中にいます！」

6

水を打ったように静まり返る教室。神山研吾はゴクリと唾を飲み、佐野弘樹は神妙な表情。安岡雄二はその不貞腐れたような顔を僅かに強張らせる。そんな中――

「浦本響子先生を殺害した犯人は――」

といって右手を持ち上げた高校生探偵水咲アンナは、次の瞬間、いきなり身体の向きを変えると、真横に立つ男の顔を真っ直ぐ指差した。「あなたですね、箕輪先生！」

静かだった教室に、どよめきの声が漏れる。指名を免れた男たちは一様に安堵《あんど》と困惑の表情だ。

一方、箕輪教諭は眉をひそめながら、自分の胸に手を当てた。「――僕が？」

アンナは確信を持って頷いた。「ええ、あなたです、箕輪先生」

「はは、これは驚いたな」国語教師は端整な顔に苦笑いを浮かべた。「僕が浦本先生を殺せるはずがない。そのことは、ほかならぬ水咲自身が、いちばんよく判っているはずじゃないか。いいかい？　僕はこの教室で君に頼み事をしたね。浦本先生から借りた本を彼女のもとに返しにいってほしい、という用件だ。それを引き受けた君は、この教室を出て真っ直ぐ第二校舎へと向かった。そして三階の音楽室の入口の戸を開けようとした瞬間、中から飛び出してきた犯人に体当りを受けた。君はその犯人の正体が、この僕だというのかい？」

「ええ、そうです」

「馬鹿な。そんなことはあり得ない。この第一校舎の二階の教室で君を見送った僕が、どうやって君より先に第二校舎の三階の音楽室にたどり着けるんだ？　この教室を出た君は、最短距離で音楽室に向かったはずだろ。だったら僕がどんなに頑張ったって、君を追い越して音楽室で浦本先生を殺すことなんて絶対にできない。考えるまでもなく不可能だ」

「ええ、私もつい先ほどまで、そう思っていました。箕輪先生だけは犯人ではあり得ないと」

「そうかい。だったら、なぜいまさら――」

「私、思い出したんです。私を突き飛ばして逃げた犯人が、音も立てずに階段を駆け下りていったことを。これは何を意味するものでしょうか。答えは簡単。犯人は靴を履いていなかったんです。上履きやサンダルすらも履いていません。このとき犯人は裸足《はだし》か、もしくは靴下を履いただけの状態だったんです。きっと犯人は足音を響かせることを嫌がったんでしょうね」

「そ、そうか。しかし足音の問題とは限らないだろ。犯人は自分の上履きを持っていない人物だったのかもしれない。例えば、そこにいる不法侵入者のようにね」

そういって箕輪教諭は安岡雄二を指で示す。すると安岡は何を思ったのか、自分の鞄《かばん》の口を開き、中に片手を突っ込みながらゴソゴソ。やがて彼が取り出したのは、ひと揃いの上履きだった。

啞然とする箕輪教諭の前に、安岡はその上履きを示して、勝ち誇った笑みを浮かべた。

「ふふん、馬鹿にしてもらっちゃ困る。俺だってこれぐらいの用意はしてあるのさ。校舎の中を裸足で歩いていたら、いかにも不自然に思われるからな」

そんな盗撮犯の姿を目の当たりにして、神山と佐野の口からは一斉に、

「そこまでやるか!」

「なんて用意周到な変態なんだ!」

と驚嘆の声があがった。正確には驚嘆と侮蔑の声だ。

「ふん、まあいい」箕輪教諭は気を取り直すように首を振ると、再びアンナのほうに視線を戻した。「理由はともかく、君を突き飛ばした犯人は履物を履いていなかった。それが事実だと仮定しよう。だが、なぜそれが僕なんだ。僕が裸足か靴下のままで音楽室を訪れ、殺人を犯しただって? それじゃあなにか、履物を脱げば、不可能が可能になるとでも?」

揶揄するような口調の箕輪教諭。だがアンナは彼の問い掛けをいったん保留にすると、制服姿の男たちを指差しながら、別の話を始めた。

「私は先ほど、彼らを連れて音楽室へ向かう際、第二校舎の一階と二階の間にある踊り場を通りました。その踊り場の窓辺で、奇妙な物を見つけたのです。窓枠の底辺部分に落ちた桜の花びらです。なぜ、このような場所に桜の花びらがあったのでしょうか」

「べ、べつにおかしくはないさ。桜の木なら中庭にもあるのだし」

「ええ、確かに。ですが、その桜の木があるのは第一校舎の裏口付近。第二校舎の側に桜の木はありません。では、第一校舎の傍にある桜の木から舞い落ちた花びらが、風に吹かれて第二校舎

の窓辺にまで飛んできたのでしょうか。しかし今夜は微風さえ吹かない、穏やかな天候。風の力で桜の花びらが、隣の校舎の窓辺まで運ばれてきたとは、ちょっと考えられません。ならば、このように考えるのが妥当ではないでしょうか。すなわち、その花びらは誰かの衣服などに付着した状態で、第二校舎の踊り場の窓辺まで運ばれてきたものである、と――」

「なるほど」と頷いたのは神山研吾だった。「服にくっついた花びらが、偶然その人物が踊り場を通った際に、服の表面から離れて窓辺に落ちた。そういうケースだな」

「確かに、桜の花びらって、毛羽立った布の表面にくっつきやすいですもんね」

　佐野弘樹もアンナの見解に同意する。

　自信を得たアンナは、「そして、ここにもうひとつ重要な事実が――」といって、人差し指を真っ直ぐ立てた。「私の記憶によれば、もともとその踊り場の窓辺に、桜の花びらなど一枚も落ちていなかったのです。少なくとも、私が浦本先生に本を届けようとして最初に階段を上がっていったとき、そこに桜の花びらはありませんでした。にもかかわらず、それから間もなく、私がこの男子たちと再び階段を上がった際には、同じ窓辺に花びらが落ちていた。これが何を意味するものか。――もう、お判りですね？」

「犯人だ！　その花びらは、逃走する犯人が残していったものに違いない」

　大声で叫ぶ神山の隣で、佐野もパチンと指を弾く。

「そういえば犯人の目出し帽にも、桜の花びらが付着していましたもんね！」

　そのとおり、と頷いたアンナは、再び箕輪教諭に向き直った。「ならば、その花びらが踊り場の床の上ではなく、窓辺にのみ落ちていたということにも、大きな意味があるはずです。ひょっとすると犯人はその窓を開け閉めしたのではないか？　そう私は考えました。では、何のために窓の開閉を？　空気の入れ替えをするため？　そんなわけはありませんね。窓を開け閉めしたのは、犯人自身がその窓から出入りするためでしょう。では、なぜ犯人はわざわざ窓から出入りする必要があったのか？　正面玄関から出入りすれば良かったのでは？　この疑問に対する答えは、踊り場の窓のすぐ外にありました。そこに何があるか。屋根です。踊り場の窓を開けた目の前には、渡り廊下の低い屋根があるのです。ということはひょっとして、犯人は渡り廊下の屋根を伝って踊り場の窓から侵入、そして逃亡したのではないか。――そう、私は推理しました」

「推理じゃなくて、推測だ。いや、単なる空想に過ぎない」

沈黙していた箕輪教諭が吐き捨てるようにいう。だがアンナは臆することなく続けた。

「確かに、空想の域を出ない考えかもしれません。ですが、犯人が屋根を伝って逃げたと考えるならば、先ほど保留にした箕輪先生の問い掛けに、ズバリお答えすることができるのです。『履物を脱げば、不可能が可能になるとでも？』――そう先生はお尋ねでしたね」

「あ、ああ、尋ねたとも」

「答えはイエスです。靴でも上履きでもサンダルでも、履物を履いた状態で渡り廊下の屋根の上を歩けば、どうしたって足音が響く。しかし履物を脱いでしまえば、足音は抑えられる。犯人は静かに、そして密《ひそ》かに、第一校舎と第二校舎の間を移動することができる。すなわち、第一校舎のこの教室で私を見送った箕輪先生は、私より先に第二校舎の音楽室にたどり着くことが可能になる。履物を脱げば、不可能は可能になるのです」

「………」ついに黙り込む国語教師。

対照的に水咲アンナはさらなる自信を得て、説明を続けた。

「箕輪先生、あなたは偶然二年A組にやってきた私を見て、これ幸いとばかりに自らのアリバイトリックに利用したのですね。あなたは何食わぬ顔で、私に用事を言い付けて、第二校舎の音楽室へと向かわせた。疑うことを知らない純真無垢《むく》な私は、命じられるままに二階のこの教室を出て、階段を下りて一階へ向かいました。このとき箕輪先生は、どうしたか。笑顔で私を見送ったあなたは、一転して残忍な犯罪者の表情を浮かべると、すぐさま二階の廊下の窓を開け放った。そして靴を脱ぎ、渡り廊下の屋根へと降り立ったのです。もちろん黒いコートと目出し帽によって扮装《ふんそう》した姿で――」

「ん？　ちょっと待てよ」横から口を挟んだのは神山研吾だった。「コートと目出し帽は、いったいどこから出てきたんだ。教室のどこかに隠してあったのか？」

「そう、それに――」と佐野弘樹も別の疑問を投げかける。「二階の廊下の窓から渡り廊下の屋根までは、結構な落差がありますよ。飛び降りるのは危険じゃないですかね」

　だが男子たちの疑問の声にも、美しき女子高生探偵はびくともしなかった。

「廊下の窓を開ければ、そこに何があるか。そう、桜の木です。大きく広がった枝は二階の窓際まで伸びています。おそらくコートや目出し帽は、前もってその枝に引っ掛けてあったのでしょう。箕輪先生はそれらのアイテムを素早く身に付け、そして桜の枝にぶら下がるようにしながら、安全かつ確実に渡り廊下の屋根へと降り立つことができたのです。ただし、このとき彼はミスを犯しました。それが、あの桜の花びらです。おそらくは枝を揺らした弾みで、咲いたばかりの桜の花びらが舞い散り、彼のコートや目出し帽などに数枚ほど付着してしまったのでしょう。もちろん箕輪先生は、そのことに気付きません。彼はすぐさま屋根の上を進み、第二校舎の側へと移動しました。一方そのころ、第一校舎の一階に到着した私は裏口を出ると、ゆっくりと渡り廊下を歩き出します。まさか、同じ渡り廊下の屋根の上を、箕輪先生が移動中だなどとは、夢にも思わずに――」

「ば、馬鹿な。そんな突拍子もない真似《まね》を、この僕がするわけない！」

拳を振りながら訴える国語教師。

アンナは彼の言葉を聞き流して、なおも説明を続けた。「屋根を伝った箕輪先生は、私よりも一歩先んじて第二校舎に到着。突き当たりにある窓を開けて、建物の中に入りました。降り立った先は例の踊り場です。ただし、桜の花びらが窓辺に落ちたのは、このときではありません。箕輪先生はいったん窓を閉めて、そのまま三階の音楽室を目指します。一足遅れて、その踊り場にたどり着いた私は、何も落ちていない綺麗な窓辺を確認します。そのころ箕輪先生はすでに三階の音楽室にたどり着いていたことでしょう。そして入口の戸を開けて中に入ると、そこで息を殺しながら私の到着を待ち構えます。やがて何も知らない私が、音楽室にやってきて入口の戸に手を掛ける。その瞬間、箕輪先生は入口を開け放ち、目の前の私に体当たりを喰らわせたのです。あたかも、たったいま殺人をおこなった凶悪犯が、音楽室から飛び出してきたかのように――」

「ん？」と意外そうな声を発したのは、三十男の安岡雄二だった。「じゃあ、音楽教師殺害は、そのときにおこなわれたわけじゃないんだな。この先生はただ単に、あんたに体当たりを喰《く》らわせただけ。実際の殺人は、それより前にすでにおこなわれていたってことか」

「ああ、そういうことだ」アンナは無愛想に頷いた。「いまごろ判ったのか、この変態男」

「畜生！　なんで俺にだけ冷淡なんだよ。変態かどうかは、この際関係ないだろ！」

地団太を踏んで悔しがる盗撮変態男。それを百パーセント無視してアンナは続けた。

「私を突き飛ばした箕輪先生は、その勢いのまま階段を駆け下り、例の踊り場に向かいます。そして窓を開け、再び渡り廊下の屋根へと出ます。衣服に付着していた桜の花びらが窓辺に落ちたのは、このときのことでしょう。しかし重大な痕跡を残したことに、彼は気付きません。再び屋根を伝って第一校舎の側へと戻った箕輪先生は、そこでコートと目出し帽を脱ぎます。そして、それらを纏《まと》めて屋根の上から中庭へと放り捨てたのです。もちろん、これは黒いコートの殺人犯が中庭に逃げたと思わせるための、姑息《こそく》な偽装工作でした。それを終えた箕輪先生は、今度は桜の枝を足掛かりにしながら二階の廊下の窓へと戻っていったのです。一方、音楽室で死体を発見した私は、慌てふためきながら第一校舎に駆け戻り、先生に助けを求めます。すでに靴を履きなおしていた箕輪先生は、すぐさま一階の私のもとへと駆けつけました。いままでずっと二階の教室にいたかのようなフリをしながらです。そして何も知らない私は、そんな箕輪先生に音楽室での異変を懸命に伝えた。――とまあ、これが今回の事件の全貌というわけです」

説明を終えたアンナは、あらためて強気な視線をイケメン教師へと向けた。

「いかがですか、先生。何か反論でも？」

問われた国語教師は顔面蒼白。握った拳をブルブルと震わせながら、「ち、違う……これは何かの間違いだ……僕は犯人じゃない」と、まるで自分に言い聞かせるような独り言。

するとアンナは「そうですか。では、あらためてお尋ねします」といって、いまさらのように箕輪教諭に確認した。「借りた本を返そうと思った私が、最初にこの二年A組の教室を訪れたとき、なぜか先生は教室にはいませんでしたね。あのとき先生、どこにいってたんですか。『トイレにいっていた』とか、いっていましたけど、本当ですか。誰か証明する人がいますか。私の質問の意味、判りますよね。私、箕輪先生の本当のアリバイを聞いているんですよ」

「ア、アリバイなんて……そ、そんなものは……」

「やはり、ないのですね、アリバイ」哀しげに眉を傾ける水咲アンナ。

そして彼女は、とっておきの切り札を示すようにズバリといった。

「それでは先生、その靴を脱いで足の裏を見せていただけませんか？」

瞬間、観念したように呻き声をあげる国語教師。

その姿を見て、自らの勝利を確信する女子高生探偵。

気が付けば、国分寺の夜空に鳴り響くパトカーのサイレン。その音は鯉ケ窪学園へ向けて、徐々にだが確実に接近しつつあった。


——『音楽室の殺人』閉幕——

※

最後の一行まで読み終えた僕は、原稿に視線を落としたままで、ひとり呟いた。

「最後の最後に『閉幕』って書くあたりが、なんかうるさい気が……」

すると背後から突然、「うるさくなんかない。古き良き伝統に従ったまでだ」と鋭く響く水崎アンナ先輩の声。振り向くと、第二文芸部部長は何かを待ち構えるような表情で、僕の真後ろに立っていた。前のめりの彼女は、僕に向かってずいと顔を近づけながら、「やっと、読み終えたらしいな。で、どうだったんだ、高校生探偵水咲アンナの活躍ぶりは？」

聞かれて僕は、読みながら感じていた疑問を素直に口にした。

「はあ、《高校生探偵》はべつに構いませんけど、《美しき女子高生探偵》とか《学園創設以来の秀才》とか《学園一と噂される美貌》とか、この娘《こ》、やたらと能書きが多すぎません？　なんか、ちょっと大袈裟だし……」

「大袈裟？　いやいや、そんなことないだろ。ちょうどいいぐらいだと思うぞ」

水崎先輩は僕の指摘に首を傾げながら、「むしろ私は水咲アンナを平凡に書き過ぎたと、少し後悔しているくらいなんだ。もっと天才肌の超絶的美少女に書くべきだったのかもしれない。だが、あまりやりすぎると容姿にも才能にも恵まれていない一般読者から、無用の反感を買うのではないかと思ってな。それでまあ、ほぼ私自身を投影したキャラクターに落ち着いたというわけなんだ」

「そ、そうだったんですか」いまの先輩の発言が何よりも読者の反感を買うのではないかと、僕は本気で危惧した。「まあ、これはあくまでも第一話ですしね。水咲アンナちゃんもまだ登場したばかりだし、キャラクターとして成長するのは、これからでしょうから……」

「そうか。そう思ってくれるのなら、ありがたい」水崎先輩はニッコリと微笑むと、再び僕に顔を寄せながら、「で、肝心の内容については、どうなんだ。面白かったのか？」

「うーん」と唸《うな》った僕は精一杯言葉を選んで答えた。「——まあまあ、ですね」

「まあまあ？」水崎先輩は不満げに唇を歪めながら、「随分、遠慮した言い回しだな。べつにいいんだぞ、『大傑作ですね』っていってくれても。大丈夫。心の準備はできてるから」

いや、その準備、全然いらないです――と心の中で呟いた僕は、根本的な問題を指摘した。

「そもそも、ここに書かれたような移動トリックって実現可能ですかね？　いくら犯人が履物を脱いで足音に気を付けたとしても、やっぱり無理じゃないかと思うんですが」

すると、水崎先輩はまたしてもあざ笑うような視線を僕に浴びせながら、

「へえ、じゃあ君は横溝正史の『本陣殺人事件』を読んで、作者に聞くのか。『あの密室トリックって実現可能ですかね？』って。そんなことといったら君、横溝に指嚙《か》まれるぞ」

「なんで、僕が指を嚙まれなきゃならないんですか！」

「そういう作品があるんだよ、横溝に。――まあいい。ほかに疑問な点は？」

「犯人は扮装に用いたアイテムを中庭に放り捨てていますけど、いいんですかね？　コートはともかく、脱いだ目出し帽には箕輪教諭の髪の毛とか付着してませんか。それだと警察は一発で犯人の正体にたどり着きますよ」

この僕の指摘は、少し鋭すぎたのかもしれない。水崎先輩は一瞬「シマッタ……」という表情。しかし、すぐさま強気な顔を取り戻すと、平然とこう言い放った。「それは、アレだ、犯人のほうで充分に気を付けたんだろ。決定的な遺留物を残さないように。そう、犯人は目出し帽を被る前に、水泳キャップなどを被ったのかもしれないな。そうすりゃ、目出し帽に髪の毛は残らないはずだから」

「なるほど、それならいいですけど。――でも先輩、それ、いま考えましたよね？」

「馬鹿馬鹿、そんなわけあるか。構想段階から、そういう話だったんだよ。ただ、うっかり書き

漏らしただけだ」先輩は断固として言い張ると、無理やりこの話題を打ち切るように、「髪の毛とか瑣末《さまつ》なこと以外で、何か疑問な点は？」

「大きな疑問といえば——この箕輪っていう犯人は、偶然彼の教室にやってきた水咲アンナちゃんを自分のトリックに利用したっていう話になっていますよね。じゃあ仮に水咲アンナちゃんがやってこなかった場合、犯人はどうするつもりだったんですか？」

「おお、それはもっともな指摘だな」水崎先輩はパチンと指を鳴らした。「実は箕輪教諭は職員室にいる中村君を利用するつもりだったんだよ。中村君は箕輪教諭の後輩の数学教師で、先輩の命令には黙って何でも従う便利な男なんだ。——作中には一度も出てこないけどな」

「出しといてくださいよ！　いきなり中村君とかいわれても、誰も知りませんから！」

「そうかぁ？　だけど中村君は出しても特に面白みのない人物なんだけどなぁ……」

顎に手を当て、考え込む水崎先輩。僕は思わず「え、中村君って実在するんですか？」と聞きそうになって、やめた。そんな質問をしたところで、彼女の答えはもはや想像がつく。「じゃあ君は横溝にこう聞くのか。『金田一耕助《きんだいちこうすけ》って実在するんですか』って？」——きっと彼女はそんなふうにいうはずだ。仕方がないので、僕は別の疑問点を口にした。

「ところで箕輪教諭は、なぜ音楽教師を殺害したんですか？　たとえフィクションでも殺人事件の話なんだから、それなりの動機はあるはずですよねえ？」

だが、この問いを耳にした瞬間、再び水崎先輩は面白いほどの動揺を露《あらわ》にした。眉間に皺を寄せながら、しばし黙考。やがて顔を上げると、先輩は掠《かす》れ気味の笑い声を響かせた。

「ははは、動機!?　ははは、動機か。そりゃもちろん、殺人事件なんだから動機ぐらいはあるさ。

動機は、そう、アレだ。――痴情の縺《もつ》れってやつ」

「痴情の縺れぇ？」また随分とベタなやつを放り込んできましたね！

「ああ、そうだ。実は箕輪教諭は音楽教師浦本響子と付き合っていたんだな。だがイケメンで女たらしの箕輪教諭には別の女ができた。そう、お金持ちの社長令嬢だ。なんなら学園理事長の孫娘でもいい。有利な相手に乗り換えようとする打算的なイケメン教師。だが嫉妬に燃える音楽教師は、その別れ話を突っぱねる。『絶対、別れてやらないんだから』――とかなんとかいってな」

「なるほど。それでにっちもさっちもいかなくなった箕輪教諭は、音楽教師を殺害。後にトリックを弄して自らのアリバイを偽装したってわけですね」

「そうそう、そういうことだ」先輩は綺麗な額を指先でポリポリと掻きながら、「あ、あれえ、私、そういうふうに書いてなかったっけ？」

「…………」なに、とぼけてんですか、先輩！

「そうか。まあいい。いずれにしても、この原稿はまだまだ推敲《すいこう》の余地アリってことだな」

そういって誤魔化すような笑みを覗かせた水崎先輩は、次の瞬間、「だったら、そんな原稿はこうだ！」といって自ら原稿を手にする。そして袖の引き出しを開けると、「えいッ」とひと声叫んで、その原稿を中へと放り込む。引き出しをピシャリと閉めた先輩は再び、ハイ一丁上がり、とばかりにパンパンと手を払う仕草で怪しい笑みを浮かべた。

呆気《あっけ》にとられたまま言葉もない僕。

対照的に涼しげな表情の水崎先輩。

そして彼女は誘うような視線を僕に向けながら、あらためてこう聞いてきた。

「さてと、どうだ、君？　いますぐ第二文芸部に入りたくなっただろ？」

僕は溜め息混じりに、こう答えた。

「はあ、もうしばらく考えさせてもらえませんか……」

文芸部長と『狙われた送球部員』

四月には満開だった桜もアッという間に散り、新緑と五月病の時期も過ぎ去って、いつの間にやらカレンダーは六月。関東地方は梅雨《つゆ》の真《ま》っ只中《ただなか》だ。天気予報を眺めれば雲のマークと傘のマークがオセロの石のように並ぶ、そんな季節。国分寺の上空には毎日のように低く厚い雲が垂れ込め、我らが鯉ケ窪学園にもジメジメと湿った空気が充満していた。

入学直後は新しい環境に馴染めず、広い校内を右往左往していた新入生たちも、この時期になれば、さすがにもう落ち着いたものだ。大半の生徒は所属するクラブも決まって、それぞれのフィールドで練習やら会合やらに精を出す日々。放課後ともなれば、音楽室ではブラスバンド部の一年生がブタの鳴き声のごときホルンの音色を轟《とどろ》かせ、野球部のグラウンドでは球拾いの一年生が先輩の下手《へた》なノックの後始末に追われる——といった具合。だが、そんな中、いまだ僕は自分の部活動を決めかねていた。

四月のころは文芸部への入部を希望していたのだが、訳あってその機会を逃した僕は、なんとなくそのままズルズルと無為な毎日を過ごしてしまい、気が付けば五月の大型連休、それが終われば中間テスト。結局、六月になったいまも僕は無所属のまま、いわゆる帰宅部を継続中なのだった。正直こんなはずではなかった。本来ならば、いまごろは刺激に満ちた薔薇色《ばらいろ》の学園生活を送っているはずだったのだが――

「うーん、こうなったのも、文芸部のアノ人のせいだぞ。まったく！」

不満を呟きながら下足箱から自分の靴を取り出す僕。脱いだ上履きを仕舞って靴を履く。

時刻は午後三時半。授業もホームルームもすべて終わり、帰宅部の面々は帰宅の途につくばかりである。しかし校舎の玄関を一歩出てみると外はあいにくの雨。僕は空を見上げて思わず「ハァ」と溜め息をついた。天気予報によれば『前線の活動が活発になっている』とのことで、本日の降水確率は六十パーセント。それを見て「うん、今日は降らないな」と決めつけた僕は、傘を持ってこなかったのだ。

「まあ、四十パーセントのほうに賭けた時点で、そもそも分が悪い勝負だったけど……」

自嘲気味に呟いた僕は、恨めしい思いで梅雨空を見上げるばかり。だが、いったん降り出した雨は当分止《や》む気配はない。「ちぇ、仕方がないな」舌打ちした僕はスクールバッグを頭の上に掲げながら、雨の中を駆け出す構え。すると、そのとき――

「ん、なんだ。傘がないのか、君？」背後から呼びかけてくる女子の声。ハッとして足を止めると、一本の赤い傘が僕の頭上に差しかけられた。「ほら、入れよ、私の傘に」

えッ――驚きとともに振り返る僕。その視線の先に見覚えのある女子生徒の姿があった。

学校指定の白いシャツにベージュのベスト。チェックのミニスカートから伸びる二本の脚はスラリと細くて長い。足許は女子高生の定番である紺のソックスに黒革のローファー。夏仕様の制服を完璧に着こなした彼女は、僕と同じく紺色のスクールバッグを肩に掛けている。背中に掛かるストレートロングの髪は艶めく黒。高い鼻は自慢げに上を向いている。切れ長の目はどこか意地悪そうな光を湛《たた》えながら、真っ直ぐ僕のことを見詰めていた。

「…………」意外な人物との遭遇に、僕は言葉もないまま立ち尽くした。

「ん、どうした⁉ そんな珍獣を見るような目をして。それとも、学園一の美少女の顔を見忘れたのか」

「い、いいえ、忘れたわけじゃありません」

忘れてないから、こうして驚いているのだ。僕の学園生活を初《しょ》っ端《ぱな》で小さな挫折に追い込んだ元凶である《文芸部のアノ人》。まさにその当人が赤い傘を差しかけながら僕の隣に悠然と佇んでいるのだ。これが驚かずにいられようか。僕は約二ケ月ぶりに彼女の名前を口にした。

「えーっと、確か、水崎さんですよね」

「そうだが、『水崎さん』とは他人行儀だな、君」彼女は不満げに唇を尖らせながら、「なーに、遠慮はいらないから『水崎先輩』と呼んでくれ。あるいは『アンナ先輩』でもいいぞ」

「はあ……」水崎アンナ。相変わらずマイペースな三年女子である。そんな彼女の差し出す傘を押し返して、僕は再び回れ右。そして片手を振りながら、「いいえ、傘なら結構です。僕、濡れても平気な人ですから」といって雨の中をひとり歩き出す。すると次の瞬間、殺気に満ちた傘の先端が、僕の背中をズンと一突き。僕は「ウグッ」と呻き声を発して、危うくびしょ濡れの地面に倒れ込みそうになった。「な、なにすんですか、水崎さん！」

「先輩と呼べ。水崎先輩だ」

水崎アンナは自分の胸に手を当てながら、「いや、いっそもう『水崎部長』のほうがいいかな。なにしろ君は我が第二文芸部の新入部員のひとりなのだから」

「…………」彼女の台詞《せりふ》には若干の補足説明と訂正が必要だと思う。

まず『第二文芸部』とは聞きなれないクラブ名だが、これは正規の文芸部とは似て非なる活動に従事するアウトサイダーな弱小クラブのこと。確か四月に会ったときには《実践的創作集団》とかなんとか長ったらしい能書きを聞かされた気がするけど、二ケ月経《た》ったいまでは半分も記憶にない。それから『新入部員のひとり』と彼女の台詞にあるが、これはまったく事実と異なる。確かに僕は文芸部と間違えて第二文芸部の部室の戸をウッカリ叩いてしまったけれど、すんでのところで入部は回避したつもり。ついでにいうと『新入部員のひとり』などといえば、他にも大勢の新入部員が存在するかのようだが、そんな事実はいまだ確認されていない。いや、実際には新人はおろか古参部員だって皆無。僕の知る限り、第二文芸部に所属する生徒は、部長の水崎アンナがただひとりである。

僕は降りしきる雨に打たれながら彼女に訴えた。「僕は第二文芸部に入部した覚えはありません。だから水崎先輩のことを部長と呼ぶ筋合いは、全然ないと思いますけど――」

「冷たいことというな。私の書いた傑作ミステリを読んだだろ。だったら君はもう立派な第二文芸部の一員だ」

「勝手に部員にしないでください！」

「そうか、まだその気にならないのか。――まあいい。とにかく私の傘に入れよ。ほら、アホみ

「たいに強がってないでさ」

「誰がアホみたいですか、誰が！」

不満を呟きながら、しかし確かに傘は有難いので、仕方なく僕は彼女の傘の中へと身を寄せる。

そうして僕らは校門へとゆっくり歩きはじめた。と、そう思ったのだが——

「あれ？　ちょっと……どこに向かってるんですか、先輩」

校門への進路を外れて歩く彼女に、僕は慌てて問い掛ける。だが彼女は「いや、こっちでいいんだ」とまるで聞く耳を持たない様子。「ほらほら君、離れて歩くと濡れちゃうぞ。さあ、こっちこっち……」そういって雨の中、ずんずんと歩を進める水崎アンナ。

僕は彼女に従って——というか、彼女の傘に従って歩くしかない。やがて僕らは校舎の裏庭に到着。そこには長年放置されてきた焼却炉が何かの記念碑のごとく屹立している。その傍らに建つのは見覚えがあるプレハブ小屋。この小屋を水崎アンナは自分の占有物のごとく部室として使用しているのだ。それが証拠に、小屋の入口には『文芸部』と大書されたプレートがあり、その上には小さく『第二』と書かれている。ほぼ詐欺である。

「やあ、ちょうどいい。君、ついでだから少し寄っていけよ」

そういって彼女は入口の鍵を開ける。何が《ちょうどいい》で何の《ついで》なのか、サッパリ意味不明である。しかし彼女は構わず戸を開け放つと、僕を迎え入れていった。

「実は、また君に読んでほしいものがあるんだ。いいから読んでくれ。遠慮するな。読み終わって感想を聞かせてくれれば、それでいい。それが終わったら、傘ぐらい貸してやるから……」

『狙われた送球部員』

1

ザァーザァーザァーザァー、と豪雨を思わせる激しい音が狭い空間にこだまする。

そんな中、ふいに杉原周作《すぎはらしゅうさく》は目を覚ました。どうやら強い雨が屋根を叩いているらしい。だが目を見開いてみても、あたりは何も見えない暗闇の中だ。杉原は目が慣れるのを待ちながら、ぼんやりとした頭で考えた。――いったい、ここはどこだっけ？

背中や腰にパイプ椅子の座面の感触がある。視線の先にぼんやり浮かぶのは、なんとなく見覚えのある天井だ。それでようやく求めていた答えが出た。

――そうだ、ここは我らが送球者たちの聖地、送球部の部室じゃないか！

ちなみに《送球》とはハンドボールの意味。杉原周作は伝統ある（だが実績はない）鯉ケ窪学園送球部において、二年生ながら主将を任されている男である。

そんな杉原は闇の中で身体を起こすと大きなアクビを一発。そして眠気を振り払うようにブンブンと顔を左右に振った。いったい自分はなぜ、この暗い部室でひとり眠っていたのだろうか。そう考える杉原の口から、「ああ、そうだった……」という呟きが漏れた。

答えは雨宿りだ。長雨が続くこの季節、ハンドボールの屋外練習は天候に左右される。この日も午後から雨でグラウンド状態は不良。仕方なく放課後の練習は屋根のある渡り廊下や空いた教室を利用しておこなわれた。なにしろ、ただでさえハンドボールはマイナー競技。おまけに鯉ケ窪学園送球部は弱小の上に《超》が付くレベルなので、雨だからといって自由に体育館を使えたりはしないのだ。——サッカー部は使っているのに、だ！

そんな送球部の練習が終了したのは午後六時のこと。部室で着替えを済ませた部員たちは、それぞれ帰宅の途へ。そして最後に部室に残ったのが主将の杉原だった。

ところが部室を出ようとした途端、それまで小降りだった雨が本降りになった。そして残念ながら杉原の手には傘がなかった。天気予報によれば《各地に長雨をもたらしている前線が、なおも日本列島に停滞中》とのことで、今日の降水確率は七十パーセント。それを見てなぜか杉原は「よし、じゃあ今日は降らないな」と勝手に決め付けて傘を持たずに家を出たのだ。僅か三十パーセントの低い確率に敢えて期待する杉原は、要するに《確率論を解さない愚か者》と、そう呼ばれても仕方のない存在であるが、それはともかく——

傘を持たない杉原は部室から出るに出られず立ち往生。結局、部室にひとり留《とど》まって雨が止むのを待つことにした。すでに薄暗くなった部室にパイプ椅子を並べ、その上でゴロンと横になったところまでは記憶にある。だがその直後には練習の疲れもあってか、どうやら熟睡してしまったらしい。目が覚めたときには、あたりはすっかり夜の闇というわけだ。

ヤバイ、もう家に帰らなきゃ——そう思って慌てる杉原だったが、ガラス窓の外に目を向けると相変わらず雨は降り続いているらしい。それでも、いちおう雨脚を確かめようと考えた彼は、半分ほど窓を開けてみた。ちなみに送球部の部室はグラウンドの片隅にある長屋のような平屋建ての右端。すぐ隣は空き部屋になっていて、その隣は陸上部、その隣はサッカー部、その隣もサッカー部で、その隣もサッカー部という、まったく理不尽極まりない部屋割りになっている。

——いったい送球部と蹴球部の何がそんなに違うのか？

送球部キャプテンとしては嘆かずにはいられないところだが、それはさておき——

窓を開けた杉原は落胆の声を発した。「なんだ、さっきよりも酷い降り方じゃないか」

長屋のような建物の傍には水銀灯が一本立っていて、建物の周囲は意外に明るい。その明かりに照らされて、頭上から舞い落ちる無数の水滴がキラキラとした輝きを放っていた。それは杉原の顔にも容赦なく降りかかる。彼は開けたばかりの窓を慌てて閉めなおした。

「やれやれ、困ったな……」杉原は暗がりの中で腕組みした。

明かりを点けようかとも思ったが、なんだか不審を招きそうなので点けずにおく。杉原はテーブルの上に置いてあった自分の眼鏡を手に取って掛けた。視界が明るくなった気がした。それにいったん目が慣れてしまえば、窓から差し込む微《かす》かな明かりだけでも部室の様子は充分把握できるのだ。杉原はパイプ椅子に座りなおして、これからの対応を考えた。

——このまま雨が止むのを待ち続けるか。それとも諦めて濡れながら帰るか。

そんなふうに思考を巡らせる杉原だったが、そのときふいに——「おや？」

声をあげて天井を見やる。さっきまでザァーザァーと間断なく屋根を叩いていた水音が、急速に衰えてゆく。どうやら強かった雨も徐々に止みつつあるらしい。そう思う間に、窓の外はすっかり静かになった。杉原は思わず立ち上がって快哉を叫んだ。

「おおッ、ラッキー。雨、ちょうど止んだじゃん！」

杉原は自分のスポーツバッグを手にすると、部室の扉を開け放った。たっぷり水を含んだ地面が目の前に広がっている。だがグラウンドの土は水ハケがいいので水溜《みずたま》りにはなっていない。見上げてみると、相変わらず分厚い雲が上空を覆っている。だが雨粒はもう一滴も落ちていないようだ。――よし、いまが絶好のチャンス！

部室を出た杉原はすぐさま扉に施錠した。鍵は明日の朝まで自分が持つことにする。

「べつに構わないだろう。どうせ朝練に一番乗りするのは、いつも俺なんだから……」

部室の鍵をズボンのポケットに入れて、杉原は歩き出した。濡れた地面に一筋の足跡を残しながら、彼はグラウンドを横切るようにして学園の裏門を目指す。――が、しかし！

このとき杉原周作は、まだ知らなかったのだ。

帰宅を急ぐ彼の背後に、邪悪な影が忍び寄っていることを――

※

第二文芸部の部室の片隅。古びたデスクに向かう僕は、目の前に広げた原稿の最初の数枚を読んだところで、いったん顔を上げた。激しさを増した雨がプレハブ小屋のトタン屋根をやかましいほどに強く叩いている。偶然ではあるだろうが、作中に描かれた冒頭場面と少しだけ似たような状況だ。梅雨時に降る強い雨。部室での雨宿り。敢えて降水確率に逆らって傘を持たない杉原という男も、今日の僕と通じるものがある（作中では『確率論を解さない愚か者』とある……）。

僕は第二文芸部部長の考えを漠然と理解した。

――なるほど、それでこの人は、今日の僕にこの作品を読んでほしかったわけか。

椅子に座る僕は腰を捻って背後の女子を見やる。第二文芸部部長は肘掛け椅子に深々と腰を下ろしながら、優雅に珈琲を飲んでいる。彼女は僕に気付くと、さっそく聞いてきた。

「どうだ、君。率直な感想を聞かせてくれ。面白いだろ。冒頭から釘付《くぎづ》けだろ。作品世界にぐいぐい引き込まれるだろ。巻を措《お》く能《あた》わず――ってな感じだろ。そうだよな、君?」

いうまでもないことだが、水崎先輩は《率直な感想》を聞きたいのではなく、《嵐のような絶賛》を要求しているのだ。だが嘘のつけない僕は《率直な感想》のほうを聞かせてあげることにした。

「なんていうか、随分と思わせぶりですねえ。『――が、しかし!』とか『○○は、まだ知らなかったのだ、××が△△なことを――』とか、ちょっと言い回しが大袈裟すぎませんか」

「そんなことはない。次の展開に期待を持たせるためには必要なことだ。なにしろミステリの読者って奴は、『さあ事件を起こしてくれ』『さあ早く死体を見せろ』『さあ謎を示せ』と常に前のめりになりながらページを捲《めく》ってる、そういう輩《やから》が多いからな。そこで作者としては『大丈夫ですよ、もうすぐ事件は起こりますから』と相手をなだめすかしながら話を進めていく必要があるわけだ。その言い回しが大袈裟で思わせぶりだというのなら、責任はせっかちな読者のほうにある。うん、読者が悪い。きっとそうだ」

いきなり読者に向かって猛毒を吐く文芸部長。そんな先輩に僕は読者のひとりとしていってやった。「いや、僕はそうは思いません。読者は常に有難い存在だと思います」

「も、もちろん、そうだとも! そ、そんなの、あ、当たり前じゃないか!」水崎先輩はガラリと態度を変えると、慌てて肘掛け椅子から立ち上がった。「もちろん読者あってのミステリだとも。誰かに読まれることで初めてミステリはミステリとなるんだからな。そうだ。読者は全然悪くない。悪いのは、なかなか事件を起こさない犯人だ。私はそう思うぞ」

――なにいってるんですか、先輩？　事件を起こすのは、あなたですよね？

水崎アンナの無責任発言に首を傾げながら、僕は再びデスクの上の原稿に目を落とした。

いまから十数分前。《雨宿り》という口実でもって、無理やり僕を部室に連れ込んだ水崎アンナは、まず僕をデスクの前の回転椅子に座らせた。そして、おもむろに袖の引き出しを開けると、中からダブルクリップで留められた原稿の束を取り出した。表紙のページには大きな活字で『鯉ケ窪学園の事件簿20XX年度版（仮）』。それが彼女自身の創作した連作短編集の仮タイトルであることを、僕は四月の時点ですでに知っている。さては僕に二話目を読ませるつもりだな、と警戒する僕の背後で案の定、水崎アンナは分厚い原稿の束からコピー用紙十五枚程度を抜き出す。そして、それを僕の目の前のデスクにバシンと叩きつけるように置いたのだ。

短編のタイトルは『狙われた送球部員』。ハンドボールの日本語訳が《送球》であることを、僕はこの小説で初めて知った（悔しいけど勉強になる）。

もっとも鯉ケ窪学園にハンドボール部はあっても送球部はない。いや、ひょっとしたら第二文芸部が存在するのと同様、第二ハンドボール部としての送球部が地下で活動しているのかもしれないが、少なくともグラウンドの片隅に送球部の部室なんてない。ということはつまり、これはあくまでもフィクション。すべては水崎アンナの創作によるものだ。

もちろん創作物、すなわち作り話だからといって、このミステリ小説が読む価値のないものだということにはならない。そのことについては前回、僕と水崎部長との間ですでに議論を尽くしているので、ここでは問題にしない――って、あれ、ひょっとして僕いま『水崎部長』っていった？　うーん、ヤバイな。僕、第二文芸部に染まりつつあるのかも！

気を取り直すようにブンと首を振ると、僕はあらためて原稿に向き直る。さっそく続きを読もうとすると、背後から水崎部長——じゃない水崎先輩がずいと顔を突き出しながら、

「さあさあ、細かいことは気にしないで、さっさと続きを読んでくれ。この後、学園一の美少女探偵水咲アンナちゃんが登場して、頭を殴打された杉原周作を発見するんだ——」

と、いまここでする必要のない余計な説明。僕は思わず原稿の束を平手で叩きながら、

「だから、やめてくださいって、話の筋をバラすの！　僕、これから読むんですよ！」

『狙われた送球部員』（続き）

2

壁の時計に目をやると午後八時が近かった。「——おや、もうこんな時間か」

鯉ケ窪学園第二文芸部の部室。デスクに向かう美人部長、水咲アンナはパソコン画面を埋め尽くした文字列に視線を戻しながら、「うーん、もう少しなんだが……」と呟いた。

桜舞い散る四月に起こった難事件。それは学園の音楽教師、浦本響子教諭に纏わる事件であり、ある種の不可能犯罪だった。すでに解決済みではあるが、それがアンナにとって特に印象深い事件だったことは間違いない。文芸部長としてその詳細な記録を残しておきたいものだ。事件から随分と時間が経ってから、そう思い立ったアンナは、この日の放課後、ひとり部室に閉じこもっ

てパソコンに向かっていたのだ。だが、そうするうちについつい時間を忘れて、執筆に没頭してしまったようだ。

「仕方がない。今日はここまでにしておくか……」

アンナはパソコンの電源を切り、慌てて帰り支度。スクールバッグを手にすると、ひとり第二文芸部の部室を出た。部室は学園の片隅、設立記念のモニュメントの傍にある洒落《しゃれ》た建築物。水咲アンナ率いる第二文芸部の面々は校長先生の特別な計らいで、この建物を部室として使っているのだ。

外へ出てみると、空には分厚い雲。だが雨粒は一滴も落ちていない。そういえば部室を訪れた夕刻の時点では、この季節らしくシトシトとした雨が降っていた。途中、ザーザー降りの豪雨になった時間帯もあった気がするが、青春の炎を燃やして執筆に賭ける水咲アンナは、それがいつ止んだのか気付きもしなかった。

いずれにしても、雨が止んだのは大助かりだ。アンナは雨水を含む地面を踏みしめながら、ひとり裏門へと歩を進めた。そうしてたどり着いた裏門は、何者の侵入も許さない、とばかりにピッタリと閉じられていた。だが、こんなものは簡単に乗り越えられるのだ。

そう思ってアンナが門扉に片足を掛けようとした、ちょうどそのとき！

「――む」

何かしら不穏な空気を察知して、アンナはいったん門扉に掛けた右足を地面に戻した。耳を澄ましてあたりの気配を窺う。裏門から少し離れたところに立つ楓《かえで》の大木。その根本の暗がりに男性らしき人影があることに気付く。咄嗟にアンナは、その人影に向かって呼びかけた。

「おい、そこの君、どうした？　何かあったのか」

するとと人影は何やら慌てた様子。楓の木の根元から数歩離れると、いきなり回れ右。くるりと背中を向けると脱兎《だっと》のごとく駆け出していった。いかにも怪しく映るその姿を見ては、アンナもジッとしてはいられない。すぐさま男の影を追うように駆け出す。すると楓の大木の傍を通り過ぎようとしたところで、「――ん？」

アンナは大木の根本に転がる障害物のごとき物体に気付いて、思わず急停止。逃げ去る男の背中と地面に転がる障害物を交互に眺めた挙句、障害物のほうに駆け寄った。

間近で見ると、それはワイシャツ姿の男子生徒だ。体育会系を思わせるガッチリとした体格。顔の真ん中あたりで黒縁眼鏡が斜めになっている。その姿はハリセンで叩《たた》かれた喜劇役者を思わせた。そんな彼は楓の根本に仰向《あおむ》けに倒れたまま死んだように動かない。

いや、しかしまさか本当に死んでいるなんてことは……

恐る恐る男子に接近したアンナは、「おい、大丈夫か、君！」と呼びかけながら彼の顔や首筋に触れてみる。たちまち彼女の口から安堵の吐息が漏れた。「良かった。息はある……」

男子は気絶しているだけだった。確認してみると、後頭部に大きなコブができている。

「さては誰かに殴られたのか」そう呟くと同時に、アンナはその男子の顔に見覚えがあることに気付いた。「なんだ、こいつ、超弱小送球部のぐーたらキャプテン、杉原周作じゃないか」

相手が気絶しているのをいいことに、アンナは送球部主将に向かって普段はけっしていえない本音を吐く。すると彼女の猛毒が効果を発揮したわけでもあるまいが、横たわっていたぐーたらキャプテンが「うーん」と呻き声を発して眉間に皺を寄せた。どうやら目を覚ましそうだ。見守るアンナの前で、杉原周作はパチリと目を見開く。そして斜めになった眼鏡をきちんと掛けなおすと、キョロキョロとあたりに視線を泳がせた。

「ああん、あれ、なんだ、水咲？　どうしたんだ、俺？」

どうやら自分の置かれた状況が理解できていないらしい。アンナは事実を伝えてやった。

「杉原はこの場所で気絶していたんだ。後頭部にコブができているから、きっと後ろから棒か何かで殴られたんだな。おまえ、何も覚えていないのか？」

「後頭部を棒か何かで……」呟きながら杉原はゆっくりと上体を起こす。やはり頭が痛むのだろう、彼は顔をしかめながら、「くそ、よく覚えていないが、確かに殴られたらしいな」

いいながら右手を後頭部に持っていく杉原。だが、そのとき彼はふと右手を止めて怪訝そうな表情。そして今度は握った右の拳を自分の顔の前に持っていくと、

「俺、何か握ってる……何だ、これ？」

呟きながら杉原は右の拳をゆっくり開く。掌の中に現れたのは一個のボタン。ワイシャツなどに使われる飾り気のない白いボタンだ。それを見るなり杉原は腑《ふ》に落ちない表情を浮かべた。

咄嗟にアンナは彼の着ているワイシャツのボタンを上から下まで確認してみる。だが彼のシャツにボタンの取れたところは見当たらない。ということは――「ひょっとしたら、犯人の遺留品かもしれないな。といっても、ありふれたボタンだし、指紋を調べたところで、もうおまえの指紋しか出てこないだろうが。とにかく大事にしといたほうがいいぞ」

アンナが忠告すると、杉原は「ああ、そうだな」と頷いて、そのボタンを自分のシャツの胸ポケットに仕舞った。「ところで水咲、俺、どれぐらい気を失っていたんだ？」

「そんなこと私が知るか。いまは午後八時を十分ぐらい過ぎたところだが……」

スマートフォンで時刻を確認するアンナ。その言葉を聞いて「そうか」と頷いた杉原は「そういや俺が送球部の部室を出たのは何時だっけ？」と腕組みして首を傾げる。

「いや、そんなことより」といってアンナは校舎の立ち並ぶ方角を指で示した。「ついさっき、倒れているおまえの傍に、もうひとり誰かいたぞ。挙動不審の怪しい男だった。私が声を掛けると、その男は慌てて中庭のほうへと逃げていったようだった。ひょっとすると杉原を殴った犯人は、そいつだったのかもしれない」

「ん？　だとすれば、俺はたったいま殴られて、一瞬だけ気を失っていたってことか……」

呟きながら杉原は、大木の根本からゆっくりと立ち上がる。そして中庭の方角を悔しそうな目で見やりながら、「畜生、いまから追いかけて、なんとかならねーかな？」

「いや、なんともならんだろ。もう、とっくに遠くまで逃げてるさ。それより杉原、大丈夫なのか。救急車とか呼ばなくて平気か。警察に通報しなくていいのか」

「はあ、警察⁉　馬鹿、なんでそんなもん呼ぶんだよ」

——こっちこそ、なんでおまえに《馬鹿》って呼ばれなきゃならないんだよ！

アンナは憤然としながら、「なんでって、おまえ、暗がりで頭をぶん殴られたんだぞ。これは立派な犯罪だろ。暴行傷害罪、いや、殺人未遂の可能性だってあるかもだ」

「ふん、まさか。警察なんて大袈裟すぎるぜ。そんなの、こっちのほうで御免被る」

「だが、それだと殴られ損ってことになるぞ。それでいいのか、杉原？　そもそも送球部の連中は日陰者の根性が染み付いていて、学園一ひがみっぽくて執念深いと評判だ。そこのキャプテンがそんなにアッサリ相手を許すとは、私には到底信じられないが……」

「ああん、誰がひがみっぽいって?」杉原は眉根を寄せてアンナを見やる。睨むような視線の中に、アンナは梅雨空のごときジメッとした湿り気を感じた。そんな杉原は右の拳を握ると、断固とした口調でこう宣言した。「誰も許すなんていってねえさ。俺を殴った犯人は、俺自身の手で必ず捜し出す。そして、きっとこの手で半殺しにしてやるぜ」

「そうか。頑張れよ」——でも半殺しはマズイだろ。

呆れるアンナの耳に、そのときふいに何者かの声が届いた。二人の男が何事か言い合っている雰囲気だ。甲高い声が「嘘じゃないです……見たんですって……」といえば、もうひとりの太い声が「本当かよ、君……」と応じる。それは中庭の方角から響き、徐々にこちらへ向かって接近しつつあるようだった。アンナは思わず杉原と顔を見合わせた。

やがて暗闇の向こうから姿を現したのは、中年男性と男子生徒だ。

アンナは中年男性のほうに見覚えがあった。化学教師の増井浩太郎《ますいこうたろう》教諭だ。中肉中背の均整の取れた身体つき。端整で知的な風貌に白衣がよく似合う人気教師だが、いまは帰宅の途につくところなのだろう、ノーネクタイのスーツ姿だった。

一方、男子のほうは学園指定のワイシャツを着た生徒だ。ひょろりとした瘦せ型で背が高い。身体が縦長な分、顔も縦に長い。野菜に喩《たと》えるならキュウリ、果物に喩えるならバナナ。アンナにとっては見覚えのない男子である。

二人は楓の木の下に水咲アンナと杉原周作の姿を発見するなり、やはり驚いたように顔を見合わせる。そして二人はそのまま真っ直ぐアンナたちの傍まで駆け寄ってきた。

最初に口を開いたのは、ひょろっとした男子生徒だ。彼は送球部主将の全身をマジマジと見やりながら、「な、なんだ、杉原……おまえ、生きてたのかよ……」

と、まるで死んでいないことが不満であるかのような言い草。すると杉原のほうもムッとして言い返す。「当たり前だ。木戸《きど》のほうこそ何なんだよ。先生とつるんで……」

指を差された増井教諭は一歩前に進み出て聞いてきた。「君たちは二年の水咲と杉原だな。ここで何をしているんだ？　もう部活はとっくに終わったはずの時刻だよな？」

「ええ、そうなんですけど」と頷いたアンナは簡単に事情を説明した。「部活を終えて帰宅しようと裏門のところまできたら、杉原君がこの場所で気絶していて……どうやら誰かに殴られたらしいんです」

その途端、木戸という名の男子が勝ち誇るように胸を張った。「ほらね、先生。だからいったでしょ。杉原が倒れてるって。先生は全然、信用してくれませんでしたけど」

「そうか、疑って悪かった」素直に頭を下げた増井教諭は、しかしすぐさま顔を上げると今度は一転して不満げに口を尖らせた。「しかしね木戸君、確か君はこういったはずだ。『杉原が死んでます』ってな。悪い冗談だと考えるのも無理ないと思わないか」

「す、すみません。それは僕の早とちりでした……」今度は男子のほうが頭を下げる番だった。

それで満足したのか、増井教諭は「なーに、構わないさ。些細《ささい》なことだ」と鷹揚《おうよう》に手を振ると、あらためて杉原に向き直った。「で、君は誰に殴られたんだ？　喧嘩の原因は？」

「俺、喧嘩なんかしてませんよ！」杉原は声を荒らげた。「誰に殴られたのかも、よく判りません。気付いたら、ここで伸びていたんですから。――そうだろ、水咲？」

「ああ、そのとおりだ」頷いたアンナは、おもむろに右手を挙げると、「だけど、杉原を殴ったのは、たぶんこの人だと思う」といって目の前の男子を指差した。

告発された彼は「お、俺じゃないよぉ！」と甲高い声を発して両手をバタバタさせる。

アンナは釈然としない思いで彼に尋ねた。「だけど君、ついさっき、この場所にいたよな。そして私が声を掛けると、君は倒れた杉原を放って逃げ出した。暗がりで一瞬見ただけだが、君のその縦に長いフォルムに見覚えがあるんだ」

すると隣で聞いていた杉原が声を荒らげて、「なにい!? おい、本当なのか、木戸」

アンナも冷静な声で問い掛けた。「そうなんだろ、木戸って人？」

「こら、なんだよ《木戸って人》って！　俺の名は木戸勝《まさる》ってんだよ」

いまさらながら男子は胸に手を当てて名乗った。これで会話がしやすくなった。

「そうか。じゃあ木戸勝って人にあらためて聞こう。君は杉原周作と友達なのか」

「いや、友達じゃない。杉原と友達になる奴なんていない。ただ部室が近いだけだ。杉原は送球部だろ。俺は陸上部なんだ。だから部活のときに、よく顔を合わせる。それだけだ」

「そうなのか？」とアンナは念のため杉原本人に確認。すると彼は「ああ、こいつのいうとおりだ」と即座に頷く。アンナは思わず哀れみの視線を杉原に浴びせた。「そうか、おまえと友達になる奴、ひとりもいないのか。まあ、なんとなく判るけどな……」

「馬鹿、そこは事実じゃねーよ。いるよ、友達ぐらい！」と杉原は無駄な強がりを示しつつ、木戸を指差した。「ただ、こいつとは友達ってほど親しくないって、そういってんだ！」

「ああ、そうか」と適当に頷いてからアンナは再び木戸に向き直った。「君、たったそれだけの薄い関係で、杉原を闇討ちにしたのか。いったい、何の腹いせだ？」

「だから違うんだって！　ちょっと待ってくれよ。俺の話を聞け。確かに君が見たのは、この俺だ。だが俺が杉原を殴ったんじゃない。俺は単なる事件の第一発見者なんだよ。いや、それだけじゃない。犯人の姿だって、俺はこの目でちゃんと見たんだからな」

木戸の意外な発言に、他の三人は揃って驚きの表情。そんな中、増井教諭が口を開いた。

「どういうことだい、木戸君？　詳しく話してくれないかな」

3

ふと気が付くと、雨上がりの空には明るい月が顔を覗かせている。どうやら、もう雨の心配はしなくて良さそうだ。そんな中、木戸勝はアンナたちに事情を説明した。

「俺は陸上部なんだが、今日は昼から雨でグラウンドは不良だったろ。だから部活は夕方六時で終わりになった。着替えて部室を出た俺は、しばらく校内をウロウロしていた。そのころはまだ雨が強くてな、少し雨脚が弱まるのを待とうと思ったんだ。ところが、そうするうちに体育館でバスケ部に捕まった。で、そのまま奴らの練習を手伝う羽目になったんだ。『紅白戦をしたいんだが、人数が四人ほど足りないんだ』――っていわれてな」

「四人も足りなくて、よく紅白戦をやろうと思ったな、バスケ部……」水咲アンナは心底呆れた声を発した。「確かバスケットボールって、五対五でやるスポーツだろ……」

「ま、バスケ部も送球部と同様、超の付く弱小チームだしな」

そういって木戸は話を元に戻した。「とにかく俺はバスケ部の練習を手伝ってやった。それが済んだのが、午後八時ごろだ。俺はすぐに着替えて体育館を出た。降っていた雨は、もう止んでいた。他のバスケ部員たちは正門へ向かったが、俺の家は裏門からのほうが近い。だから、俺はひとり裏門へと向かった。そのときだ、この楓の木の下に何者かの気配を感じた。目を凝らすと、誰かがいるようだった。俺がそいつの存在に気付くのと、ほぼ同時に、その誰かも俺の存在に気付いた様子だった。そいつは慌てた様子で俺に背中を向けると、楓の木の傍から逃げるように立ち去っていった。奴は中庭のほうに逃げていったようだった」

「おいおい、それ、誰のことを喋っているんだ?」アンナは素朴な疑問を挟んだ。「楓の木の傍から中庭に逃げていった謎の男？　それって君自身のことじゃないのか」

「そうじゃないって！」木戸はキッパリと首を振った。「俺の前にもうひとりいたんだよ、別の男が。俺は何か変だな、と思って楓の木に駆け寄ってみた。そしたら、そこに男子がひとりぶっ倒れてるじゃないか。ビックリした俺は慌てて男の顔を覗き込んだ。杉原周作だった。それを見て、俺はホッと胸を撫で下ろした。なんだ、杉原か――ってな」

「ホッとしてねえで心配しろよ。この俺が倒れてんだぞ！」杉原は眼鏡の奥で目を吊《つ》り上げる。

だが木戸はまるで気にしない様子。ニヤリと笑みを浮かべながら、「いや、全然心配なんてしなかった。だって正直、『もう完全に死んでる』って、そう思ったからだ。実際お前の身体、ピクリとも動いていなかったんでな。――はは、悪く思うなよ、杉原！」

「くそ、この冷血漢めえ！」杉原は大いに憤慨した様子で歯軋りする。

アンナは構うことなく木戸に話の続きを促した。「で、そんな君のことを、今度はこの私が裏門のところから見つけたってわけだな。私は君に声を掛けた。そしたら君は慌てて逃げ出した。だが、なぜだ？　いまの話からすると、君には逃げる理由なんてないじゃないか」

「確かに逃げる理由はなかったが、身体が勝手に反応したんだな。なんていうか、関わり合いになりたくなかったんだ。ほら、現に俺、こうして面倒くさいことに巻き込まれてるだろ。嫌だったんだよ俺、こういうふうになるのが……」

なるほど、その気持ちは判らないでもない、とアンナは思った。それでなくとも事件の第一発見者というのは疑惑の対象になりやすいもの。できれば引き受けたくない役回りだろう。それを嫌がるあまり、黙って逃げ出すケースもないとはいえない。

だがもちろん、そんな彼の証言が実は真っ赤な嘘。やはり杉原を殴打した張本人は木戸勝その人。――そういう可能性も充分あるから、迂闊に決め付けることはできない。

アンナはスーツ姿の化学教師のほうに向き直りながら、「だけど、逃げ出した木戸君は、その直後には増井先生の手で捕まえられてしまった。そういう流れなんですね」

「ああ、そういうことだよ」

と化学教師はにこやかに頷く。アンナは素朴な疑問を口にした。

「ですが、先生も随分と遅い時間まで学校に残っているんですね。何か部活の顧問でも？」

「ああ、そうだ。この四月から演劇部の顧問を任されるようになってね。彼らが教室で稽古するのを見てやっていたんだ。部員たちはみんな熱心でね。放課後すぐから始めて、午後七時半ごろまでみっちり付き合わされたよ。それから化学教室に戻って、しばらく雑用を片付けていたんだ。それで帰宅しようと校舎を出たのが、つい先ほどのことだ。すると、中庭を歩く僕の前方から、妙に慌てた様子の木戸君がやってきた。咄嗟に僕は彼を呼び止めた。明らかに挙動不審に思えたからね。呼びとめられた彼は、いかにも渋々といった様子で立ち止まった。そして僕が質問するより先に、いきなりこういったんだ。『大変です、先生。送球部の杉原が死んでいます』ってね。もちろん、そういわれても即座に信じることなどできなかったけど」

なるほど、とアンナは頷いた。それで先ほど、木戸勝と増井教諭は『嘘じゃないです……』『本当かよ……』というようなやり取りを繰り広げながら姿を現したわけだ。

「実際、きてみると杉原君は死んではいなかった。だが木戸君の言葉もあながち嘘ではなかったらしいね。確かに杉原君は何者かに殴られて気を失っていたわけだから。――にしても、君、大丈夫なのか？　いちおう病院にいったほうがいいんじゃないか」

「なーに、平気ですよ、先生。気を失っていたといっても、ほんの短い時間みたいだし」杉原は頭を振って無事をアピールすると、「そんなことより――おい、木戸！」

「な、なんだよ!?」

「いまの話を聞く限りでは、やっぱり俺を殴ったのは、おまえなんじゃないのか。だってそうだろ。おまえがいうように、もうひとり別の誰かがいて逃げていったとしよう。その場合、増井先生はおまえと出くわすよりも先に、その別の誰かと鉢合わせしているはずじゃないか。だって、おまえとその別の誰かは、二人とも中庭の方向に逃げていったんだろ」

「うッ」痛い所を衝《つ》かれたとばかりに、木戸が呻き声をあげる。

「なるほど、いわれてみれば……」増井教諭はポンと手を叩いた。「確かに杉原君のいうとおりかもしれないな」

――いや、そうとは限らないのではないか？

アンナは化学教師のスーツの胸元を見詰めながら、密かな疑問を抱いた。

一方、話の信憑性《しんぴょうせい》を疑われた木戸は焦りの表情を浮かべながら、「ちょ、ちょっと待ってくれよ。勝手に決め付けないでくれ。中庭は広いんだし、しかも暗いんだ。俺以外の誰かがそこを通って逃げた。そして増井先生は俺には気付いたけれど、そいつの姿には気付かなかった。そういう可能性だってあるだろ。――ねえ先生、ありますよね？」

すがるような視線を向けられて、化学教師は小さく頷いた。「うむ、確かにその可能性も否定できない。僕だって中庭をパトロールしながら歩いていたわけじゃないからね」

「ほら見ろ！」木戸はたちまち強気になって杉原へと向き直った。「だったら俺のことを犯人扱いする根拠は、どこにもねーじゃんか。え、どこにあるんです？　ないですよね？　あったら見せてもらえませんか、その根拠ってやつを。どーなんですか、杉原周作くーん？」

ここぞとばかりに相手を小馬鹿にする木戸勝。その不愉快極まる態度は、アンナの目には腐ったバナナか捩《ねじ》れたキュウリのように映った。――ああもう、いっそ、この男が犯人ってことでいいんじゃないのか！

そう思った次の瞬間、今度は小馬鹿にされた送球部主将が強気な顔をあげた。

「ふふん、根拠ならあるぜ。いや、根拠どころか、動かぬ証拠ってやつがな！」

「…………」杉原の意外な発言に、たちまち木戸の表情が曇る。「な、なにい……」

そんな木戸の胸元を真っ直ぐ指差しながら、杉原はズバリと尋ねた。

「おい木戸、おまえ、その胸のボタンどうしたんだよ？」

「はあ、胸のボタン？　そういや一個取れかかっているやつが……ああッ、ない！」木戸は白いシャツの胸に手を当てながら声をあげた。「ど、どこで落としたんだろ……？」

「心配するな」といって杉原がニヤリと笑う。「おまえのボタンなら、ここにある」

杉原は手品師のような手つきで胸のポケットから小さな白いボタンを摘み上げて、木戸の眼前に示す。木戸はそのボタンをマジマジと見詰めながら、「それ、どこにあったんだ？」

「ほう、あくまでもとぼける気のようだな。じゃあ教えてやろう。このボタンはな、頭を殴られた俺が気絶しながらも類稀《たぐいまれ》な精神力と不屈の闘志、生まれ持った反射神経と鍛え抜かれた俊敏性、そして何より悪を憎む強い正義感でもって、犯人の服から奪い取ったものだ。俺は頭を殴打されて倒れる瞬間、反射的に手を伸ばして犯人の服からこのボタンを引きちぎった。そして気を失いながらも、その証拠の品をしっかり右の拳に握りしめていたってわけだ」

さすが送球部主将。ひがみっぽくて執念深いことは学園中に知れ渡っているが、その上に自己愛が強すぎるという特徴を付け加えてもよさそうだ。密かにそう思うアンナの前で、杉原はすっかり調子に乗った態度。獲物ににじり寄る大蛇のごとき形相で容疑者に一歩近づくと、「すなわち！」と声を大きくして続けた。「俺を殴った犯人はボタンが一個外れたシャツを着ている奴。つまり木戸勝、おまえが犯人なのだぁ！」

「………」真犯人として名指しされた木戸は、言葉もないまま愕然とした表情。

杉原は黒縁眼鏡を指先で押し上げながら一気に捲し立てた。「木戸勝、おまえはこの場所で俺を棒か何かで殴りつけた。だが殴られた俺は類稀《たぐいまれ》な精神力と不屈の闘志、それから生まれ持った反射神経と……えーっと、あとなんだったかな？　おい、水咲……？」

あとは《俊敏性》と《正義感》だったと思うが、そんな能書き、わざわざ二回も繰り返す必要は全然ないと思うので、アンナは「さあ、私も忘れたな」と適当に答える。

「そうか、まあ、いいや。とにかくだ、俺はおまえのシャツのボタンを引きちぎった。おまえはそのことに気付かないまま、素知らぬ顔で第一発見者のフリをしたんだ。そして『もうひとり別の誰かがいて……』とかなんとか、もっともらしい言い逃れを口にしていたってわけだ。——さあ、これで判っただろ。木戸勝、犯人はおまえなんだよ！」

小説中の名探偵のごとく、木戸に向けて人差し指を突き出す送球部主将。だが、そんな名探偵気取りの杉原の肩を、アンナの指先が背後からチョンチョンと突っつく。

「ん、なんだよ、水咲？」杉原はうるさい蠅《はえ》を見るような目でアンナのことを見やった。「邪魔すんなよ。いま、この俺が最高に恰好いいところなんだから」

「いや、べつに邪魔するわけじゃないけどさ」ていうか、最高に恰好いい場面だとも思わないけどさ——「杉原、おまえ、木戸のことを犯人と決め付けるのは、まだ早いぞ。容疑者なら、目の前にもうひとりいるじゃないか」

そういって水咲アンナはスーツ姿の化学教師に向き直る。そして先ほど杉原がやったのと同じように、教師の胸元を真っ直ぐ指差してズバリと尋ねた。

「増井先生のワイシャツも胸のボタンが一個だけ取れていますね。どこでなくされたんですか」

※

梅雨空から舞い落ちる水滴が、プレハブ小屋のトタン屋根を激しく叩いている。作中世界と違って、現実世界に降る雨はいっこうに止む気配がない。僕はデスクに広げた原稿から顔を上げて、後ろを振り向く。『水咲アンナ』と一文字違いの水崎アンナ先輩は、相変わらず肘掛け椅子に身を沈めた恰好。珈琲カップを両手で包むように持ちながら、興味津々といった眸《ひとみ》を、こちらへと向けている。

そんな彼女と僕の視線が一瞬交錯する。先輩は気恥ずかしそうに顔をそむけると、慌てた仕草でカップを置いた。

「な、なんだ、どうした？　もう読み終わったのか。そうか、そうか。そんなに面白かったか。まさに一気読みってやつだな」

僕は一言も発していないし、読み終わってもいない。「まだ半分ほど読んだだけです」

「だったら途中でやめてないで、さっさと続きを読め。《巻を措く能わず》だ！」

「それ、作者が無理強いすることじゃないですよね」反論した僕は、いったん《巻を措く》。そして先輩に確認した。「ボタンをなくした男が二人。そのどちらかが送球部の主将を殴って気絶させた。果たしてそれは、どちらなのか。要は、そういう問題なわけですね」

「まあ、そういうことだろうな。事件の状況から見て――」

「だったら、そのボタンの種類を調べればいいんじゃありませんか？」

「は？」水崎先輩は虚を衝かれたようにポカンと口を開けた。「ボタンの、種類!?」

「そうですよ。杉原周作が気絶する間際に摑み取ったボタン。そして容疑者二人のシャツのボタン。両者を比較してみるんです。そうすることで犯人が誰か、簡単に判明するじゃないですか。

だって、男子生徒が着ているワイシャツと教師が着ているワイシャツとは、全然違うものでしょ。ボタンの種類だって当然違うはず。それを詳しく調べたなら……」

「あ、いや、それは駄目だ。駄目、ゼッタイ！」水崎先輩は麻薬撲滅運動並みの激しい口調で、僕の言葉を遮った。「読めば判るだろ。状況的に警察の科学捜査は使えないんだ」

「科学捜査なんて必要ないです！ 目で見て判りますよね、ボタンの種類ぐらい！」

「…………」水崎先輩は一瞬苦い表情。そして、なぜか遠くを見るような目になって、まったく別のことを言い出した。「いや、しかし偶然というものは恐ろしいものだな……」

「はぁ⁉」何いってるんですか、部長（いや、部長じゃなくて先輩だ。ただの先輩！）。

呆気に取られる僕を前に、先輩はしれっとした顔で続けた。「確かに君のいうとおり、二人の着ていたシャツは全然違う種類のものだった。にもかかわらず、ことボタンに関してはまったく同じ色、同じ素材、同じ形のものだったんだよ。いやはや、怖いほどの偶然。まさに運命の悪戯《いたずら》ってやつだ。──あれ、私、そういうふうに書いていなかったかな？」

「いまのところ、そういう偶然については、いっさい言及されていませんね。それとも、これから出てくるんですかね、そういうくだりが」──どうせ出てこないと思うけど！

「さ、さあ、どうだったかな」黒髪を揺らして部室の窓に目を向けた先輩は、梅雨空から舞い落ちる雨を眺めながら、「なにせ、その作品を書いてから随分と時間が経っているからなぁ。いまとなっては細かい部分が、ちょっと曖昧だなぁ。しかしまあ、書いてあるなら問題はない。もし書いてないなら、そういう偶然があったものと考えて続きを読むように！」

要するに書き忘れたんですね──と僕は心の中で呟く。だがまあ、いいだろう。ボタンの種類を調べただけで真犯人にたどり着くようでは、そもそもミステリとは呼べない。僕は先輩のいう《怖いほどの偶然》があったという前提で、物語の先を追うことにする。

僕は再びデスクに向かい、問題の原稿へと視線を戻した——

『狙われた送球部員』（続き）

4

「え、なんだって、胸のボタン……？」

水咲アンナの指摘を受けて、増井浩太郎教諭は慌てた表情。ノーネクタイの胸元に両手を当ててワイシャツの状態を確認する。次の瞬間、イケメンの化学教師は先ほど木戸勝が見せたのと、よく似た反応を示した。「ああッ、ない！　ボタンがなくなっている！」

「あ、ホントだ。先生も俺と同じだ」陸上部員、木戸勝も驚きの声。

杉原周作は困惑の表情を覗かせながら、黒縁眼鏡を指先で押し上げた。「俺が殴られて気絶していた現場の傍に、ボタンをなくした男が二人。てことは、つまり——」

「容疑者は二名ってことだな」水咲アンナは躊躇うことなく断言した。

「おいおい、待て待て、君たち！」

「そ、そうだ。ちょっと待てよ！」

増井教諭と木戸勝は揃って両手をバタバタさせながら、抵抗の意思を示した。

「ボタンひとつで容疑者扱いされちゃたまらないな」増井教諭がいうと、

「そうだ、そうだ」木戸がすかさず合いの手を入れた。「だいたいシャツのボタンが一個だけ取れた奴なんて、この学園の中にだってゴマンといるはずだぜ」

「まさか。ゴマンは言い過ぎだろ」杉原は首を左右に振った。「シャツのボタンが取れた人間がゴマンもいたら『ユザワヤ』が大繁盛じゃないか」

いや、そういう問題でもないと思うが――アンナは小さく溜め息をつくと化学教師のほうに向き直った。「いまの状況を普通に考えれば、まずボタンのない二人を疑うのが筋だろうと、私はそういっているだけです。木戸君が犯人だという可能性は、もちろんある。しかし、それと同じように増井先生が犯人だという可能性も否定はできませんよね。先生はこの楓の木の傍で杉原君を殴打した。そして、ひとり中庭へと逃げた。するとその直後、同じ中庭に今度は木戸君が逃げてきた。先生は無関係な第三者を装いながら木戸君を呼び止めた。――そう考えることも可能ですよね」

「うーむ、なるほど」増井教諭は腕組みしながら端整な顔に苦笑いを浮かべた。「水咲君の話を聞いているうちに、なんだか僕自身、犯人のような気がしてきたよ。実際、僕にも犯人の資格は充分あるだろう。僕は現場付近の中庭にいたし、ボタンの取れたシャツを着ている。おまけに僕は普段から杉原周作君のことを『気に入らない生徒だ、いつか一発ぶん殴ってやりたい』と思っていた。――確かに君が指摘したとおりだよ、水咲君」

「いいえ、私、そこまで指摘していませんけど……」と困惑するアンナ。

隣で杉原は不満げな表情だ。「俺、なんでそこまで、この先生に嫌われたんだろ？」

「なんだっていいさ」木戸はホッとした声でいった。「とにかく先生は自白したんだ」

しかし化学教師は木戸の言葉を打ち消すように慌てて両手を振った。

「待ちたまえ。自白だなんてとんでもない。僕は杉原君を殴ってなんかいない。いくら殴ってやりたいほど気に入らない生徒だとしても、実際に殴るわけないじゃないか。僕は教師だぞ」

キッパリと断言した増井教諭は、しかしすぐに困ったように腕組みした。「ああ、だけど、どうすれば君たちに信じてもらえるのかな、僕が無実だということを――」

「そうですねえ」アンナは一瞬考えてから尋ね返した。「先生、アリバイなどはありませんか。それがあれば、いちばん確実だと思うんですけど」

「なるほど。しかしアリバイというけれど、そもそも杉原君が何時何分に被害に遭ったのか、正確なところが判らないじゃないか。彼がどれほどの時間、気絶していたのか、それが不明だ。犯行時刻が曖昧なままでは、僕だってアリバイを主張することはできないよ」

「犯行時刻なら判っていますよ」と木戸が口を挟む。「僕が楓の木の傍で怪しい人影を見たのは、つい先ほど。時刻でいうなら午後八時ちょうどぐらいです。間違いありません」

胸を張る陸上部員の前で、増井教諭は「そうか」とつまらなそうに頷いた。「しかしね、木戸君、そんな証言にいったい何の意味がある？　忘れてもらっちゃ困るね。君だって立派な容疑者なんだぞ。君の話自体が真っ赤な嘘という可能性は否定できないだろ」

「うッ、そんなぁ……」言葉に詰まった木戸は、あらためて送球部員に向き直った。「おい杉原、おまえ、頭を殴られた正確な時刻って、本当に判らないのか」

「ああ、正確なところはよく判らないな」杉原は記憶の糸を手繰るように、コメカミに指を当てた。「うーん、考えてみると、俺はまったく時計を気にしていなかったんだよな。部室で居眠りから目覚めたときも、時計は見なかった。ただ窓を開けて、雨が降っているのを確認しただけだ。それから……」

「ん、雨？」木戸がふいに顔を上げる。「そのとき、雨が降っていたのか？」

「ああ、そうだ。目覚めた直後には、まだ降っていた。そうそう、その雨がしばらくするとピタリと止んだんだ。それで俺はラッキーと思って、すぐさま部室を出たんだ」

「その部室っていうのは、グラウンドにある、あの長屋みたいな建物のことだよな。おまえ、あの部室からこの楓の木の傍まで真っ直ぐ歩いたのか。どこにも寄り道せずに」

「ああ、そうだ。寄り道なんてしてないはずだ。真っ直ぐこの場所まできて、そして何者かに殴られて気を失った。そういう流れだったと思う……」

「おいおい、待ってくれよ、杉原君」と横から口を挟んだのは増井教諭だ。「送球部の部室からこの場所まで寄り道せずに歩けば、ものの三分と掛からないはずじゃないか」

「ええ、そうでしょうね……あッ、そうか！」杉原もようやく重大な事実に気付いたらしい。眼鏡の奥で両目を大きく見開きながら、「てことは、雨が止んだ時刻が判れば、僕の殴られた時刻も、おおよそ判るってわけですね」

「うむ、そういうことになる」

「で、何時なんですか、先生。雨が止んだのって？」

「僕の記憶が確かならば、雨が止んだのは午後七時ごろだ。――どう思う、君たち？」

尋ねられて、木戸は即座に頷いた。「ああ、先生のいうとおりだ。午後七時ごろには、もう雨は上がっていた。——水咲はどうだ。記憶にあるか？」

「いや、私は部室で創作に没頭していたから何時に雨が止んだのか、気付きもしなかった」

とはいえ、増井教諭と木戸勝の二人が口を揃えて午後七時ごろと証言しているのだから、これは信じてもいいだろう。そもそも雨が止んだ時刻については、嘘をついても仕方がない。正確な時刻は、調べれば必ず明らかになるのだから。

「雨が止んだのが、午後七時ちょうどだとしよう」アンナはいちおうそのように仮定して、話を続けた。「その直後に杉原が部室を出たとするならば、彼がこの場所で殴打されたのは、午後七時の三分後とか五分後とか、そういった時刻になる。少なくとも計算上は」

「あ、ああ、そうだな」杉原はいまさらながら恐怖を感じた様子で唇を震わせた。「じゃあ、俺は午後七時を少し過ぎたころに誰かに殴られて、いままで一時間ほども気を失っていたっていうことなのか。——うう、なんてことだ。信じられん」

「だが事実だ。いまはもう午後八時を回っているわけだから」

アンナはあらためてスマホの時刻表示を示す。杉原は腑に落ちない様子で黙り込む。

その傍らで、木戸もまた納得いかないような表情を浮かべた。「犯行時刻が午後七時過ぎだとすると、ついさっき俺が見た怪しい人影は、いったい何だったんだ？」

「よく判らないが、時間的に見て、その人物が犯人だとは考えにくい。事件とは関係のない人物だったんじゃないのか。そいつは気絶している杉原を発見したが、事件と関わるのが嫌だったので、黙ってその場を立ち去った。木戸君がそうしたようにな」

アンナの説明に「なるほど」と頷く木戸勝。アンナはあらためて彼の顔を正面から見詰めながら、「ちなみに聞くが、君は午後七時ごろ、どこで何を？」

「おッ、アリバイ調べか。でもそれなら、さっきも話しただろ。俺は午後六時過ぎから午後八時ごろまで、ずっと体育館にいてバスケ部の紅白戦に駆り出されていたんだ。途中で抜け出して杉原を殴りにいくなんてこと、絶対にできるわけがない。つまりアリバイ成立ってわけだ」そういって木戸は勝ち誇るように胸を張った。「疑うんなら、バスケ部の連中に聞いてみてくれよ。間違いないから」

悠然と笑みを浮かべる木戸の姿を横目で見ながら、アンナはもうひとりの容疑者にも同じ質問を投げた。「では増井先生はいかがですか。午後七時ごろ、どこで何を？」

「それなら、僕もさっき話したよな。僕は放課後ずっと演劇部の稽古をみていたんだ。稽古は午後七時半までビッシリ続いた。もちろん、途中で僕だけ席を外したりしたこともない。午後七時ごろのアリバイは、やはり成立ってわけだ」そういって化学教師もまた陸上部員と同様に胸を張りながら、「疑うのなら、演劇部の生徒たちに聞いてくれ。絶対、間違いはないからね」

「うーん、そうですか」アンナは落胆の表情を隠せなかった。

木戸勝と増井浩太郎教諭。容疑者二人は揃って自信満々に自らのアリバイを主張している。しかもアリバイの証人は複数存在するらしい。もちろん、まだ裏を取ったわけではないから、現段階では彼らの主張を鵜呑《うの》みにはできない。だが彼らとて、すぐバレる嘘はつくまい。二人が根も葉もない作り話をしている可能性は限りなくゼロに近いと思われた。

いや、しかし——とアンナは心の中で強く首を振った。

もし二人のアリバイがともに成立するならば、犯人はまったく別の人物であると考えざるを得ない。だが、そうだとすると杉原の握り締めていたボタンはどうなる？　この二人とは違う、三人目の容疑者の遺留品、ということになるのだろうか？

正直それは考えにくいことのように思えるのだが――

5

送球部主将を殴打した犯人は誰か。その結論が出ないまま、結局この夜の出来事は内々で処理された。増井教諭は警察を呼ばなかったし、被害者である杉原周作自身も事を大袈裟にすることを嫌がった。陸上部員木戸勝は自分が犯人でないことさえ認めてもらえれば、それで良いという態度のようだった。水咲アンナは自らが偶然関わったこの事件について、もっと詳しく調べてみたいと思ったが、時間も時間なので、この日はそのまま帰宅するしかなかった。

彼女が本格的な調査を開始したのは、その翌朝のことである。

日の出とともに登校した水咲アンナは、すぐさま精力的に活動を開始した。

まずは体育館に出向き、バスケ部の早朝練習の様子を覗く。すると、たちまち人数不足のバスケ部に捕まってシュート練習を手伝わされた。――仕方がない、付き合ってやるか！

腕まくりしてコートに立ったアンナは、走ってくる男子部員六名に次々とボールを投げてやりながら、同時に質問を投げた。「昨日の夜、君たち、この体育館で紅白戦してたんだって？」「そこには陸上部の木戸勝も参加していたよな？」「それって何時から何時までだ？」「彼、途中で抜け出したりしなかったか？」「ていうか、そもそもなんで人数足りないのに紅白戦しようと思ったんだ？」「その前に部員を増やせよ、馬鹿だな、君たち！」

質問とパスを同時に受けた六名は、それぞれシュートを放ちながら、こう答えた。

「ああ、昨夜は紅白戦だった」「木戸にも参加してもらったな」「確か午後六時過ぎから八時ごろまでだ」「途中で抜け出すことはなかったはずだ」「ていうか、なんだよ、人数足りないと紅白戦やっちゃいけねーのかよ！」「馬鹿とはなんだ、てめえ、喧嘩売ってんのか！」

六名のバスケ部員によって次々と放たれた六本のシュート。それらはことごとくリングに嫌われて、ボールは体育館の床を虚《むな》しく叩くばかりだった。――この、下手クソどもめ！

アンナは苦い顔で床に転がるボールを拾い上げると、「なーに。私はべつに君たちと喧嘩する気なんかないさ」といって険悪なムード漂うバスケ部員たちに向き直った。「ところで最後に教えてほしいことがあるんだ。――昨日の夜、雨は何時に降り止んだんだっけ？」

六名を代表して長身の岡野祐樹《おかのゆうき》が答えた。岡野は弱小バスケ部の主将を務める男だ。

「雨が止んだのは午後七時ごろだ。体育館にいても雨音は聞こえていたから、間違ってはいないと思うぞ。――雨がどうかしたのか、水咲？」

「いや、べつに」といってアンナは岡野をはじめとする部員たちに片手を挙げながら「邪魔したな」と別れの挨拶。そして、くるりと回れ右すると、手にしたボールを無造作に後方へと放る。綺麗な放物線を描いたボールは次の瞬間、測ったようにゴールへと吸い込まれていった。完璧なノールッキング・シュートに「おおおッ！」と、どよめくバスケ部員たち。その声を背中で聞きながら、アンナはひとり悠然と体育館を出ていった。

バスケ部員からの聴取を終えた水咲アンナは、その足で部室棟へと向かった。部室棟とは、文科系クラブの部室が集められた建物のこと。その一角に演劇部の部室があるのだ。

訪ねてみると、部室棟全体が閑散とした雰囲気。運動部と違って、文科系クラブに早朝練習などないのだから、これは当然のことである。――ひょっとして誰もいないのかな？

首を傾げるアンナは扉をそっと開けて、部室の中を覗き込む。すると、そこに演劇部員一名を発見。制服姿の女子だ。テーブルの上にコンビニのおにぎりとペットボトルのお茶を並べて、食事の最中らしい。その横顔にアンナは見覚えがあった。同じ二年生の早川吉乃《はやかわよしの》だ。アンナは顔馴染みの気安さで、手を振りながら部室へと足を踏み入れた。

「やあ、吉乃ちゃん。なんだなんだ、もう早弁か？」

突然の来訪者に、早川吉乃はおにぎりを頬張ったまま「うッ」と呻き声。「ゴホッゴホッ」と激しくむせ返ると、ペットボトルのお茶を「ゴクリ」とひと口。そうして、ようやく平静を取り戻した彼女は気恥ずかしそうに頬を赤らめながら、「ば、馬鹿ね、は、早弁じゃないわよ。早弁なんてするわけないじゃない。男子じゃないんだから。これは普通の朝食よ。けっして早弁とかじゃないんだってば……」と、あまりに必死すぎる弁明。

アンナは相手をなだめるように両手を振った。「ああ、判った判った。べつに早弁だろうが遅弁だろうが、どうだっていいんだ。それより、聞きたいことがあるんだけど」

「何よ、聞きたいことって？」

「昨夜、演劇部が遅くまで芝居の稽古をしていたって話、本当なのかな？」

「ええ、本当よ。私も参加してた。放課後すぐに始めて、午後七時半ぐらいまで続いたわね。部室棟の玄関ホールを舞台に見立てての稽古よ。今年の学園祭の出し物なの。まだまだ時間があると思って余裕こいてると、アッという間だからね、学園祭の本番は。——それがどうかした？」

「その稽古に化学の増井先生も参加していたって聞いたんだけど」

「ええ、いたわよ、増井先生。だって、この四月から増井先生がウチの顧問だもん」

「増井先生は放課後すぐから午後七時半まで、ずっと稽古に付き合っていた？」

「ええ、ずーっとね。——え、途中抜け出すような場面？　そりゃあ、トイレに立つぐらいのことは、あったと思うけど。——え、もっと長い時間、席を外さなかったか？　うーん、なかったと思うけど、そもそも《長い時間》って、どれぐらいのニュアンス？」

アンナは腕組みしながら、「えーっと、判りやすくいうなら《この部室棟と裏門の傍にある楓の木とを、余裕を持って往復できる程度の長い時間》——ってことになるんだけど」

「なによ、それ？　具体的過ぎるわね」目を丸くする早川吉乃は、しかし結局、左右に首を振った。「とにかく、そんな長時間、先生が席を外すことはなかったわ。断言できる」

「そうかぁ。じゃあ、間違いないんだな」独り言のように呟いたアンナは、最後にもうひとつ大事な質問を投げた。「ところで、昨夜の雨って何時ごろ止んだんだっけ？」

「午後七時よ。私たちが稽古していた玄関ホールからは、外の様子がよく判るわ。雨は午後七時ごろにピタリと止んだの。間違いないわよ」

「そうか。じゃあ、その点はもう決まりだな」アンナは笑顔で指を弾く。「サンキュー、吉乃ちゃん。早弁の邪魔して悪かったね。それじゃ——」

くるりと身を翻して、瞬く間に部室を飛び出す水咲アンナ。その背中に向かって早川吉乃の不満げな声が浴びせられる。「もうッ、早弁じゃないってば！」

アンナは気にすることなく廊下を進み、部室棟を後にした。

すると建物を出た直後、アンナはいきなり白衣姿の男性教師と出くわした。化学教師の増井教諭ではない。生物教師の石崎浩見《いしざきひろみ》教諭だ。学園において変わり者と称される生物教師は擦れ違いざま、唐突に彼女のことを呼び止めた。「ああ、水咲君、ちょっと！」

「はい？」アンナは足を止めて、怪訝な表情で振り返る。「なんでしょう、石崎先生？」

「君、数学の片桐《かたぎり》先生を知らないかな？　どこにも姿が見えないらしいんだけど」

数学の片桐和哉《かずや》教諭といえば、ボサボサの髪の毛にヨレヨレの背広を着た、女子に不人気の中年教師だ。ある意味、目立つ存在だから、見かけていれば記憶には残りやすい。

アンナは自信を持って首を真横に振った。「いいえ、今朝は見かけていませんけど。――ていうか、まだ早朝だから、これから出勤してくるんじゃありませんか」

「いや、違うんだ。実は片桐先生の姿が見当たらないのは、昨夜かららしいんだよ。自宅にも戻っていないそうだ。――いや、まあいい。悪かったね、呼び止めたりして」

いえ、べつに――と口の中で呟きながら、アンナは小さく頭を下げる。

石崎教諭は白衣の裾を翻して背中を向けると、どこかへと足早に去っていった。

続いて水咲アンナが向かったのは、グラウンドの片隅にある送球部の部室だった。ちょうど早朝練習が終わったところらしい。着替えを済ませた送球部員たちが自分たちの教室へと駆け出していく。入口の扉から顔を覗かせてみると、そこに残るのは主将の杉原周作ただひとりだった。

好都合とばかり、アンナは片手を挙げながら部室へと足を踏み入れた。

「よお、杉原、心配だから様子を見にきてやったぞ。どうだ、殴られた頭の具合は？」

「ああ、お陰様で、すこぶる快調だ。昨夜はぐっすり眠れたし、目覚めもスッキリ。頭も痛くないし、身体もよく動く。心配かけて悪かったな、水島《みずしま》――じゃなかった水原《みずはら》？　いや違う、水元《みずもと》……あれ、水樹《みずき》？　水沢《みずさわ》？　水……あれ、おまえ、なんて名前だっけ？」

「病院だ、杉原！　いますぐ病院へ、そして脳の精密検査を！」

杉原は元来頭の悪い男だが、以前はこれほど酷くなかった。頭を殴打されたことによる記憶障害に違いない。血相変えたアンナは杉原のシャツの袖を摑んでぐいぐいと引っ張る。

杉原は慌てて首を振りながら、「わあ、待て待て、大丈夫だって！　ああ、そうだ、思い出した、水咲だ。おまえの名前は水咲アンナだ！」

「いちおう正解だが……しかし本当に大丈夫なのか？　じゃあ、これは何に見える？」

アンナは指をキツネの恰好にして彼の前に示す。杉原は憮然《ぶぜん》とした表情で、「水咲アンナが俺のことを超馬鹿にしている姿に見える」と答えた。どうやら、ちゃんと理解できているらしい。

アンナはホッと胸を撫で下ろして、ようやく本題に移った。

「杉原殴打事件の二人の容疑者、木戸勝と増井先生。彼らの主張するアリバイが事実かどうか、念のため確かめてみたんだ。結論からいうと、二人のアリバイは完璧だった」

アンナは体育館と部室棟で仕入れてきたばかりの情報を、杉原に伝えてやった。杉原は腕組みしながら彼女の話を聞き終えると、困惑の表情を浮かべながら、「――てことは、つまり、どういうことになるんだ？」

「つまり、木戸勝にせよ増井先生にせよ、午後七時の直後に裏門の近くに現れて杉原をぶん殴るなんてことは、絶対に不可能ってことだな」

「だとすると、犯人は二人以外の誰かってことになるのか……」

「ああ、心当たりはあるか？」

「いや、全然ないな」送球部主将は頭に手をやりながら、真剣な顔で俯いた。「まったく見当も付かない。そもそも俺を殴って喜ぶ奴の存在が、全然イメージできない」

「そうかぁ……」結構たくさんいる気がするぞ、そういう奴！

そっと溜め息をついて、アンナは手近にあったパイプ椅子を引き寄せる。それに腰を下ろしながら彼女は独り言のように呟いた。「私も正直、あの二人以外に別の犯人がいるとは、ちょっと考えられない気がする。そもそもボタンの一件だってあるわけだしな」

「けど、二人とも完璧なアリバイがあるんだろ。だったら、これ以上は疑いようがない」

「それはそうなんだが……」

首を捻りながら窓の外に目をやるアンナ。そこには学園のグラウンドが広がっている。昨夜七時まで降り続いていた雨のせいで、グラウンドの土はいまも茶色く湿っている。サッカー部員、あるいは陸上部員たちのものだろうか、濡れた土の表面には複数の足跡が残されている。その光景を眺めるうち、アンナの超高校級の脳ミソに閃くものがあった。

「そうか……もし二人の中に犯人がいるとするならば……可能性はひとつだけある……」

「え、なんだって、水咲？」杉原が驚いた顔で彼女ににじり寄る。

だがアンナは彼の問いを無視して、自分だけの思考に没頭した。「……いや、まさか……しかし、あり得ない話ではない……だが、いったい何のため……ハッ、ひょっとして！」

唐突に椅子から立ち上がったアンナは、傍らに立つ送球部主将に勢い込んで尋ねた。

「おい、杉原、この部室の隣の部屋は何部だ？」

「なんだ、知らないのかよ、水咲。この部室の隣は、もう長いこと空き部屋だぞ」

「空き部屋！」アンナの口から驚きの声がほとばしる。「てことは――」

一瞬の後、彼女は引き戸を開け放つと、迷わず部室の外に飛び出した。そこには昨日の雨が残る、ぬかるんだ地面が広がっている。すでに多くの送球部員たちが出入りしたため、入口付近の地面は酷く乱れた状態だ。だが隣の部室に目をやれば、その入口付近には人の出入りした様子がない。濡れた地面にも足跡ひとつ見当たらないようだ。

「どうしたんだ、水咲？　隣の空き部屋が、どうかしたのか」

遅れて部室の外に出てきた杉原が、不思議そうに首を捻る。アンナは彼の問いには答えないまま、一方的に尋ねた。「あの空き部屋の入口って、鍵は掛かっているのか？」

「いや、鍵は掛かっていない。もともとはちゃんと施錠されていたんだが、誰かが悪戯したんだろうな。いつの間にか鍵は壊されてしまって、そのままになっているんだ。いまでは、運動部員たちの恰好のお昼寝スポットだ。――あと早弁スポットな」

「そうか」頷いたアンナは、空き部屋のほうを指差して杉原の注意を喚起した。「よく見てくれ。空き部屋の入口付近の地面には、誰の足跡も見当たらないよな」

「そんなの当然だろ。こんな朝っぱらから昼寝する生徒なんていないさ。ていうか、それじゃあ《昼寝》じゃなくて《朝寝》だよな。しかも早弁するには早すぎる時間だし」

冗談めかした杉原の言葉を振り切るように、アンナは濡れた地面を歩き出した。真っ直ぐ隣の空き部屋へと向かう。短い距離を移動する間にも、彼女の靴は地面の上にくっきりとした足跡を残した。杉原も相変わらず不思議そうな顔で、彼女の後に続く。

空き部屋の前に到着したアンナは、杉原に真剣なまなざしを向ける。すると杉原も深刻な雰囲気を察したのだろう。いつになく緊張した面持ちでゴクリと喉を鳴らしながら、

「な、なんだよ、水咲。この空き部屋がどうかしたのか？」

「さあな、実は私にもよく判らん」アンナは、はぐらかすような口ぶりで応えた。「ただ、私の推理が正しいなら、ここには何かがあるはずだ。そうでなけりゃ話が合わない」

そういってアンナは入口の引き戸に右手を掛ける。杉原がいったとおり、引き戸は施錠されていないようだ。右手に力を込めると、戸は耳障りな音を響かせて真横に動いた。

目の前にぽっかりと開いた薄暗い空間。アンナと杉原は覗き込むようにして、室内の様子を窺う。そこは確かに昼寝と早弁のための空間らしかった。床の上にはコンビニ弁当の空き殻が散乱している。どこから調達してきたのか、破れたマットが片隅に敷いてある。

そのマットの上に人の姿があった。横たわったまま微動だにしない男性の姿が――

「ん、こいつ、昼寝してんのか……」そう呟いた杉原の口から、次の瞬間、「ひぃッ」という叫び声が漏れる。

アンナは横たわる男性のもとに近寄った。ヨレヨレの背広姿。もちろん生徒ではなくて教師だ。そのボサボサ頭に見覚えがあった。

「こ、これは、片桐先生だな……」

間違いない。それは昨夜から姿が見えないと話題になっていた数学教師、片桐和哉教諭だった。もちろんお昼寝中ではないし、朝寝中でもない。その首筋には細い紐《ひも》状のもので絞められたようなドス黒い痕跡が見える。片桐教諭は何者かに首を絞められて、マットの上で息絶えているのだ。

変わり果てた数学教師の姿を目の当たりにして、杉原が表情を引き攣《つ》らせる。

「ひ、酷い。なんで片桐先生が、こんなことに？」

だが対照的にアンナは落ち着き払った声でいった。「確かに酷いな。けれど、これで辻褄《つじつま》が合う。――おい、杉原、おまえを殴った真犯人が判ったぞ」

「はあ、俺を殴った犯人？　そんなの、いまさらどーだっていいだろ」杉原は目の前の死体を指差して声を荒らげた。「見ろよ、こっちは殺人事件だぞ、殺人事件！」

「ほう、殺人事件のほうが殴打事件より重要だってか？　馬鹿だな、どっちも同じことだろ」

水咲アンナは意味深な呟きを漏らし、ゆるゆると首を振った。

6

変死体発見の報《しら》せは、水咲アンナの口から職員室の教師たちへと伝えられ、教師の口から教頭へと伝えられ、さらに教頭から校長へと伝わり……と、そんな馬鹿げた伝言ゲームの果てに、事件はちゃんと警察に伝わったらしい。間もなく鯉ケ窪学園にパトカーと警察官が集結し、現場は騒然となった。

当然のことながら、アンナと杉原は第一発見者として警察から事情聴取を受ける。

その一方、他の生徒たちは教室でのホームルームを受けた後、ただちに帰宅を命じられた。通常の授業がおこなえる状況ではなかったからだ。登校したばかりの生徒たちは「なんだよぉ」「せっかくきたのにぃ」「授業してくれよぉ」と散々に不満を呟きながら、大喜びで校門を出ていった。理由はどうあれ、生徒たちにとって臨時休校は有難かったようだ。

しかし水咲アンナは警察の取調べが終了した後も帰宅の途につくことはなかった。熟考の末に、自分の推理を纏めた彼女は、複数の関係者にメールもしくは口頭で重大な用件を伝えた。もちろん、送球部主将も例外ではない。アンナは杉原に対して直接こう伝えた。

「事件の謎はおおかた解けたと思う。真相が知りたいなら今日の午後、グラウンドにきてくれ。いや、送球部の部室近辺は警官でいっぱいだからな。体育倉庫に集合だ」

そして数時間後——

グラウンドの片隅にある体育倉庫の中には、水咲アンナと三人の関係者が全員勢揃いしていた。殴打事件の被害者である杉原周作。そして重要容疑者、増井浩太郎教諭と木戸勝。三人は揃って首を傾げながら、体育倉庫の埃《ほこり》っぽい空間を眺めている。なぜこの場所に呼び出されたのか不思議で仕方がない、といった面持ちだ。

そんな中、ひとりアンナだけは余裕のポーズ。名探偵のごとく「——さて」といって三人のほうを向くと、おもむろに話を切り出した。「さっそく事件の謎解きをと思うんだが——だけど、そもそも事件の謎って何だっけ？」

「謎は二つある」といって杉原は指を二本立てた。「俺を殴ったのは誰か。片桐先生を殺害したのは誰か。そして、この二つの事件はどう繋《つな》がっているのか。この三つだ」

「ん、三つ？　二つじゃなかったのかよ？」アンナが眉をひそめると、

「三つだ！」そう叫んだときには杉原の立てた指は、もう三本になっていた。「細かいこといってんじゃねえ、水咲。おまえには、もうこの事件の真相が判ってるんだろ。だから、空き部屋で死んでいた片桐先生をいち早く発見することができた。――そうなんだろ？」

「まあ、そういうことだ」アンナは謙遜することなく胸を張った。「送球部主将の殴打事件と数学教師の殺害事件。相前後して発生した二つの事件には、もちろん関連性がある。早い話、二つの事件は同一犯によるものではないかと、そう推測されるわけだ」

「む、やっぱり、そうなのか」杉原が眉根を寄せる。

増井教諭も木戸勝も真剣な表情で彼女の話に耳を傾けている。

アンナは淡々とした口調で続けた。「ところが、ここに最大の謎がある。二人の容疑者には、揃って完璧なアリバイが成立するという点だ。殴打事件が起こったとされる時間、木戸勝は体育館でバスケ部員たちと一緒だった。増井先生は部室棟の玄関ホールで演劇部員たちと一緒だった。どちらの容疑者も犯行は不可能だったといわざるを得ない」

そういってアンナは体育倉庫の壁に開いた唯一の窓に歩み寄る。そして曇りガラスを背にしながら難しい顔で腕を組んだ。「この難問を前にして、私は大いに頭を抱えた。二人以外の誰かの犯行という線も考えたりして……おや、なんだ？」

アンナは言葉を止めて窓辺を離れると、その視線を天井へと向けた。屋根を激しく叩く水音が倉庫全体に響きわたる。

その音を聞いて木戸が「なんだ、また雨かよ」とぼやくようにいった。「でも変だな。天気予

報では今日は一日中、晴れマークだったのに」

「にわか雨だろ。まったく、ここ最近よく降るぜ」杉原がうんざりした口調で呟く。と、その言葉が合図になったように倉庫内は再び静かになった。「あれ、もう止んだのか？」

「超にわか雨だな！」木戸が呆れた様子で叫ぶ。――と次の瞬間、「あれ、また降り出したぞ」

いったん静まり返った体育倉庫に、激しい雨を思わせるザアッという音が蘇る。

「何なんだ、この雨？　降ったり止んだり、また降ったり……」

首を捻る送球部主将に対して、アンナは狙い済ましたように指示を飛ばした。

「おい、杉原、そこの窓を開けて外を覗いてみろよ。昨日の夜、おまえがやったみたいに」

「え、ああ、いいけど」命じられるまま、曇りガラスの窓を開ける杉原。窓の向こうでは、舞い落ちる無数の水滴が斜めの線を描き出している。そして水のカーテンの向こう側、十数メートル離れた場所には、なぜかひょろりと背の高い男の姿。その特徴的な体形を見て、杉原の口から驚きの声があがった。「ん、あいつはバスケ部の岡野祐樹じゃないか！」

「ホントだ」木戸も同じ窓から外を眺めながら、「何やってんだ、岡野の奴」

「判らん。あいつ、手に何か持ってるな……あ、ホースだ。あいつ、ホースを持ってる。そのホースの口を上に向けて……ん!?」

ふいに眉をひそめる杉原。次の瞬間、彼の口から素っ頓狂な叫び声が溢《あふ》れ出た。

「あッ、なんだ、これ、雨じゃない！　水だ。ホースで水を撒《ま》いているだけだ！」

多くの競技場やスタジアムがそうであるように、鯉ケ窪学園のグラウンドにも散水用の水道が通っている。その蛇口はグラウンド周辺の複数の箇所に埋め込まれていて、普段は鉄製の蓋で覆われている。水を撒く必要のあるときだけ、蓋を開けて蛇口にホースを繋げ、蛇口を捻るのだ。すると巨大なシャワーヘッドのごとき噴射口を取り付けたホースから、水道の水が猛烈な勢いで噴射される。そんな仕組みである。

カラカラに乾き切ったグラウンドに運動部員が水を撒く姿は、特に真夏の炎天下ではよく見られる光景だ。もっとも、ぐずついた天気が続くこの季節。ただでさえ湿りがちなグラウンドに、さらに水を撒く者など、普通はいないはずなのだが——

しかしバスケ部主将の岡野は、堂々とそれをおこなっているのだ。もちろん水咲アンナが岡野に直接頼んで、敢えてやらせたことである。アンナは窓から顔を覗かせて叫んだ。

「おーい、岡野君、もう、そのへんでいいぞ。水を止めてホースを片付けて、そして全力で逃げてくれ。君の奇妙な行動は、もうとっくに警官たちの注目の的だぞ」

「なんだって——うわ、畜生！」バスケ部主将は後方を振り向くと同時に驚きの声。その場でホースを放り出して逃走を開始する。その直後、制服の警官たちが「こら、待ちなさい、君！」と声をあげながら、彼の背中を追いかけていった。逃げるバスケ部主将と追いかける警官たち。両者の姿がグラウンドの遥か彼方に遠ざかるのを待って、アンナはピシャリと窓を閉める。そして何事もなかったように体育倉庫の中の三人に向き直った。

「さてと、事件の話に戻ろうか——」

「戻る前に、岡野のことを助けてやらなくていいのかよ？」閉まった窓を指差しながら、杉原が心配そうな顔で聞く。「いまのアレって、水咲がやらせたんだよな？　おまえが窓辺に立ったのが合図だ。それを見て、岡野は放水を開始した。そうなんだろ？」

「ああ、お察しのとおりだ。しかしまあ、彼には自力でなんとか切り抜けてもらうことにして、私たちはこのまま事件の話を続けようじゃないか」そういってアンナは半ば強引に、話を事件へと戻した。「さて杉原、おまえが殴打されたのは午後七時ごろ、正確には雨が止んだ午後七時の三分後とか五分後あたりのこと。確か、そういう話だったよな」

「ああ、そうだ」

「あらためて聞くが、間違いはないか」

「もちろん間違いない——と、いまのいままで思っていたが、どうやら判らなくなってきたようだな」杉原は小さく肩をすくめると、考え込むように腕を組んだ。「昨夜、送球部の部室で居眠りしていた俺が目覚めたとき、確かに屋根を叩く水音が聞こえていた。当然、俺はそれを雨音だと考えたわけだが、ひょっとすると違ったのかも。それは雨音ではなくて、ホースで撒かれた水が屋根を叩く音だったのかも。そういうことも考えられるってわけだ」

「そういうことだ。実際、先ほどの杉原は体育倉庫の屋根を叩く水音を聞いて、それを雨音だと勘違いした。同じような勘違いが昨夜も起こった可能性は充分にある」

「仮にそうだとすると、どういうことになるんだ、水咲？」

「昨夜の雨が止んだ時刻は午後七時ごろ。だが杉原が目覚めた時刻は、それよりもっと後だった可能性が出てくる。その場合、杉原が殴打された犯行時刻も後ろにずれる。実際の犯行時刻は午後七時半過ぎか、あるいは八時に近かったのかもしれない。そうなれば、容疑者たちのアリバイは完璧なものではなくなる。二人の犯行は可能というわけだ」

アンナの推理を聞いて、当然ながら二人の容疑者たちは目を剥《む》いて反論した。

「無理やりな理屈だ」と声を荒らげたのは木戸勝のほうだ。「おまえは俺たちのアリバイを崩すために、強引な推測を語ってるだけじゃないか。そんなのは推理でも何でもない」

「木戸君のいうとおりだ」増井教諭もムッとした顔でアンナを見やった。「そもそも君がいっているのは、どういう状況なんだ？　雨上がりの夜に、送球部の部室を目掛けて誰かがホースで水を撒いた？　そんな行為にいったい何の意味がある？」

「そうだぞ。まさかアホな送球部主将への嫌がらせ、とかいうんじゃあるまいな？」

眉毛を逆立てながらにじり寄る木戸勝。だがアンナは悠然と顔を左右に振った。

「いや、そんなんじゃない。実は私も最初は自分の推理に自信がなかった。増井先生が指摘したとおりだ。送球部の部室に向かってホースで水を撒くなんて、まったくおかしな行為。ほとんど意味不明に思える。ならば考え方を変えるべきだろう。その人物はべつに送球部の部室を目掛けて水を撒いていたわけではない。杉原への嫌がらせでもない。そもそも、部室で杉原が居眠りしていることも知るはずがない。その人物の狙いは、たぶん送球部ではないんだ。ならば、狙いはどこだ？　そう考えたとき、私の頭に閃くものがあった。送球部の部室のすぐ隣の部屋だ。聞けば、そこは空き部屋になっているという。もしやと思った私は、さっそくその空き部屋を覗いてみた。すると、そこに何があったか――」

「死体だ！」杉原がパチンと指を鳴らした。「空き部屋の中では、片桐先生が首を絞められて死んでいた」

「そうだ。それを見た瞬間、私は自分の推理が正しいことを確信した。昨夜、杉原が目覚めたとき送球部の部室に響いていた雨音は、やはり本当の雨じゃない。それは空き部屋を目掛けてホースで撒かれていた水の音だった。それが、たまたま送球部の部室の屋根にも降りかかっていた。そういうことだったんだ。では謎の人物は、なぜ空き部屋に向かって水を撒いたのか。雨上がりのグラウンド。空き部屋に転がる変死体。それらを併せて考えたとき、私の脳裏にひとつの理由が浮かび上がった」

アンナは指を一本立てながら、その答えを口にした。

「地面に残る足跡を消すためだ。そのために水が撒かれたんだ」

「足跡？　足跡って誰の……」杉原が首を捻る。

「もちろん犯人だ。昨夜、あの空き部屋で片桐先生が何者かに殺害された。当然、その犯人は空き部屋に出入りしたわけだ。それが雨の降る最中だったら、さほど問題はない。犯人の足跡は、降る雨に自然と掻き消されただろう。だが、もしもその犯行が、雨の止んだ午後七時以降におこなわれたものだったら？」

「あッ、そうか。空き部屋の入口付近には犯人の足跡が、くっきり残るはずだよな」

「そうだ。その足跡を消すためには、もう一度雨が降ってくれることが一番。だが、そうそう都合よく雨が降るはずもないよな。そこで犯人は大胆な手段に訴えた。グラウンドに埋め込まれた散水用の蛇口にホースを繋いで、勢いよく水を出したんだ。犯人はホースを上に向け、離れた場所から空き部屋を目掛けて水を撒いた。いわば人工の雨を降らせたってわけだ。それは空き部屋の入口付近に残る犯人の足跡を綺麗さっぱり流し去った」

「た、確かに大胆な手口だな。うーむ、足跡を水で洗い流すトリックか……」

「そうだ」とアンナは頷き、「だが、それだけじゃない」と首を横に振った。「実は、これは犯行時刻を誤認させるトリックでもある。犯行現場の入口付近に犯人の足跡がなければ、犯行は雨が降る最中におこなわれたもの、足跡は降る雨によって流されたものと、誰だってそう思うだろ。すなわち足跡を消すことによって、犯行は午後七時以前におこなわれたものだと、見せかけることができる。実際には、雨が上がった午後七時以降の犯行なのにだ。それもまた、このトリックの狙いのひとつだったんだろう」

「そうだったのか。俺は水音が止んだのに気付いて、『雨が止んだ』と大喜びしたが、あれは犯人の偽装工作が完了しただけだったんだな」そう呟く杉原は、ふいに怯えたような表情を浮かべてアンナに尋ねた。「てことは、俺が部室から外に出たとき、犯人はまだ暗いグラウンドのどこかにいたってことなのか？」

「だろうな。そいつはホースの後片付けなどをしていたはずだ。と同時に送球部の部室を、暗がりからジッと見張っていたんだ。やがて杉原が部室から現れる。犯人は足音を忍ばせながら、密かに杉原の後を追いかけた」

「俺の後を……何のために？」

「きまってるだろ。危険な目撃者を犯人が放っておくわけがないじゃないか」

「ん、目撃者って俺のことか？」杉原はキョトンとした顔で自分を指差した。「確かに俺はあのとき、部室の窓から人工の雨が降る様子を見た。だが、それだけだ。俺はその雨を本物の雨だと信じ込んでいたし、ホースを持つ犯人の姿にも気付いていない。外はもう暗かったし、それにだいいち、あのときの俺は眼鏡を掛けていなかったんだ。実際は、ほとんど何も見ていないのと同じだったんだぞ。それでも危険な目撃者なのか？」

「確かに、おまえの目には何も見えていなかったんだろうな。だが犯人の側からすればどうだ？　部室の建物の傍には水銀灯が立っていて、多少の明るさがあったはずだよな」

アンナの指摘を受けて、杉原は「ハッ」と息を呑む。アンナはニヤリとして続けた。

「な、判っただろ。部室側から暗いグラウンドを眺めても何も見えないかもしれないが、暗いグラウンド側から部室の様子は比較的よく見えていたはずだ。おそらく犯人の目には部室の窓から外を覗く杉原の顔がちゃんと見えていたんだ。そして犯人は、こう考えた。こちら側から杉原の姿がハッキリ認識できたのだから、きっと杉原もこちらの姿を認識したはずだ――ってな。要するに、犯人は杉原に自分の姿をバッチリ見られたと思い込んだんだ」

「それで、犯人は俺の口を封じようとしたってわけか」

「そういうことだ。犯人はおまえの後を密かに追い、楓の木の傍で背後から接近した。そしていきなり後頭部を殴って気絶させたんだ。素手で殴ったのか、それとも棒か何かで殴ったのか、それは判らない。ただし気絶した杉原を犯人がその場で絞め殺す考えだったことは、まず間違いない。犯人はすでに片桐先生を、そうやって殺害しているんだからな」

「………」激しい衝撃を受けたように、杉原は唇を震わせた。「じゃ、じゃあ俺は本当に、もう少しで殺されるところだったんだな……」

「そうだ。だが犯人は結局、杉原にトドメを刺すことができなかった。ちょうどそのとき誰かがこちらを見ていることに気付いたからだ。犯人は気絶した杉原をその場に残して、慌てて中庭へと逃走した。では、その犯人というのは、果たして誰なのか――」

そういってアンナは、あらためて二人の容疑者たちへと視線を向けた。木戸勝は「俺じゃないぞ」というようにブンと首を振って、隣の化学教師を見やる。増井教諭はポーカーフェイスのまま、黙って成り行きを見守る構えだ。対照的な二人を前にしてアンナはいった。「杉原を殴った犯人は、ひょっとすると木戸君かもしれないな」

瞬間、肩をびくりと震わせた木戸が「いや、俺は――」と口を開きかける。

しかしアンナは彼の発言を遮るように言葉を続けた。「木戸君には、杉原を殴る機会が確かにあった。実際、彼は午後八時ごろに楓の木の近くにいたんだからな。だが、それだけだ。片桐先生を空き部屋で殺害して、入口付近に残った足跡をホースの水で洗い流す――そんな面倒なことをする時間的な余裕は、彼にはなかった。彼は午後八時になる直前までバスケ部員たちと一緒だったんだからな。やはりアリバイは成立というわけだ」

木戸勝は救われたような表情で「ホッ」と小さく溜め息を漏らす。そしてアンナはあらためて化学教師のほうに向き直ると、スーツの胸元を真っ直ぐ指差していった。

「犯人は、あなたですね、増井浩太郎先生。あなたは昨夜、午後七時半までは演劇部の生徒たちと一緒だった。その後、あなたは化学教室に立ち寄った。そして八時ごろ帰宅の途についたところ、中庭で木戸君と出くわした。しかしながら、この午後七時半から八時までの三十分間、増井先生が本当に化学教室にいたかどうか、それを証明できる人は誰もいません。あなたはその三十分の間に、空き部屋で片桐先生を殺害することができた。そして入口付近に残る足跡をホースの水で洗い流すことができた。その様子を目撃したと思われる杉原の後を、あなたは密かに追うことができた。そして、あなたは杉原を背後から殴りつけた。しかし杉原は倒れる寸前に、あなたのワイシャツからボタンを摑み取った、というわけです。――いかがですか、増井先生？」

まさに名探偵のごとくズバリと問い掛ける水咲アンナ。しかし追い詰められた化学教師は端整な顔を醜く歪めながら、「ふん、なにが『いかがですか』だ！」と吐き捨てるようにいった。「君の語ったことは、単なる憶測に過ぎない。あんなトリックなど、あるものか。空き部屋の入口に犯人の足跡がなかったのは、犯行時刻にまだ雨が降っていたからだ。すなわち片桐先生が殺されたのは、雨が止む午後七時よりも前だったんだ。そして僕にはその時間のアリバイがある。僕は午後七時になる前は、ずっと演劇部の連中と一緒だったんだからな」

「なるほど。そのアリバイを主張したいがためのトリックだったわけですね」

アンナは納得する思いで頷いた。杉原と木戸の二人も疑惑の視線を増井教諭へと向けている。追い詰められた化学教師は、開き直ったような口調でいった。

「僕は犯人じゃない。実際、僕が犯人であるという証拠は何もないじゃないか」

「ええ、確かに証拠はありません」アンナは静かな口調でいった。「そもそも私は事件を捜査する立場の人間ではない。たまたま事件に関わっただけの美しくて賢い第二文芸部部長に過ぎない存在です。だから証拠を出せといわれても、これ以上、私にはどうすることもできません。だけど先生は、それでいいのですか？」

「………」鋭い視線で問われて、増井教諭の視線が泳ぐ。「ど、どういう意味だ？」

「警察は先ほどの岡野君の振る舞いを見ているのですよ。ホースで人工の雨を降らせる岡野君の姿を。彼らだって馬鹿じゃありません。あの光景を見てしまった以上、警察の中の誰かが私と似たような推理力を発揮して、同じ結論にたどり着くのは時間の問題だと思いませんか。だとすれば、彼らの疑惑の目は必ず先生のもとに注がれるでしょう。そして彼らはきっと動かぬ証拠を見つけ出すはずです。そうなれば先生はもう逃げられませんよ」

「…………」化学教師はもはや言葉を発することさえできない様子だった。

「いかがですか、増井先生。警察の手で証拠を突きつけられる前に、『私がやりました』と名乗り出てみては？　そのほうが警察側の心証も多少なりと良くなりますよ」

アンナがその台詞を語り終えた直後、体育倉庫の前に人の気配。瞬間、全員の視線がいっせいに入口へと注がれる。耳障りな音を立てながら左右に大きく開かれる引き戸。やがて姿を現したのは、アンナにとっても過去の事件で面識のある国分寺署の刑事たちだ。冴えない背広姿の男性刑事と、パンツスーツを凛々しく着こなした若い女性刑事の二人組である。

微妙な沈黙があった後、男性刑事のほうが化学教師へと真っ直ぐ歩み寄っていった。

「増井浩太郎先生ですね。ちょっとお時間いただいて、よろしいですか。あなたに少しお尋ねしたいことがあるのですが——」

刑事の言葉を聞いた瞬間、自らの敗北を悟ったのだろう。がっくりと肩を落とした化学教師は

「はい、判りました……」と力なく頷くのだった。

——『狙われた送球部員』閉幕——

※

——四月の事件のときも思ったけれど、相変わらず《閉幕》の二文字が大袈裟だな。

　そんな印象を抱きながら、僕は『狙われた送球部員』の原稿を読み終えた。ふと気付けば、先ほどまでプレハブ小屋に響きわたっていた雨音は、いつしか聞こえなくなっていた。誰かがホースでの水撒きを終了したため——ではない。窓の外を眺めれば、梅雨空を覆っていた分厚い雲の切れ間に久しぶりの青空が見える。どうやら雨は上がったらしい。

　僕は回転椅子の上から振り返って背後に目をやる。

　肘掛け椅子の上に第二文芸部部長である水咲——じゃなかった、水崎アンナの姿。彼女は僕の顔を見るなり、勢い込んで聞いてきた。

「今度こそ読み終えたようだな。どうだ、君。ぜひ率直な感想を——」

「要するに、ないんですね、動かぬ証拠」彼女の要求するとおり、僕は率直な感想を述べた。「作中の水咲アンナちゃんは、結局、証拠らしい証拠を示すことができていません」

「そ、そんなこと、べつに大した問題じゃないさ。二人しかいない容疑者の中で、片方にアリバイが存在し、もう片方のアリバイは崩れたんだ。どっちが犯人であるかは歴然としているじゃないか。これ以上、何を明らかにする必要がある。いや、何もない。そうだろ？」

　一方的に捲《まく》し立てた水崎先輩は、横目で鋭く僕のことを睨みつけながら、

「それとも何か？　裁判で有罪を勝ち取るほどの証拠がなければ、ミステリは終わらないのか。終われないのか。——そんなの短編小説じゃ不可能だ。まさに不可能犯罪だ！」

「…………」なに訳の判んないこといってるんですか、水崎先輩？

「それに、証拠のことなんて君が心配すべきことじゃないだろ。そもそも水咲アンナちゃんは素人《しろうと》探偵なんだ。証拠捜しは、プロの捜査員に任せておけばいい。警察はきっと独自の捜査で動か

ぬ証拠を見つけ出すさ。お得意の科学捜査なんかを駆使してな」

「なんですか、急に科学捜査って。さっきは『科学捜査は使えない』とかいってたくせに！」

僕が鋭くツッコミを入れると、先輩は飛び回る蠅を払うような仕草を見せながら、

「やれやれ、細部にうるさいな。まったく、ミステリマニアってやつは、これだから——」

「僕はミステリマニアじゃないですよ。どっちかっていうとマニアは部長のほうでしょ！」

叫んだ瞬間、先輩の顔に意外そうな笑顔が広がった。

「おッ、いま君、私のことを《部長》って呼んだな。そうかそうか、ついに君も——」

「いいえ、呼んでません。全然、呼んでないです。百歩譲って、仮にそう呼んだとしても、僕が第二文芸部に入部したことにはなりませんから」そう断言して、僕は無理やり話題を変えた。

「——そんなことより、動機は何なんです？」

「え、動機⁉ そりゃ、動機はいろいろあるだろ。『小説が好きだから』とか『作家になりたいから』とか『美人部長の人柄に惹《ひ》かれて』とか——」

「第二文芸部に入部する動機の話なんて、誰もしてません！」それに三つ目の入部動機はあり得ないですよね！ 僕はデスクの上の原稿を掌でバシンと叩きながら、「殺害の動機ですよ、殺害の！ 作中では、送球部長の殴打事件についての動機は説明されていますよね。口封じのためだったと。でも数学教師殺害事件については、いっさい動機について触れられていません。増井先生はなぜ片桐先生を殺害したんですか？」

「え、ああ、そっちの動機か。えっと、それは……そう、痴情の縺れってやつだ」

「えー、またですかぁ？」と僕は思わず不満顔。「確か四月の事件のときも、音楽教師が殺され

た理由は痴情の縺れだったはずですけど――本当に今回もそれでいいんですか」

「いや違う。痴情の縺れじゃない。殺害の動機は、その、アレだ、そう、金銭トラブルだ。増井先生は片桐先生から結構な額の借金をしていたんだな。なにせ、ほら、校内でも有数のイケメン教師である増井先生は、学校の外では女性関係も華やかで夜遊びも派手だったから……」

「知りませんよ、そんなこと！」

「もちろん、誰も知らない話さ」

当然だろ、といわんばかりに先輩は大きく両手を広げた。「だが片桐先生だけは、そのことを知っていたんだな。なぜなら、片桐先生は夜遊びでカネが回らなくなった増井先生の借金を肩代わりしてあげていたからだ。しかし、そんな片桐先生もついに堪忍袋の緒が切れた。犯行の夜、片桐先生は増井先生を例の空き部屋に呼び出して問い詰めたんだな。『俺が肩代わりしたカネ、そろそろ返してくれないか。でないと、この件を教頭に訴えるぞ』って。もちろん増井先生は大慌てでだ。そんな真似されたら学校での評判はガタ落ち。出世にも響くだろう。こうして増井先生と片桐先生の間で、しばしの押し問答が繰り広げられる。『返せ』『待ってくれ』『いや、待てない』『なんだと！』。そうこうするうち頭に血が昇った増井先生は、思わず片桐先生の首根っこに摑みかかった。そして彼が締めていたネクタイでもって、その首を絞め、殺害するに至った。――とまあ、そういう経緯だったのさ」

「なるほど。いちおう考えられる動機ではありますねえ」でも残念ながら、その話、作中のどこにも書かれていないんだよなあ。まあ、先輩がたったいま苦し紛れに捻り出したストーリーだろうから無理もないけど。

先輩のあまりのいい加減さに、僕は思わず「ハァ」と深い溜め息を漏らす。

すると彼女は自らデスクへと歩み寄ってきて、「とにかく、君の評価はよく判った。要するに、今回の原稿も推敲の余地が大いにあるというわけだな」

言うが早いか、先輩はデスクの上の原稿を両手で取り上げる。そしてデスクの袖の引き出しを開けると、「えい！」と叫んで、その原稿を無造作に放り込んだ。呆気に取られて目を丸くする僕。先輩は、ハイ一丁上がり、とばかりにパンパンと手を払う仕草。そして青空の覗きはじめた窓の外を指差しながら、何事もないような口調でこういった。

「どうやら雨は上がったらしい。これで雨宿りも終わりだ。――じゃあ続きは、また今度な」

「え、また今度って？」まあ、これで終わりじゃないことは、僕も薄々気付いている。桜咲く四月、梅雨空の六月ときたのだから、この次は――「さては、夏休みに纏わる作品でも読ませる気ですか？」

僕の鋭い問い掛けに文芸部長は一瞬、確かにドキリとした表情。しかし、すぐさま意味深な笑みを覗かせると、「さあ、どうなのかなぁ」と曖昧に呟くのだった。

文芸部長と『消えた制服女子の謎』

脳ミソにまでカビが生えそうなジメジメとした梅雨は七月初旬まで続いた。だが、それが明ければ、いよいよ本格的な夏の到来。国分寺の一角にある鯉ケ窪学園も待ちに待った夏休みに突入だ。幸運な生徒たちは海へ山へと繰り出して、昼となく夜となく青春を謳歌する日々。しかしその一方、幸運でない一部の生徒たちは、夏休み期間中だというのに重たいスクールバッグを抱え、とぼとぼと学校へ向かうこととなるのだが——いったい、なぜ？

もちろん、そこには単純にして理不尽な理由がある。——夏期講習だ。

いや、正確には夏期講習という名で呼ばれる、学校公認の罰ゲームだ。

夏休み前のテストの際、英語と古文と数学で見事に赤点をゲットした僕は、残念ながら幸運ではないほうの生徒のひとり。私服で遊びに出掛ける友人たちを尻目に、早朝から制服姿で校門をくぐる。午前中、うだるような暑さの中で三教科の補習をみっちり受けると、もはや気分は最悪。パンク寸前の頭の中では、兼好《けんこう》法師がつれづれなるままにＴＯＯ　ＬＡＴＥな微分積分を始める始末（?）。そして僕は絶対確実な事実に思い至るのだった。

「くそ、真夏の罰ゲームに教育的効果なんてあるもんか！」

そんな僕が補習地獄から解放されたのは、時計の針が昼の十二時を差そうとするころ。

教室を出た僕は、夢遊病者のごとき足取りで校舎を後にする。夏休み期間中の校内は、さすがに閑散としており、広いグラウンドにも人の姿は皆無。だが、それも当然のことで、今日の予想最高気温は三十四度。ところによっては猛暑日という予報さえ出ているほどなのだ。どんなに頭の悪い運動部員でも、この炎天下にグラウンドを走り回るような馬鹿な真似はしないはず――と、そう思った傍から、野球部の連中が部室から登場。列をなしてランニングを開始したので、思わず僕は「おいおい、こいつら死ぬ気かよ……」と彼らの正気を疑った。

だが、まあいい。夏の甲子園《こうしえん》を目指した西東京大会において、例年どおり一回戦で敗れ去り、セミより短い夏を終えたばかりの弱小野球部だ。炎天下の無謀なランニングで、灼熱《しゃくねつ》の甲子園の雰囲気を味わうのも、悪いことではないかもしれない。

「もちろん《死なない程度に》だけどな……」

そんな呟きを漏らしつつ、僕は校舎や樹木の作り出す日陰を選んで歩を進める。やがて前方に現れたのは、高い金網に囲まれたプールだ。鯉ケ窪学園のそれは校庭の片隅に位置している。まあ、校庭の真ん中にプールがある学校なんて、たぶんどこにもないわけで、要するに学校では当たり前に見かける二十五メートルプールだ。

隣に見えるのは更衣室。それは物置小屋かと見紛うような小さな建物だ。

その更衣室を横目に見ながら、僕はふらふらとプールの傍へと歩み寄っていった。

「水泳部員たちも練習中かな？　まあ、プールなら熱中症の危険はないだろうけど……」

そう思って金網越しに中の様子を覗いてみたが、水泳部員らしき姿は見当たらない。その代わりといってはナンだが、いきなり視界に飛び込んできたのは実に意外な光景だ。

ガランとしたプールサイドには、なぜか白いビーチパラソルが一本。それが作り出す日陰には、これまた真っ白なデッキチェア。そこに長々と脚を伸ばしながら横たわるのは、ひとりの謎めいた美女だった。

スポーティな雰囲気を漂わせるセパレートの黄色い水着。上半身には純白のラッシュガードを羽織っている。ほっそりとした長い手脚。ストレートロングの美しい黒髪。黒いサングラスが、その表情をミステリアスに覆い隠している。デッキチェアの傍らにはサイドテーブル。置かれたグラスを満たすのはフルーツ満載のトロピカルドリンク――というのが本来あるべき姿かもしれないが、さすがにそれは学園内で調達できなかったらしい。テーブルの上には、購買部の自販機で購入したらしい紙パックのヨーグルトドリンクがストローを差した状態で置いてあった。紙パックの隣には、タブレット端末らしきものも見える。

一部に間抜けな箇所もあるが、全体的にはまるで《ここだけリゾート地》といった雰囲気が演出されている。その不自然すぎる光景に、思わず僕はポカンと口を開けた。

「……何なんだ、これ？　誰なんだ、あの女？」

そんな僕の呟きが聞こえたのだろうか、いきなり水着の美女がハッとした様子を見せる。デッキチェアの上で上半身を起こすと、目許のサングラスを頭上にずらしてカチューシャ状態にする。露になった彼女の素顔を見るなり、思わず僕は「ああッ」と大きな声を発した。

と同時に水着の美女も「ややッ、君は！」と、ひと声叫んだかと思うと、すぐさま両手を頭上で振りながら、「ヤッホー、おーい、君。ほら、君だ、君。おいこら、逃げるなよ！」と恥ずかしいほどの大声で、僕のことを呼ぶ。

慌てて金網の前を離れた僕は、いったんプールの出入口に回って、彼女がいるプールサイドへと足を踏み入れた。「逃げませんよ！　逃げませんから、馬鹿みたいな大声出さないでください。野球部の連中に聞かれますよ！」

僕は唇の前に人差し指を立てて、水着の美女を黙らせる。そしてキョロキョロと周囲を見回しながら尋ねた。「――にしても先輩、何やってんですか、こんなところで？」

「何って、君――この私が遊んでるように見えるか？」

「ええ、遊んでるように見えます」正確にいうなら、水遊びした後にプールサイドで寛《くつろ》いでいる姿に見える。「いいんですか、勝手にプールに入ったりして。怒られますよ」

「大丈夫だ。問題ない。水泳部の練習は午前で終了しているしな」

「だからって、文芸部の部長がプールを使っていいって話にはなりませんよね？」

すると彼女は水着の胸元を親指で示しながら、断固こう答えた。

「文芸部ではない。私は第二文芸部の部長、水崎アンナだ。間違えるな！」

「あー、ハイハイ、そーでしたね……」僕は適当に相槌《あいづち》を打つ。

その態度が気に障ったらしい。水崎先輩は形の良い唇を尖らせながら、「なにが、『ハイハイ、そーでしたね』だ。君だって第二文芸部の一員だろ。ここ最近、さっぱり部室に顔を見せないようだが、いったいなぜだ？　さては部室の場所を忘れたか？」

「いえ、部室の場所は忘れちゃいませんが……」

というか、忘れようがない。第二文芸部の部室は校舎の裏手、焼却炉の傍にあるプレハブ小屋だ。今年の春に、文芸部と間違えてウッカリその入口に手を掛けたのが、運の尽き。その部室で彼女の書いたミステリ作品を無理やり読まされて以降、彼女の中で僕の存在は《第二文芸部における唯一の後輩部員》あるいは《部下》という認識になったらしい。

そんな彼女に、いまさら何をいっても無駄だろう。僕は先輩の問い掛けに深い溜め息で応えるしかない。水崎先輩は再びデッキチェアに背中を預けながらいった。

「まあいい。とにかく、ここで君と出会えたのは僥倖《ぎょうこう》だった」

「そうですかぁ？」彼女にとっては僥倖でも、こっちにとっては災難かもだ。僕は恐る恐る聞いてみた。「話をもとに戻しますが、先輩、こんなところで何をしてるんです？」

「何って……私が遊んでいるように見えるか？」

「だから、遊んでるようにしか見えませんって！」

「それは心外だな」水着の先輩はニヤリと笑みを浮かべながら、「こう見えても私は、単にプールサイドにデッキチェアを広げて寛いでいるわけではない」

そうだろうか。単にプールサイドにデッキチェアを広げて寛いでいるだけの女に見えるが、これって目の錯覚だろうか。僕は慌てて手の甲で両目をゴシゴシと擦《こす》る。その姿を横目で見やりながら、水崎先輩は堂々といった。

「私は新作の構想を練っているのだ。来る日も来る日も、新たなる傑作を支えるトリックの開発に余念がない。ところが、この暑さだろ」

「はあ」

「おまけに君も知ってのとおり、我らが第二文芸部の部室はプレハブ小屋だ。クーラーなんてないから、部室の中は地獄の釜の中みたいな暑さになる。とても、まともな人間が物を考えられるような環境ではない。そう思って逃げ出すように部室を出た私は、学園内に涼しそうな場所を探した。すると私の目の前に突然、このプールが現れたんだ」

「………」べつに突然現れたのではない。プールは学園設立当時から、ずっとこの場所にあったのだ。「それで？」

「うむ、これ幸いと思ってな。こうしてデッキチェアとパラソルを持ち込みながら、ひとり寛いで――いや、違う、ひとり構想を練っているというわけだ。判っただろ、君？」

「ええ、よーく判りました」――要するに勝手に寛いでいるわけですね！　駄目ですよ、先輩、学園のプールを私物化しちゃ！　プールはみんなのものなんですからね！

と強い視線で訴える僕。その視線を避けるように、先輩は再び上半身を起こした。

「まあ、私がやってることなんて、どうだっていいだろ。それより、せっかくの機会だ。久しぶりに部活動らしいことをやろうじゃないか」

「部活動らしいこと？」その言葉の響きと彼女の企《たくら》むような表情に、たちまち僕はピンときた。

「あ、まさか先輩、また僕に自作のミステリを読ませようっていうんじゃないでしょうね」

「そのとおりだが――あれ、なんだ、君？　ひょっとして迷惑か」

「………」ひょっとして迷惑じゃないと思ってます、先輩？

心の声を懸命に押し隠しながら、僕はやんわりと断りを入れた。「残念ですけど、このプールサイドに原稿なんてありませんよね。だったら仕方がない。先輩の傑作をいますぐ読みたい気持ちはヤマヤマですけど、それはまた次の機会ってことに……」

そういって僕は難を逃れようとしたのだが、直後に先輩の口から意外な発言――

「大丈夫だ。原稿ならここにある」

――え、どこに？

と眉をひそめる僕の前で、先輩はサイドテーブルの上のタブレット端末を指差した。僕の口から思わず漏れる「うッ」という呻き声。それをよそに先輩は端末を手に取ると、ほっそりとした指先でタッチパネルを操作しながら、意地悪な笑みを漏らす。

「ふッふッふッ、いついかなる場所で君に出会えるか、判らないからな。どんな状況でも君に原稿を読ませることができるように、私の作品はすべて、この端末で読めるようにしてあるんだ。どうだ、便利な世の中だろ」

「…………」畜生、なんて不便な世の中なんだい！

思わず顔をしかめる僕の前に、タブレット端末がずいとばかりに差し出される。画面を埋め尽くす活字の列に、僕はゲンナリ。だが水崎先輩は嬉々《きき》とした表情でいった。

「君に読んでもらっている連作短編集『鯉ケ窪学園の事件簿２０ＸＸ年度版（仮）』。それの第三話目だ。ちょうど折り返し地点だな。季節的にも、いまにぴったりの作品だぞ。タイトルは『消えた制服女子の謎』っていうんだ」

そういって先輩は端末を僕に押し付ける。そしてデッキチェアから立ち上がった。

「さあ、君はここに座って読め。私は君が読み終わるまで、少し泳ぐとしよう――」

いうが早いか、水崎先輩は上半身を覆っていたラッシュガードを脱ぎ捨てる。そしてプールサイドを小走りに進むと、プールの縁で高々とジャンプ。「ひゃっほー！」と浮かれた声を発したかと思うと、青い水面に頭から飛び込んでいった。盛大に舞い上がる飛沫《ひまつ》。水面に広がる波紋。プールの中央で水から顔を出した先輩は、やはり浮かれた様子で「おーい」とこちらに手を振る。その姿はやはり何度見ても、遊んでいるようにしか見えない。

僕は呆れた顔のまま、その視線を手許のタブレット端末に向けた——

『消えた制服女子の謎』

1

それは夏休みもまだ序盤である七月下旬のこと。容姿端麗かつ頭脳明晰で、おまけに品行方正で、なおかつ控えめな態度に好感が持てると評判の美人女子高生、水咲アンナは部活動のために鯉ケ窪学園を訪れていた。彼女の所属は第二文芸部。その数十名にも及ぶ部員をひとつに束ねるという重責を担うのが、部長である水咲アンナその人なのだ。

この日も彼女は学園から特別に与えられた洒落た部室で、多くの部員たちと特別な会合を持った。議題は、この秋に迫った学園祭の件だ。第二文芸部は例年、学園祭において特設ブースを出し、そこで同人誌を販売している。その売り上げは部の貴重な活動資金となるのだ。

ちなみに彼女たちの発表する同人誌は極めて評判が高く、目の肥えた読者からは『とても高校生の作品とは思えない……』『もはや商業出版のレベルだ……』との賛辞も聞かれるほど。だからこそ、今年発表する同人誌も内容の薄いものにはできないのだ。

会議において、水咲アンナは部員たちから創作の進捗状況などについて報告を得た。部員たちの報告は、部長である彼女を充分に満足させるものだった。優秀な彼らは、きっちりと予定を立てて創作に打ち込んでくれている。だから誰ひとりとして、『書く意欲はあるんですけど、アイデアがありませぇん』とか『アイデアはあるんですけど、書く時間がありませぇん』とか、挙句の果てには『すみませぇん』『すみませんが、締め切りを一週間ほど延ばしてくださぁい』などとプロ根性の欠如したような泣き言は、いっさい口にしない。要するに、物書きとしての理想的な資質を備えた部員たちばかりなのだ。

そんな部員たちに恵まれた自分を、アンナは心の底から幸運であると感じ、文芸の神に大いなる感謝を捧《ささ》げるのだった。

充実した会議がお開きになると、部員たちは口々に「過去最高の同人誌になりそうですね」「水咲部長のリーダーシップのお陰です」「さすが、部長！」といった賛辞を述べながら、それぞれに部室を出ていった。

ひとり残された部室にてアンナは、「ふッ、まったくうちの部員ときたら、根っからの正直者ばかりだな……」と控えめな感想を漏らす。そして彼女はクーラーの効いた快適な部室で、いましばらくは新作ミステリの執筆に励むのだった。

やがて、その仕事が一段落した午後二時過ぎ。ようやくアンナはデスクを離れると、愛用のノートパソコンを抱えて帰宅の途についた。

部室を後にして、しばらく歩くと、体育館の脇にある自販機スペースに出た。体育館の壁に沿って、数台の自販機が並んでいる。そこにはカフェのテラス席を思わせるような、白いテーブルや椅子もあって、ちょっとした休息の場となっている。普段なら、その空間は雑多な生徒たちの溜まり場だが、いまは夏休み期間中。ガランとした空間には、ただひとりカッターシャツ姿の男子生徒がいるばかり。テーブルにノートパソコンを広げ、椅子に座りながらキーを叩いている。その眼鏡を掛けた横顔にアンナは見覚えがあった。

「よお、そこにいるのは棚田《たなだ》――棚田祐介《ゆうすけ》じゃないか」

いきなり呼ばれて棚田祐介は驚いた様子。パソコン画面から顔を上げると、周囲をキョロキョロ。ようやくアンナの存在に気付くと、小さく息を吐いて眼鏡の縁に指を当てた。

「なんだ、水咲アンナか。第二文芸部の活動は、もう終わったのか」

「まあな。そういう棚田は、こんなところで何してるんだ？　ああ、判った。さてはおまえ、テストで赤点取ったな。それで夏期講習を受けに、わざわざ夏休みに学校へ……」

「勝手に決めるな、馬鹿！　赤点なんか取ってねえ！」そういって彼はパソコン画面を指差した。

「学園祭に向けて、新作小説の執筆中だ。なにせ、こっちは第二じゃない単なる文芸部だからな」

「ほう、そーいうことか。そりゃ感心感心……」

とアンナはナチュラルな上から目線で頷いた。

何を隠そう棚田祐介は文芸部の部長なのだ。ちなみに文芸部と第二文芸部の違いは何か。それは純文学と大衆文学だとか、一般小説とミステリだとか、そういったジャンルの違いではなくて、主に創作にかける情熱の違いである。いかにも高校の部活動らしい、ぬるま湯の心地《ここち》よさを楽しむための仲良し集団が単なる文芸部。その体質に飽き足らず、プロを目指して昼夜を問わず研鑽《けんさん》を積む実践的創作集団。それこそが水咲アンナ率いる第二文芸部なのだ。どちらがより優れた部活動であるか。その点、控えめなアンナ自身の口から語られることはないが、棚田祐介に話しかける彼女の表情に、隠しきれない優越感が滲《にじ》んでいることは否定しきれない事実である。

「ふふっ、お互い大変だな、この時期は」

「ああ、でも第二文芸部はいいよな。俺たちの部室なんて校舎の裏側、焼却炉の傍にあるプレハブ小屋だぜ。しかもクーラーなんてないから、夏は地獄の釜の中のよう。だから俺は、この日陰で紙パックのジュースを飲みながら一時間以上もパソコンとにらめっこだ……」

とキーボードを叩きながら哀しい立場を訴える文芸部長。その言葉を遮ったのは、二人の背後から響いてくる男性の笑い声だった。

「ははは、そうボヤくなよ、棚田。君なんて、まだマシなほうじゃないか」

ん？　誰だ——とアンナが振り向くと、いつの間に現れたのだろうか、そこに立つのは、やはりカッターシャツ姿の男子生徒。演劇部の部長、成島圭一《なるしまけいいち》だ。見上げるような長身と端整な顔には人目を惹きつける魅力があり、女子生徒のファンが多い。そんな成島はアンナの傍まで歩み寄ると、「やあ、水咲さん、相変わらず美しいね」と本当のことをいいながら片手を挙げ、キラリと輝く白い歯を覗かせた。

アンナはニコリともせず、彼に尋ねた。「なんだ成島、おまえも部活なのか。まあ、そりゃそうだよな。演劇部にとっては、秋の学園祭がいちばんの見せ場だもんな」

「いや、そうじゃないよ、水咲さん」

成島は整った顔を真横に振って、胸を張った。「僕はテストで赤点を取ったのさ」

「なんだ、補習かよ！」アテが外れてアンナは思わず唖然。

「はん、賢そうなのは見た目だけだな」と横から棚田が強烈なツッコミを入れる。

すると成島は真面目な顔で「うん、役者は顔が命だからね」と、すこぶるアホな答えを返す。

「しかしまあ、夏期講習という名の罰ゲームも無事に済んだんで、これから帰るところなんだが
……おや？」

「ん、どうした？　まだ済んでいない罰ゲームでも？」アンナが尋ねると、

「いや、そんなんじゃない」成島はアンナの背後を指差しながら、「あそこにいる女子って、栗《くり》原《はら》さんじゃないのかな？」

アンナは回れ右して、成島が指差す方角に身体を向ける。視線の先に見えるのは、鯉ケ窪学園の夏服を着た女子生徒の後ろ姿だ。純白のシャツにチェックのミニスカート。肩に担いでいるのは、紺色のスクールバッグだ。背中をこちらに向けながら、真っ直ぐ歩を進めている。そんな彼女の向かう先に見えるのは、学園で唯一のプールだ（もっとも、二つも三つもプールがある学校なんて滅多にないと思うが）。アンナは遠ざかるように進む女子の背中を眺めながら、

「あの娘、成島の知り合いか？」

「ああ、同じクラスなんだ。何やってるんだろ、栗原さん……？」

「栗原由香《ゆか》か？　だったら確か水泳部だ」そう答えたのは棚田だ。彼も栗原という女子と顔馴染みらしい。「きっと、これから部活なんだろう」

「そうか。それで更衣室に向かってるんだな」納得した様子で頷く成島。

三人が見守る中、制服の女子はプールの隣にある小さな建物へと歩み寄り、出入口の扉に手を掛けた。彼女は更衣室で水着に着替えてプールでひと泳ぎするのだろう。そう思ったものの、栗原由香という女子のことをよく知らないアンナにとっては、所詮どうでもいいことだ。女子の背中が扉の向こうに消え去るのを見届けたアンナは、再び成島圭一と棚田祐介の二人に向き直った。

「ところで、せっかくこうして部長三人が顔を合わせたんだ。もうちょっと涼しいところで話さないか」

「ああ、そうだな。ファミレスにでもいくか」そういって棚田はノートパソコンを閉じる。

「うん、だったら、僕も付き合おう」成島は整った顔を縦に振った。

アッという間に話は纏まり、アンナは手を叩く。「よし、決まった。それじゃ――」

と言い掛けた直後、アンナの言葉は絹を裂くような女性の悲鳴によって、一瞬で掻き消された。

「きゃあああぁぁぁ――ッ」

何事かと身構えるアンナ。その隣で成島がキョロキョロと周囲を見回しながら、

「な、なんだ？　いまの悲鳴は、いったい……」

「更衣室じゃないか⁉」棚田がプール脇の小さな建物を指差して叫ぶ。

「いってみよう！」いうが早いか、アンナは二人の男子に先んじて駆け出した。

三人のいる体育館横の休憩スペースから更衣室までの距離は、ざっと三十メートルほど。その距離をアンナたちは短距離走者のように全力で駆ける。だが、三人が更衣室の出入口にたどり着くより先に――バンッと音を立てて、その扉が中から開かれた。

飛び出してきたのは、見慣れない制服を着た女子だ。夏だというのに臙脂《えんじ》色のブレザーに薄い

ピンクのシャツ。スカートは紺色のミニで柄は入っていない。鯉ケ窪学園の女子の制服とは似ても似つかぬ素敵なデザインと鮮やかな色使い。だが見とれている場合ではない。更衣室から出てきた女子は、まるで人目を憚《はばか》るように顔を伏せながら、建物の壁沿いに走り出す。

「——あ、待てよ、君！」叫んだのは成島だ。

だが彼の制止の声を振り切るように、見慣れない制服の女子は建物の角を回りこんで、更衣室の裏手へと姿を消した。アンナは逃げる彼女を追うことも考えたが、まずは状況を確認することが先決と思い、開いた扉の中に飛び込んだ。「どうした。何があったんだ？」

「大丈夫か、栗原！」棚田祐介もアンナの背後から声を掛ける。

「栗原さん、いまの悲鳴は君のかい？」成島圭一は心配そうに、扉から中を覗き込む。

三人の視線の先には、鯉ケ窪学園の夏服を着た女子の姿があった。ロッカーの並ぶ壁際にしゃがみこんで、ブルブルと肩を震わせている。その傍らには紺色のスクールバッグが転がっていた。

そんな彼女に、棚田が駆け寄って問い掛ける。

「何があったんだ、栗原？」

すると栗原由香は右手を挙げ、震える指先で更衣室の奥を示した。そこにあるのはシャワールームだ。間仕切りのある櫛形のスペースに、シャワーヘッドがずらりと並んでいる。

その仕切られた空間のひとつに、もうひとり別の女性の姿があった。女性は下着姿。シャワールームの狭い床の上に丸まるような恰好で倒れている。華奢な身体つきから見て、女子生徒だろう。その身体はピクリとも動いていない。後頭部には赤黒いような傷口が見える。シャワーヘッドから落ちる水が鮮血と混ざり合いながら、排水口へ向けて赤い流れを作っている。

死んでいるのだとすれば、どう考えても自然死とは思えない状況だ。

「こ、これは、いったい……」

愕然《がくぜん》とするアンナに、栗原由香が震える声で答えた。

「わ、判りません……私、いきなり知らない女に突き飛ばされて……」

「いま出ていった制服の女子だ！」成島が叫ぶ。「だったら追いかけよう！」

「そうだな」頷いたアンナは、いかにも運動が苦手だと思われる眼鏡の文芸部長に素早く指示を出した。「おい棚田、おまえはここにいろ。栗原さんのことは頼んだ。――よし、いくぞ、成島。犯人はまだそう遠くにはいってないはずだ」

こうして水咲アンナと成島圭一は、二人で更衣室を飛び出したのだった。

2

それから数分後。二人は学園の中庭の片隅で、ともに焦りの表情を浮かべていた。

「くそッ、見当たらない。あの女子、いったいどこに逃げたんだ」

口惜《くや》しそうに成島圭一が叫ぶ。「もう学園の敷地の外に出てしまったのかな」

「判らないが、あの目立つ恰好だ。人目を避けて逃げるのも、そう簡単じゃないと思うぞ」

水咲アンナが思い付きを口にすると、成島は深々と頷いた。

「確かに、あの女の子、変わった制服を着ていたな。うちの学園のじゃなかった」

「ああ、全然違う。うちなんかの制服より遥かにお洒落なやつだ」

「だけど国分寺近辺に、あんな制服の学校ってあったかな。少なくとも僕は初めて見る制服だったが――」といった次の瞬間、成島の口から「あッ」という叫び声が漏れた。「いたぞ、水咲！ほら、あそこの水飲み場だ」

成島が指差す方角に目をやると、いままさに見慣れぬ制服の女子が水飲み場の陰から、その姿を現したところだ。咄嗟にアンナは「おい、待て！」と大きな叫び声。だが、もちろん、それで立ち止まってくれる相手ではなかった。謎の制服女子はアンナたちの前で紺色のミニスカートを翻して後ろを向くと、再び猛スピードで駆け出す。遠ざかっていく臙脂色のブレザー。その背中を、アンナと成島は真っ直ぐに追いかけた。

謎の制服女子は校舎の角を曲がって、いったんアンナたちの視界からその姿を消す。直後に二人が校舎の角を曲がると、臙脂色のブレザーの女子は、前方に建つ二階建ての細長い建物へと向かうところだった。それを見るなり、成島が叫んだ。

「部室棟だ。あそこに逃げ込むつもりらしいぞ」

彼の予言したとおり、謎の制服女子は部室棟の出入口から建物の中へと飛び込み、その姿を消した。

部室棟は鯉ケ窪学園の文科系クラブの部室が並ぶ建物だ。そこは軽音楽部や映画部、写真部、囲碁・将棋部、あるいは漫画研究会やミステリ研究会、はたまた文科系プロレス部や文科系アイドル部など雑多なクラブが拠点を構え、日夜、騒々しく創造に励む場所。由緒怪しき我らが鯉ケ窪学園において、最大の魔窟とも呼ばれる一種の異次元空間である。

成島圭一率いる演劇部の部室も、この建物の二階にある（ちなみに、すでに記したことだが、

第二文芸部は学園からの特別な計らいで洒落た部室を与えられている。文芸部はいうまでもなくプレハブ小屋だ)。

アンナと成島は、謎の制服女子から数秒遅れで、その建物に飛び込んでいった。出入口を入ると、目の前に伸びるのは一本の長い廊下だ。そこに面して、いくつもの部室の扉が横一列に整然と並んでいる。見渡す限り、廊下に人の姿はない。建物全体はシンと静まり返っている。その様子を見て、成島は意外そうな表情を浮かべた。

「消えた——くそ、どこへいったんだ?」

「落ち着けよ、成島」冷静沈着かつ明晰な頭脳を持つアンナは、現在の状況を瞬時に判断した。

「人ひとり、煙のように消えるわけもないだろう。逃げ場は二つしかないはずだ」

アンナは目の前に伸びる廊下を指差しながら、「謎の制服女子は、ここに並んだ部室のどれかに飛び込んだか。あるいは——」といって、今度は出入口を入ってすぐのところにある階段を指差した。「これを駆け上って、二階へ逃げたか。その二つにひとつだろう」

「うむ、確かに、それしか考えられないな」と頷く成島。その直後、彼は二枚目顔を目の前の階段へと向けながら、「——おや?」と眉をひそめる。

つられてアンナも階段へと視線を送る。頭上から聞こえてくるのは、カツカツという軽やかな靴音だ。やがて踊り場をくるりと回って、ひとりの女子が姿を現した。

純白のシャツにチェックのミニスカート。胸元には赤いリボンが飾られている。鯉ケ窪学園の夏服に間違いない。肩には学校指定のスクールバッグを担いでいる。顔はうりざね顔で、髪の長さは肩に掛からない程度。大きな目と控えめな鼻に特徴がある。

アンナはその顔に見覚えがあった。

「あら、あなた、隣のクラスの酒井《さかい》さんね！」

すると名前を呼ばれた彼女、酒井千里《ちさと》はキョトンとした顔。ゆっくりと階段を下りながら、

「どうしたの、水咲さん？　それに成島君も……何かあったの？」

その問いに答えることなく、アンナは即座に尋ねた。「酒井さん、ずっと二階にいたの？」

「ええ、さっき部室を出たところよ。私、文科系プロレス部なの」

と酒井千里はその容姿からは想像しづらい意外な所属先を明かした。それを耳にした瞬間、アンナの脳裏に『プロレスって文科系なのか？』という素朴な疑問が浮かんだが、いまはそれを問題にしている場合ではない。アンナは質問の続きを口にした。

「だったら聞くけど、たったいま、この階段を上がって、誰か二階にいかなかった？」

「え、この階段を誰かが……？」酒井千里は小首を傾げて、しばし黙考。やがて黒髪を揺らして首を左右に振った。「ううん、誰も上がってこなかったわよ」

「間違いないのか、酒井さん」と成島も勢い込んで聞く。「臙脂色のブレザーに薄いピンクのシャツ、紺色のミニスカートを着た女子だ。そいつが、たったいま階段を駆け上がっていったかもしれないんだけど……」

「いいえ、誰もこなかったわ。文科系プロレス部の部室は、この階段を上がってすぐのところにあるの。ついさっき私はその扉を開けて、廊下に出た。そこで扉に鍵を掛けようとして、しばらくは廊下にいたの。鍵を掛けるのに手間取っちゃってね。だから誰かが二階に上がってくれば、きっと私の傍を通ったはず。気付かないはずがないわ。ましてや、よその学校の制服を着た女子

なんて絶対に見逃さないと思う」

「そうか。そりゃそうだよな」成島は納得した様子で頷く。

アンナは確信を持った眸《ひとみ》を一階の廊下へと向けた。「ということは、つまり——」

「ああ、そうだ」成島は自信ありげな口調でいった。「謎の制服女子は、この一階の部室のどこかに逃げ込んだってわけだ——」

3

水咲アンナと成島圭一は、酒井千里に礼をいって別れると、あらためて部室棟の一階の廊下へと足を踏み入れた。ずらりと並んだ部室の扉を片っ端からノックしていく。夏休み中ということもあって、大半の扉は外から南京錠や数字錠などで施錠されており、ノックをしても返事はない。

そんな中、最初に反応があったのは写真部だった。

成島のノックに応えて、中から「はぁーい」と間の抜けた声。次の瞬間、扉を開けて顔を覗かせたのは、眼鏡を掛けた小柄な男子だ。中学生かと見紛うような体格と童顔。声も妙に甲高くて女性っぽい印象だ。

怪訝そうな表情の彼は、「写真部の一年生、溝口直樹《みぞぐちなおき》ですぅ」と名乗ってから、「なんですかぁ、いったい……？」といって鼻先の眼鏡を指先でくいっと押し上げた。

アンナは事件の詳細は省いて、ただ「更衣室で事件が起こったんだ。怪しい女がこの部室棟に逃げ込んだんで捜しているんだが、君、何か知らないか」と大雑把な質問を投げる。

溝口直樹は困惑した表情で、「はあ、怪しい女ですかぁ？　いいえ、ここには僕しかいませんしぃ……」といって首を左右に振った。

すると、いきなり成島が「ちょっとゴメンよ」と図々しさを発揮して、ズカズカと写真部の部室に足を踏み入れる。そこはカメラやらレンズやらパソコンやらパネルなどといった、写真に纏《まつ》わる雑多なアイテムが散乱する空間。そこを隅々まで見て回った成島は、「ふむ、どうやら女はいないようだな」と断言。それから不満げに呟いた。「しかし、女もいないが、ここには暗室もないな。これでも本当に写真部なのか？」

「それって、いつの時代の写真部ですかぁ！　いまどきの写真部に、暗室なんて必要ないでしょ。デジタルですよ、全部デジタル！　当たり前ですよぉ」

一年生写真部員の言葉に、成島は「まあ、それもそっか」と頭を掻く。無表情のアンナは心の中で「そうか……ないんだ、暗室……」と密かに落胆の溜め息を漏らした。写真部には暗室があって赤色灯があって現像液の匂いが漂っている。それこそがアンナの抱く写真部のイメージだったのだ。――しかしまあ、この時代に、それは無理な注文か！

アンナは自らを納得させてから、再び大事な質問を投げた。「部室の中にいても、廊下に人の気配を感じることはあるだろ。君、何かそういう気配とか足音とか感じなかったか」

「いいえ、気付きませんでしたね」溝口直樹はキッパリと首を横に振った。「僕はずっとパソコンをいじっていましたけど、感じたのは、お二人の声と足音だけでしたよ」

「そうか。では仕方ないな」アンナにはこれ以上、溝口直樹を追及する術《すべ》がなかった。

結局、これといった収穫のないまま、アンナと成島は写真部の前を離れた。

それから二人は、さらに他の部室を調べて回った。

次に反応があったのは、映画部の部室だった。扉を開けて顔を覗かせたのは、巨漢の男子だ。ふてぶてしいほどに貫禄《かんろく》のある顔。前方に突き出たお腹《なか》。名前を問うと、大柄な彼は「大塚修司《おおつかしゅうじ》」と名乗った。これで高校二年生だというのだから恐れ入る。

「将来は巨匠監督だな」揶揄するように呟いたアンナは、写真部でおこなったのと同じ要領で、大雑把な事情を説明する。一方の成島は「調べさせてもらうぜ」といって、部室の中へと足を踏み入れる。唖然とする大塚修司に対して、アンナは先ほどの一年生にしたのと同じ質問を口にした。すると大塚修司は、やはり困惑した表情を浮かべながら、

「はあ、他校の制服を着た女子だって!? さあ、少なくとも、この部室にはこなかったな。俺はずっとここで八ミリ映写機の整備をしていたんだが……」

「え、八ミリ映写機って、まだこの世に存在するのかよ！」アンナは思わず叫ぶ。

「そりゃあ、あるさ。だって映画部なんだから。――えッ、写真部には暗室がないって？ え、写真部なのに？ へえーッ、そうなんだー」感心した様子で頷いた大塚修司は、ふと我に返ったように目を瞬《しばた》かせながら、「で、それが謎の制服女子と何の関係が？」

「いや、よくよく考えてみれば、べつに関係はないな。すまん。忘れてくれ」

アンナはバツの悪い思いで、ストレートロングの美しい黒髪を右手で掻き上げた。

「おい成島、何か見つかったか？」

すると成島はアンナのほうへと歩み寄り、妙に芝居がかった様子で首を振った。

「いや、何もないな。どうやら、ホシはここへ逃げ込んだんじゃないらしい……」

「はあ、ホシって、何だよ!?　おまえはサツか!?」呆れた声でアンナがいうと、

「いや、そうじゃないけど、つい刑事ドラマっぽい台詞がいいたくなってな。なにしろ、ホラ、水咲さんも知ってのとおり、僕は骨の髄まで役者馬鹿だからさ」

「ふうん、なるほど、そういうことか」――コイツ、骨の髄まで馬鹿役者だな！

アンナは成島に気取《けど》られないように、そっと溜め息を漏らす。それからアンナは写真部の溝口直樹にしたのと同じ質問を、いちおう大塚修司にもぶつけてみた。

「廊下に誰かの気配や足音を感じたりしなかったかな？」

だが巨漢の映画部員は太い首を左右に振るばかり。結局、彼の口からも有益な情報がもたらされることはなかった。

アンナは丁寧に礼をいって（一方の成島は「邪魔したな」と恰好つけながら）、映画部の扉を閉じた。

「やれやれ。どうなってんだ、いったい……？」成島はカバン錠の掛かった軽音楽部の扉のノブを摑み、ガチャガチャいわせながら、「なんだか、この一階には怪しい男子はいても、怪しい女子はひとりもいないような気がしてきたぞ」

「確かにな」アンナは頷きながら、隣の部室の扉を調べる。「ここも駄目だな。扉の外から南京錠と数字錠と、それから何だ、これ？　わわッ、髪の毛を使って、扉が《封印》されてるぞ。いったい何部なんだよ……」といって見上げるアンナの視線の先。そこには《鯉ケ窪学園ミステリ研究会》と書かれてある。「な、なるほど、ここが噂の《鯉ミス》か……」

――よく判らないが、万が一の密室殺人事件に備えて、扉を封印しているのだろうか？

気色の悪いものを感じながら、アンナは封印された扉から逃げるように立ち去った。

それからさらに扉を叩き続けると、三たび中から反応があった。扉には《落語研究会》の文字。その扉を押し開いて現れたのは、赤い着物姿の女子だった。着物といっても正月に着る振袖や、卒業式のときの袴《はかま》姿ではない。噺家《はなしか》が高座で着るようなやつだ。落語研究会のユニフォーム、もしくはステージ衣装だろうか。意外な装いに虚を衝かれて、アンナと成島は互いに顔を見合わせる。そんな二人に、着物姿の女子がいった。

「なんやねん、あんたら？　ひょっとして入部希望者かいな？」

問いかける言葉は、意外なことにコテコテの関西弁だ。アンナは目をパチクリさせながら、扉に書かれた文字をいま一度確認した。

「えーっと、上方落語研究会じゃないよね、ここ？」

「馬鹿にしとるんか、あんた？」関西弁の女子は目尻を吊り上げながら、「何の用なん？」

「ああ……実は、とある事件が更衣室で起こってな……」

アンナは三たび、大雑把な説明を繰り返す。その間、隣の成島は疑念のこもったような強い視線を、彼女の着物姿に向けていた。そんな成島はアンナの説明が終わるのを待って、自ら着物の女子に問い掛けた。「おい君、名前は？　何年生だ？」

「うち、『安楽亭《あんらくてい》ハラミ』っちゅうねん。一年生や。ヨロシクな」

物怖じしないタイプなのか、それとも口の利き方を知らないだけなのか、一年生女子は先輩二人を前にして、堂々たるタメ口で挨拶した。しかし成島は気にする様子もなく、

「そうか。で、ハラミちゃんは、ずっとこの部室にいたのかな？」

「そーやねえ。ここ三十分ぐらいは、ずっとひとりでおったやろか」

「ふむ、そうか。それでハラミちゃんは……」

「おい、待て、成島」たまらずアンナは横から口を挟んだ。「本名は聞かなくていいのか。『安楽亭ハラミ』ってのは、どう考えたってふざけた芸名、もしくは焼肉屋のメニューだろ」

「それもそうか」と成島は真顔で頷き、あらためて尋ねた。「君、本名は？」

着物姿の落語女子は「土屋倫子《つちやりんこ》」と名乗った。なぜ、この倫子ちゃんが焼肉チェーン店みたいな芸名を名乗っているのか——アンナはその点、大いに不思議に思ったが、いまはそんなことなど、どうでもいい。アンナは自ら大事な質問を口にした。「うちの学園のじゃない制服を着た女子が、こっちに逃げてきたはずなんだが、気付かなかったか」

「さあ、そないなこと、いわれてもなあ。うちは、この部室にひとりおって、『桂枝雀独演会《かつらしじゃく》』の落語ＣＤを聴いとったから、何も気付かへんかったわー」

「とかなんとか、いいながら……」成島は開いた扉から室内を覗き込みながら、「君、本当はそいつのこと、かくまっているんじゃないのか？」

「桂枝雀はんを？　ははは、アホな！　もうとっくに亡くなってるでー」

「違うよ！　謎の制服女子の話だ、馬鹿！」成島は声を荒らげて地団太を踏む。

「ああ、そっちかいな」土屋倫子は人を食った口調でいうと、「そんなに疑うんやったら、好きなだけ調べてみたらええやん」といって扉の前を退き、成島を部室へと招き入れた。

「ほう、随分と協力的なんだな」

皮肉っぽい台詞を吐きながら、成島は室内へと足を踏み入れる。刑事ドラマのガサ入れシーンを演じる役者のごとく、眉間に皺を寄せながら室内を見渡す『成島刑事』。芝居がかった仕草で、積み上げられた座布団の下などを丹念に調べて回る。

「そないなとこに、誰が隠れられるちゅーねん！」呆れた声でツッコミを入れる落語女子。

やがて成島は不満げな表情で、ひとつの結論を下した。

「ふむ、どうやら誰もいないようだな……」

「当たり前やん。うちは、ずっとひとりやったって、いうてるやろ。変わった制服姿の女子のことなんか知らんちゅーねん」

そう土屋倫子は主張するのだが、果たしてどうだろうか。アンナは素早く思考を巡らせた。

この部室に不審な点がないからといって、謎の制服女子がこの部室に逃げ込まなかった、とは決め付けられないだろう。なぜなら、この部室にだって窓はあるのだ。謎の制服女子はこの部室に逃げ込み、そしてどういう理由かは判らないが、土屋倫子はその女子を窓から外へと逃がしてやった。そういった可能性は否定できないだろう。もっとも、それと同じことは写真部の溝口直樹や映画部の大塚修司にもいえる。土屋倫子だけを疑う理由にはならない。

しかし成島は「そうか。なるほど判った」と何事かに思い至った様子で呟くと、「確かに君は誰もかくまっていない。それは認めようじゃないか」といって深々と頷く。それから彼は一転して端整な横顔に残忍な笑みを浮かべると、「しかしだ、謎の制服女子が、この部室棟の一階に逃げ込んできたことも、これまた動かしようのない事実なのだ。このことから導かれる結論は、ただひとつ。すなわち――」

といって、成島はおもむろに土屋倫子の真正面に立つ。そして唐突に右手を彼女の胸元に伸ばしたかと思うと、「えいッ」とばかりに着物の胸の合わせ目に指を掛け、それをぐっと下向きに引っ張った。次の瞬間、はだけた胸元から現れたのは、彼らが捜し求めていた臙脂色のブレザーにピンクのシャツ――などではなくて、いかにも高校生女子らしい白い柔肌《やわはだ》と清潔感のある下着の一部だった。

「あ、あれえ……？」アテが外れたとばかり、成島の口から微妙な声が漏れる。

落語研究会の部室に舞い降りる気まずい沈黙。しかし成島が何をどう考えて、このような突飛な行動に及んだのか。そのことがアンナには、おおよそ理解できる気がした。

アンナ自身も、ひと目見た瞬間から感じていたことだが、目の前に佇む落語女子の背恰好や髪型などを、先ほど見た謎の制服女子と照らし合わせてみた場合、両者の印象はよく似ている。もちろん逃げる制服女子の着物の姿を間近でジックリ眺めたわけではないから、断定的なことはいえない。だが、この落語女子の着物を脱がせ、代わりにピンクのシャツ、臙脂色のブレザーを着せて、紺色のミニスカートを穿《は》かせてやれば、その姿は謎の制服女子と酷似したものになるのではないか。アンナはそう思ったのだ。そして成島もまた彼女とまったく同じことを感じていたらしい。

――しかし、まさか、その思い付きが真実か否かを確認するために、彼女の着物を無理やり脱がせようとするとは！　成島圭一、なんと軽率な奴。ひと言でいうなら、馬鹿だ！

心の中で呆れた声を発するアンナ。その視線の先には、硬直する成島の姿があった。

《謎の制服少女＝土屋倫子》の証明に失敗し、見事に自爆した成島は、彼女の着物の胸に手を掛けた状態のまま微動だにしない。やがて彼の震える唇からは、当惑するような声があがった。

「お、おかしいな……ま、間違いないと思ったんだが……」

「あ、あんた……なにが間違いないと……思ったっちゅうねん……」

はだけた胸元のまま、ワナワナと肩を震わせる落語女子。

「いや、すまない。どうやら僕の思い違いだったらしい。ゴメン、このとおり……」

と詫《わ》びを入れようとする成島。だが、その謝罪の言葉も終わらぬうちに、

「ゴメンで済んだら、警察いらんわあああぁぁぁ――ッ」

部室棟全体に響き渡る土屋倫子の絶叫。その直後、彼女の固く握った拳が成島の二枚目顔を正面から打ち抜いた。

「アホかあぁぁ――ッ、この変態痴漢野郎があぁぁぁ――ッ」

哀れ《変態痴漢野郎》こと成島圭一は、殴られ役の大部屋俳優のごとく、見事な殴られっぷりを披露。数メートルほども後方に吹っ飛んだかと思うと、積みあげられた座布団に、しっかりと顔面から突っ込んでいった。すべては一瞬の出来事だった。

迫力満点の衝撃シーンに、アンナは心底唸った。「うーん、さすが演劇部だな！」

成島は座布団の山の中から顔を覗かせて呟いた。「馬鹿、芝居じゃねえ……」

※

「ほう、どうやら夢中で読んでくれているようだな。学園一の美少女が水着で泳ぐ姿さえも、目に入らないほどに。いや、結構結構……」

いきなり話しかけられて、僕はハッとなった。目の前には水着姿の水崎アンナ先輩の姿。学園

で何番目かは、見る人の主観によると思うが、まずは美少女の部類に入るであろう彼女は、大型のタオルをマントのように両の肩に羽織りながら、いつの間にやらプールサイドに佇んでいる。

一方、僕は制服姿でデッキチェアの上。両手に持つタブレット端末の画面は、びっしりと黒い活字で埋まっている。僕はその端末から、慌てて目を逸らしながら、

「べ、べつに夢中になんか、なっていませんから！　先輩に読めと命じられたんで、嫌々ながら読まされているだけなんですからね！」

「おッ、なんだそれ、新型のツンデレか」といって先輩はニヤリ。「もっと素直に認めていいんだぞ。『部長の書いた傑作に思わず時間を忘れて引き込まれました』――と」

「んなことありません！　そもそも僕は《ツン》でも《デレ》でもないです」――それとあと、先輩のことを《部長》と呼ぶ立場でもありませんからね！

と心の中で付け加える僕。それにしても事情を知らない人が、この光景を見たなら、いったい僕ら二人のことをどういう関係と捉えるのだろうか。大いに気になるところだが、幸いにしてプールの周辺に人の気配はない。僕と先輩の秘密の部活動を見守っているのは、頭上に君臨する七月の太陽だけだった。僕は手許の端末に再び視線を戻すと、

「――にしても、相変わらず事実に反する記述が多いですねえ、先輩の小説。作中の水咲アンナが、現実世界の水崎アンナ先輩より五割増しくらいのスーパー女子高生として描かれているのは、まあ、お約束みたいなものですけれど」

「五割増しってことはないだろ。せいぜい一割増し程度。ほぼリアルだ」

よく自分でいえますね、先輩。――僕はゆるゆると首を振るばかりだ。「ところで、文芸部の

部室が焼却炉の傍のプレハブ小屋だとは酷いですね。日ごろの鬱憤晴らしですか」

「いいだろ、べつに。小説の中ぐらい、奴らに私と同じ苦汁を舐《な》めさせてやっても」

そういって先輩はその美貌に暗い情熱を滲ませると、「そんなことより」といって僕の傍に歩み寄った。「問題なのは部室棟に逃げ込んだ謎の制服女子だ。その正体は果たして誰なのか」

「その謎解きこそが、今回のミステリの肝ってわけですね。ところで先輩、女子の制服を着ているからといって、この犯人が女性であるとは限らない。男性の可能性もある――そう考えたほうがいいんですかね？」

「もちろんだとも。あらゆる可能性が考慮されるべきだ。それが本格！」

「しかし先輩、だとするとマズイんじゃありませんか。だって、この小説では、逃亡する犯人についての記述の中で、『制服姿の女子』とか『謎の制服女子』っていう言葉が頻繁に出てきていますよ。だったら、当然それは女子ですよね？」

「え？」と先輩は虚を衝かれた表情。慌てて首を左右に振りながら、「いやいや、それは主人公である水咲アンナちゃんの目から見て、女子に見えたというだけのことで、実際にその人物が女性であるか否かは、今後の展開次第なのでは……」

「えー、それはオカシイんじゃありませんか。だって、先輩の書いたこの小説って《私》や《僕》が視点人物になっている、いわゆる一人称小説ではありませんよね。これは三人称小説、つまり客観的な視点で語られた物語であるはず。その客観的な叙述のひとつとして、『制服女子』と書かれているなら、それは女子でなければならない。女子に見えるような小柄な男子などでは絶対ない。そういうことですよね？」

「…………」

「もし、この犯人の正体が実は男性でした——という結論になるなら、それは読者に対する重大な嘘。許しがたい騙し。あからさまな虚偽記載。早い話がアンフェアってことになります。そうじゃありませんか、水崎先輩」

「あー、もう、うるさいな！　なんだよ、急に鬼の首を取ったみたいに喋り出して。君はどこかの《ミス研》のうるさがたか？　そうじゃないだろ、君は第二文芸部の部員だろ」

「違いますよ！」ドサクサ紛れに僕のこと、部員にしないでくださいね、先輩——「僕は《ミス研》でも《第二文芸部》でもないですから！」

「あー、そうかそうか。だったら、いちいち視点人物など気にするな。たとえ『制服女子』と書かれていたとしても、その正体が女子っぽい男子であるという可能性は、充分あり得る。それが現実ってもんだろ？」

急に現実を持ち出す先輩に、僕は不信感に満ちた視線を向けた。「だったら最初から、『制服女子』とか書かなきゃいいのに……」

「だって仕方ないだろ。私だって、所詮はアマチュア作家だし、現役高校生だし」

と普段は強気で高飛車で上から目線の水崎先輩が、急に素人っぽさを前面に押し出すので、『実にズルイ……』と僕は思った。——やれやれ、いちばんタチの悪いミステリ作家は、このタイプかもしれないな！

すると、うんざりする僕の前で、先輩は両手を腰に当てながら、僕と同じように「やれやれ」と首を左右に振った。「——にしても、そんな細かい叙述を手掛かりに、犯人が男か女かアタリを付けようなんて、実にズルイ奴だ。ひょっとすると、いちばんタチの悪い読者は、このタイプかもしれないな」

「それ、お互いさまです！」

「それ、どういう意味だ？」

先輩は僅かに首を傾げると、叫ぶようにいった。「いいから、さっさと続きを読めよ！」

『消えた制服女子の謎』（続き）

4

結局、水咲アンナは部室棟で謎の制服女子を発見できなかった。そこで捜索は一時中断。顔面をぶん殴られて頬を腫らした演劇部長、成島圭一を引き連れて、アンナはいったん更衣室へと舞い戻った。

すると小さな建物の出入口では眼鏡の文芸部長、棚田祐介が水泳部の栗原由香とともに、所在なさげに佇んでいた。どうやら棚田は、この異常な事態に際して、何をどうしていいか判らず、ただぼんやりとアンナたちの戻るのを待っていたらしい。それが証拠に、アンナと成島の姿を認めるや否や、棚田はホッとした表情。「ああ、やっと戻ったのか」といって二人のもとに歩み寄ると、レンズ越しに責めるような視線を向けた。「――にしても、おまえら酷いじゃないか。俺を現場に残して、おまえらだけ犯人を追っかけるなんて。俺、いったいどーすりゃいいのかって、オロオロしちまったぜ」

「そうか。悪かったな、棚田」だが、この文芸部長を現場に残しておいたのは、どうやら正解だったようだと、アンナは密かに思った。この程度の状況でうろたえるような小心者では、犯人の追跡には、むしろ足手まといだったろう。アンナは更衣室の出入口から室内を覗き込みながら、

「あの下着姿で倒れていた女子は、結局どうなったんだ？」

「駄目だ。間違いなく死んでいる」棚田は残念そうに首を振る。

「そうか。しかし、どうやらおまえ、まだ警察にも先生にも連絡を取っていないみたいだな」

「はあ、ケ、ケーサツ？」棚田はブルンと首を真横に振った。「とんでもない！　俺、子供のころから親に固くいわれてるんだ。『一一〇番だけは電話しちゃいけないよ』って」

「馬鹿、それはイタズラ電話するなって意味だろ！」アンナは呆れるあまり深い溜め息。それから気を取り直して顔を上げた。「でもまあ、逆にいいか。通報が遅れているなら好都合だ。おい成島、私たちも被害者を拝ませてもらおう」

「あ、ああ、そうだな」成島は端整な顔に若干の恐れの色を覗かせながら、小さく頷いた。「そういや僕たち、被害者の顔もよく見てなかったっけ」

「おいおい、おまえら正気か？　そんなの間近で観察するようなもんじゃないだろ」

慌てて引き止めようとする文芸部長に、アンナは軽く手を振った。

「なーに、心配するな。現場を荒らしたりはしないって。それより棚田、おまえは警察に通報を……いや、警察よりも、まず先生だな。おまえ、ひとっ走りいって、先生呼んできてくれないか。職員室にいけば、誰かしらいるはずだから」

「あ、ああ、いいけどよ」といって扉の前で踵を返した棚田祐介は、「けど、なんか俺、使いっ走りみたいだなー」とボヤきながら更衣室前から走り去っていった。

その背中を見送ったアンナと成島の二人は、扉を開けて更衣室の中へと足を踏み入れた。

更衣室はその性質上、窓がほとんどない。変態野郎が少々背伸びしても絶対に覗けないであろう高い位置に、採光のための小窓が並んでいるのみだ。そこから差し込む夏の日差しだけで、室内は充分に明るかった。

建物の奥には、いくつもの間仕切りが並ぶシャワールーム。その一角に、丸くなるような恰好で横たわる下着の女性の姿があった。先ほどアンナたちが死体を見た際には、シャワーヘッドから水が出ていて、死体の全身を洗っている状態だった。だが、いまはもうシャワーの水は止められている。おそらく棚田が蛇口を絞ったのだろう。アンナは濡れた死体の傍に屈《かが》み込んで、間近でそれを観察した。

それは見知らぬ顔の女子だった。両目をカッとばかりに見開いたまま、その表情は固まっている。後頭部に目をやると、そこに赤黒い傷口が見える。それ以外に外傷らしきものは見当たらないから、これが致命傷と見て間違いない。周囲を見回してみると、死体の傍に場違いな鉄アレイが転がっている。シャワーの水に洗われたため血は付着していないが、明らかにこれが凶器だと思われた。

「おい成島、この被害者、誰か知ってるか」

「いや、僕は運動部の連中の顔は、よく知らないんだ」

するとアンナの背後から蚊の鳴くようなか弱い声が答えた。

「その人は富永《とみなが》さんです……水泳部の主将、富永理絵《りえ》先輩……三年生です」

振り向くと、そこに立つのは同じく水泳部の栗原由香だ。いつの間にか、彼女はアンナたちの背後から、二人の様子を見ていたらしい。アンナは彼女に尋ねた。

「君が、この更衣室を訪れたのは、何か理由があったのかな？　プールでひと泳ぎするつもりだった、とか？」

初対面の相手に対しながらもアンナは普段どおりのタメ口。一方の栗原由香は同じ学年のアンナに対して、丁寧な敬語で答えた。

「いいえ、忘れ物を取りにきただけです。ロッカーに置き忘れたポーチを取りに……」

「ポーチ？　それ、いつ忘れたのかな」

「今日の午前の部活のときです。練習が終わって着替えて帰るとき、ロッカーの奥に置き忘れたんです。正直、いまさら取りに戻ったところで、更衣室には鍵が掛かっている可能性が高いですし、ダメモトできてみたんですけど、幸い扉は開いていました」

「で中に入ってみると、シャワールームで富永理絵さんが死体となって転がっていた」

「は、はい、そうです。それで慌てて私、誰か呼びにいこうと……そしたらロッカーの陰から、例の制服を着た女子が飛び出してきて……それで私、思わず悲鳴を……」

「で、その制服女子は、栗原さんに体当たりを食らわせると、扉を開けて逃げ出した」

「はい、そうでした。その直後に、みなさんが異変に気付いて飛び込んできた――そういう流れです」

「なるほど」といってアンナは再び死体に視線を戻した。「下着姿で殺されているってことは、富永さんはこれから水着に着替えて泳ぐつもりだったか、あるいは泳ぎ終わった直後だったんだろう。そこで彼女は何者かの襲撃を受けた。鉄アレイで後頭部を殴打されたんだ。——栗原さん、この鉄アレイに見覚えは？」

「あ、それは以前から、この更衣室にあったものです。誰かがトレーニングのために持ち込んで、そのまま忘れていったんだと思います。普段はロッカーの脇に置いてありました」

「つまり、誰でも使うことができたってわけだ」

「だったら例の制服女子も、それを凶器として用いることができたってことだな」そういって成島は話を続けた。「栗原さんが更衣室に入っていく直前、建物の中には下着姿の富永さんと、もうひとりの誰か——あの変わった制服を着た女子がいたんだろう。そして詳しい経緯は判らないが、その制服女子が富永さんの後頭部に鉄アレイを振り下ろして殺害した。ところが、ちょうどそこへ何も知らない栗原さんが忘れ物を取りにやってきた。咄嗟に犯人はロッカーの陰に身を隠す。そして隙を見て栗原さんを突き飛ばし、ひとり外へと逃走した——というわけだ」

まるで見ていたかのように犯行の状況を語る演劇部長。その説明には澱《よど》みがなく、理路整然としているようにも思われたのだが、「いや、待てよ。それって変じゃないか」

ふと疑問を覚えて、アンナは異議を唱える。成島は怪訝そうな顔だ。

「ん、どこが変なんだい、水咲さん？」

だがアンナが彼の問いに答えようとする寸前、「おーい、先生を連れてきたぞー」と更衣室の出入口に響く文芸部長の声。棚田祐介とともに更衣室に現れたのは、黒縁眼鏡とちょび髭がトレードマークのベテラン英語教師だった。背後には、もうひとり若い数学教師を連れている。教師

二人はシャワールームの変死体を目の当たりにするなり、ゾッとしたような表情。英語教師は絞り出すような声で、

「たたた、大変だぁ、こここ、これは殺人事件だぁ」

と中身のない叫びをあげると、若い数学教師に向かって、「君はこの場所にいてくれたまえ。僕はこの件について教頭先生にご相談をしてくるから」と、まるでスピード感のない対応を示す。その様子から察するに、おそらく殺人事件発生の報せは、英語教師の口から教頭へ、教頭の口から校長へ、そして校長の口から学園理事長へと、まるで伝言ゲームのように伝えられていくのだろう。警察が到着するころには、日が暮れているかもしれない――とアンナは本気で心配した。

そんな頼りない教師陣に、棚田が尋ねる。

「あのー先生、俺たちは、どうすればいいんでしょうか」

すると英語教師は黒縁眼鏡を指先で押し上げながら、「棚田君は確か文芸部長だったな。だったら、君たちは文芸部の部室にいたまえ。そのうち警察がやってきて捜査が始まれば、君たちに事情を聞くことになるだろう。それまで部室で待機するように」

その指示を受けて、思わずアンナの口から、「えー、文芸部の部室って、あの小汚いプレハブ小屋ぁ？」と正直すぎる感想が漏れる。

それを聞いた文芸部長は、「畜生、小汚くて悪かったな！」といって、第二文芸部長の顔を横目で睨みつけるのだった。

5

すでに説明したとおり、文芸部の部室は校舎の裏。焼却炉の傍に建つ粗末なプレハブ小屋だ。学園の北側に建つこの部室は、本来なら校舎の日陰になりがちな立地。しかしながら太陽が真上付近に輝くこの季節に限っては、校舎の作り出す日陰もごく短い。結果、真夏の太陽を燦燦と浴びて、プレハブ小屋の中は正真正銘の灼熱地獄。こんな場所で『しばらく待機するように』だなんて、あの先生は事件の関係者を全員、熱中症であの世に送る気なのだろうか――と水咲アンナは英語教師の悪意を本気で疑った。

とはいえ、教師の指示には逆らえない。仕方なくアンナは、棚田祐介、成島圭一、栗原由香の三人とともにプレハブ小屋で時間を潰す。そんな中、成島が先ほど中断せざるを得なかった話題を蒸し返した。

「ところで水咲さん、さっき僕が事件の流れを語ったときに、何か気に食わない様子だったね。僕の話のどこが変だっていうんだい？」

「ああ、あれか。要するに問題なのは棚田の存在なんだが――おい、棚田、おまえ、あの自販機前の休憩スペースで一時間ほどノートパソコンに向かっていたはずだよな」

「ああ、そうだ。それがどうした？」

「その一時間に、富永理絵さんや見慣れない制服を着た女子が更衣室に入っていく姿を、おまえは見たのか？　もし見たっていうのなら、話の辻褄は合うんだが……」

するると棚田は眼鏡の縁に指を当てながら、「ふむ、そういや変だな。更衣室に入っていく女子の姿なんて、あのときの俺はひとりも見た記憶がない」

「なんだって！」と成島の口から素っ頓狂な大声。だが、すぐさま冷静な表情を取り戻した彼は、

「いや、しかし考えてみれば、そう変な話でもないか。要するに、それは棚田がパソコンに向かって小説の執筆に夢中になっていたからだろ。それで女子二人が更衣室に入っていく場面を見逃したわけだ。そういうことなんじゃないのか、棚田？」

「そうかな……確かに、あのとき俺はパソコンに向かっていたが、だからって更衣室に背中を向けていたわけじゃない。むしろパソコン越しに更衣室がバッチリ見えるような位置に座っていたんだ。もし更衣室に人の出入りがあれば、たぶん気付いたと思うんだが……」

「なーに、たまたま気付かなかったんだろ。そういうことだってあるさ」成島は芝居がかった仕草で大きく両手を広げた。「だいいち、更衣室の中には実際、二人の女子がいたじゃないか。殺された富永さんと、もうひとり謎の制服女子が。そうだろ？」

「まあ、それは確かにそうだな」不承不承といった様子で棚田は頷く。

「あるいは……」といってアンナは別の可能性を提示した。「棚田が休憩スペースでパソコンを開くより前に、富永さんと謎の制服女子は、もうすでに更衣室の中にいたのかもしれない。そう考えることも、いちおうは可能だろう」

「はあ？」成島は腑に落ちない様子で眉をひそめた。「それだと女子二人が、あの更衣室の中に一時間ほども、こもっていたって話になるぞ。あんな狭い建物の中に二人っきりで、一時間も何して時間潰すんだ？」

「さあ、それは私にも判らない。ひとつの可能性を示したまでさ。実際には成島がいったとおり、二人が更衣室に入る場面を、棚田が見逃しただけなんだろうな……」

「そうだとも」といって成島は勝ち誇るような笑み。アンナは苦い顔で口を噤《つぐ》んだ。

するといって唐突に話題を変えた。「結局、おまえたちが追いかけた謎の制服女子は、あの後どうなったんだ？　俺は詳しいことを、まだ何にも聞かせてもらってないんだが」

「ああ、そういや、そうだったな。じゃあ、僕の口から説明しよう」

成島は頷くと、先ほどの追跡劇の顚末を簡潔に語った。制服女子が部室棟に逃げ込んだこと。成島とアンナが、それを追って部室棟に飛び込んだこと。そのとき二階から降りてきた酒井千里の証言によって、捜索範囲が一階のみに絞られたこと。一階には写真部の溝口直樹、映画部の大塚修司、そして落語研究会の『安楽亭ハラミ』こと土屋倫子の三人がいたこと。それぞれの部室に制服女子の姿は見当たらなかったこと。しかし三人のうちの誰かが部室の窓から制服女子を逃してやった可能性は否定できないこと——などなど。

ひと通りの説明を終えた成島は、棚田に向かってナチュラルな上から目線で、

「どうだ、判ったか、文芸部長？」

すると聞かれた棚田は「いや、どうも、よく判らんな」といって、成島の顔を指差しながら素朴な質問。「いまの話の流れで、どうしておまえの頬にグーで殴られたような跡が残るんだ？　それが俺にはサッパリ判らん」

「んなもん、判らんでいい！」

成島は、いまだ腫れの引かない頬を掌で隠しながら、「君には関係のないことだ」

「そうか。だったら、まあいいや」アッサリいって、棚田は話を事件に戻した。「いまの話を聞く限りでは、怪しいのは落語研究会の土屋倫子ちゃんだな。実は彼女こそは謎の制服女子だった。部室に逃げ込んだ彼女は、その目立つ制服の上に赤い着物を着て、おまえたちの前に何食わぬ顔で現れた。これならブレザーやらスカートやら脱がなくたって、一瞬で変身できるだろ。——どうだ、成島、俺の推理は？」

「畜生、君が殴られりゃ良かったんだ！　僕の代わりに、君が！」

「ん、なに怒ってんだ、成島!?」棚田は訳が判らないといった表情で首を傾げた。

アンナは苦笑いを浮かべながら、「土屋倫子が着物の下に制服を着ているという事実はなかった。成島が身体を張って確かめてくれたから、その点は間違いない」

はあん、なーるほど、そーいうことかぁ——というように、棚田の顔にニヤリとした笑み。そして彼は別の可能性を指摘した。「じゃあ、二階から降りてきたという酒井千里はどうだ？　彼女が謎の制服女子であるという可能性は考えなくて大丈夫なのか」

「いや、それはないと思う」アンナは即座に首を振った。「酒井千里が階段を降りてきたのは、私たちが部室棟に飛び込んだ直後のことだ。あの短い時間では、制服を着替える時間なんか到底ないだろう。——なあ、成島？」

「ああ、酒井さんはちゃんとした鯉ケ窪学園の夏服姿だった」

「そうか。違うのか」といって棚田はさらに別の可能性を探る。「じゃあ映画部の大塚修司はデブらしいから論外として、写真部の溝口直樹はどうだ？　彼は小柄な男子なんだろ。そいつが他校の制服を着て女装していた――なんていう推理はどうだ?」

「やはり、そうきたか」と思わず呟くアンナ。

「ほう、その口ぶりだと、水咲も俺と同じ考えらしいな」

「いや、あくまで、その可能性も否定はできない、といったところだ」アンナは慎重に話を続けた。「しかしだ、仮にあの制服女子が、実は男子の女装した姿だったとしよう。その場合、更衣室の中の状況は非常に奇妙なものになると思わないか。他校の女子の制服を着た女装男子と下着姿の水泳部主将。それが更衣室の中に二人っきりでいて、やがて殺人事件が起こった? いったい、どういう状況なんだよ、それ?」

「うーむ、確かに奇妙すぎるな」と棚田の口から呻き声。「女装する意味が判らん」

「まったくだ」と成島も重々しく頷く。「殺人を企む悪党なら、顔がバレないように変装することはあり得るだろう。しかし、だからといって女装するなんて、単なる変装の域を超えている。しかも鯉ケ窪学園の女子を装うならまだしも、他校の女子の恰好をするなんて、ちょっと不自然だな」

「そう。その《他校》ってところだが……」アンナは追跡劇のときからずっと気になっている疑問を、棚田にぶつけてみた。「あの制服、どこの学校の制服だったか、心当たりあるか」

するとと尋ねられた文芸部長は、「いや、知らないな。俺は国分寺近辺にある中学・高校の女子の制服は、ひとつ残らず記憶しているが、その中にはない制服だった」とキッパリ答えてアンナたちを一瞬でドン引きさせた。

念のため栗原由香にも聞いてみたが、やはり彼女も「知りません」という答えだった。

「そうか、やはり誰も知らない制服なんだな」アンナは腕組みをしながら、「それと、もうひとつ奇妙なことがある。たぶん、みんなも気付いているとは思うけど――あの制服女子は薄いピンクのシャツの上にブレザーを着ていた。つまり彼女は夏服ではなかった」

「あ、それは僕も変だと思ったんだ」成島は首を傾げていった。「このクソ暑い中、彼女だけが秋みたいな恰好だった。いったい何でだ？」

そのとき演劇部長の質問に答えるかのように、文芸部長がパチンと指を鳴らした。

「ほら、やっぱりそうだ。女装だよ、女装。ブレザーを着れば、その分、身体のラインが隠れるだろ。そうすりゃ男子だってことがバレにくくなるじゃないか」

「なるほど」と成島は腑に落ちたような表情で、「そういう効果は確かにあるかも」

だが、アンナは釈然としない思いを拭い去ることができなかった。更衣室から逃走した制服女子――いや、ひょっとすると男子かもしれないが――いずれにしても、あの逃亡者の特徴的な装い、その大胆な振る舞いと突然の消失に、アンナはどうにも作為的なものを感じてしまうのだ。

だが、その作為の正体が判らない。棚田はあれを女装だというが、果たして、それだけのことなのだろうか。顎に手を当てながら沈思黙考するアンナは、何気なくプレハブ小屋の窓辺へと歩み寄る。すると次の瞬間――「おや？」

アンナは開いたサッシ窓の外に思いがけない光景を見付けて、両目をパチクリとした。

「お、おい、何だよ、あれ!?」

「どうしたんだい、水咲さん？」成島が窓辺へと歩み寄る。

「何か見えるのか？」棚田も不思議そうな顔だ。

アンナは窓の外を真っ直ぐ指差して、呟くようにいった。

「ほら、見ろよ……焼却炉の煙突から煙が出てるぞ……」

水咲アンナは小汚いプレハブ小屋から飛び出した。棚田祐介と成島圭一も彼女の後に続く。栗原由香だけを部室に残して、三人は問題の焼却炉へと向かった。

それはレンガを積み上げて造られた年代モノだ。箱型の巨大な焼却炉からは、これもレンガ造りの四角い煙突が天に向かって伸びている。その先端から、ゆらゆらと揺れる灰色の煙が七月の空へと立ち昇っていた。だが、これはおかしい。棚田がその点について言及した。

「この焼却炉って、いまはもう使われていないはずだよな？」

「ああ」と成島が頷く。「ダイオキシン問題があって以降、使用禁止になったらしい」

「じゃあ、なぜ煙が……？」棚田が煙突を指差す。

「きまってる」アンナは吐き捨てるようにいった。「誰かが何かを燃やしてるんだ」

アンナは焼却炉の中を覗き込むため、レンガの階段を上がった。巨大な箱型の焼却炉は、上側に鉄製の扉があって、それを開けて燃やす物を放り込む仕組みになっているのだ。

階段のいちばん上に立ったアンナは、すぐさま鉄製の扉に手を掛けて、それを開け放った。覗き込むと、炉の底のほうに赤い炎が見える。だが燃え方は、いかにも弱々しい。ブスブスと燻《くすぶ》るように何かが燃えている。――あれはいったい何だ？

手が届かない炉の底に向かって、懸命に目を凝らすアンナ。その横から棚田も顔を突き出して、中の様子を覗き込む。瞬間、彼の口から驚愕の声があがった。

「ああッ、あれは例の制服女子！　は、犯人が燃えている——さ、さては焼身自殺か！」

「なんだって!?」と背後で成島の素っ頓狂な声。棚田を押し退《の》けるようにしながら、彼も炉の中を覗く。だが次の瞬間、成島はホッとしたような表情を見せながら、「ははッ、馬鹿だな、棚田。よく見ろよ。あれは人なんかじゃない。服だ。女子の制服が燃えているだけなんだよ——って、なにーいッ、女子の制服だってぇ！」

いきなり叫んで、炉の中を二度見する演劇部長。その隣で、アンナも彼と同じ結論に達していた。燃えているのは女子の制服。ブレザーにシャツにミニスカートだ。それらが人の姿に見えただけ。しかも、それは鯉ケ窪学園の制服ではない。どこの学校のものか知らないが、しかしアンナたちにとってはすでに見覚えのある制服。あの謎の制服女子が着ていたものだ。それがアンナたちの目の前で燃やされ、いままさに灰になろうとしている。

アンナは咄嗟に声を張りあげた。

「おい、棚田！　水だ、水。バケツに水汲《く》んで持ってこい！」

「よ、よし、判った！」

踵を返して階段を下りていく文芸部長。しかし、その口からは「——にしても、なんで俺ばっかり使いっ走りなんだよー」と不満の声が漏れていた。

6

それからしばらく後のこと——

二階へ続く階段を上がると、そこは静まり返った長い廊下。それを中ほどまで進むと、そこに目指す扉があった。南京錠も数字錠も掛かってはいない。いや、しかし、まさか、ひょっとして——と慎重になる水咲アンナは、その扉が髪の毛やら何やらで《封印》されていないか、念のためチェック。そんな彼女の様子を見やりながら、

「水咲、おまえ、何やってんだ？」

隣に佇む眼鏡の男、文芸部長の棚田祐介が怪訝そうに眉根を寄せる。

「いや、何でもないんだ」アンナは多くを語らずに扉を開けると、「いくぞ」といって素早く室内へと侵入を果たす。彼女の背後から棚田も続いた。

そこは、お世辞にも片付いているとは呼び難い空間。あちらこちらに散乱する大小の障害物を巧みに避けながら、アンナは真っ直ぐ壁際へと歩を進める。たどり着いたのは、キャンバス地の布で覆われた細長い箱のような物体。アンナはひと目見るなり、それが簡易なクローゼットだと判った。正面のファスナーを開けると、キャンバス地の布が開いて箱の中身が露になる。思ったとおり、そこに仕舞われているのは膨大な数の衣服だった。

カラフルな洋服、奇抜なドレス、中には渋い着物もある。それらはハンガーに掛けられた状態で、太いポールにびっしりとぶら下がっていた。それら数多くの衣服を一枚一枚、慎重に確認していくアンナ。やがて、その手がピタリと止まる。彼女の口からは快哉を叫ぶ声が響いた。

「——あった、これだ！」

それは見覚えのある臙脂色のブレザーだった。同じハンガーには薄いピンクのシャツも掛けられている。その隣のハンガーには、これまた見覚えがある紺色のミニスカートがクリップで留め

てある。アンナはそれらをクローゼットの中から取り出すと、

「見ろよ、棚田。この特徴的なデザインと色使い。よく似てるだろ」

「ああ、似てるどころか、まったく同じものじゃないか」

それは、更衣室から逃走した謎の制服女子が身につけていたものと、そっくり同じ種類の制服一式だった。棚田はそれらのアイテムをしげしげと見やりながら、「しかしなぜ、この制服が、ここに……？」と困惑した表情。一方のアンナは確かな自信を持って口を開いた。

「まだ判らないのか、棚田。この制服が、ここにあるってことは、つまり――」

と、そのとき背後から突然響く男の声。「――つまり、何だい、水咲さん？」

呼ばれてアンナは、ハッとなって振り向く。扉を開けて現れたのはカッターシャツ姿の男子だ。端整な顔には冷酷そうな笑みが浮かんでいるが、その目は少しも笑っていない。

「ここは僕らの部室だぞ。勝手に入ってもらっちゃ困るな」

演劇部長、成島圭一は床に転がる大小の障害物――おそらくは芝居に使う大道具や小道具なのだろう――それらを避けながら、アンナたちのもとまで悠然と歩み寄る。

アンナは一歩も引くことなく、イケメンの演劇部長と対峙《たいじ》した。

「勝手に部室に入ったことは謝る。鍵が掛かっていなかったものでな」

「コソ泥の真似事をする理由にはならないな」成島は酷薄な笑みを唇の端に覗かせながら、低い声でいった。「いったい、どういうつもりなんだ、水咲さん？」

「てめーこそ、どーいうつもりだよ、成島ぁ！」と馬鹿みたいに叫んだのは棚田祐介だ。

しかし成島は「うるさい、君は黙ってろ。僕は水咲さんと話してるんだ！」と棚田のことを完

壁に雑魚《ざこ》扱い。その気迫に押されるように、頼りない文芸部長は「ひぇえっ」と怖気づいた声を発しながら、部屋の隅っこまで一気に後退した。

演劇部の部室に一瞬、間抜けな静寂が舞い降りる。それを破ったのはアンナだった。

「他人のことをコソ泥というが、成島、そういうおまえは何だ。この制服が部室のクローゼットにあることを、部長のおまえが知らなかったとは、いわせないぞ。『どこの学校の制服か知らない』とか何とかテキトーなことをいいながら、おまえ、いままでしらばっくれていたよな。おい、成島、この制服はいったい何なんだ？」

アンナは手にした臙脂色のブレザーを演劇部長の眼前に突き出す。

「…………」成島は無言のまま、困ったように視線を泳がせるばかりだ。

その様子を見やりながら、アンナはズバリといった。

「この制服、演劇部が芝居に使う舞台衣装だよな」

「…………」一瞬の沈黙の後、成島は観念したように頷いた。「……ああ、そうだ」

「やっぱり、そうか。なぜ、いままで黙っていたんだ、成島？　謎の制服女子が着ていた、あの見慣れない制服が、演劇部の部室にある衣装だってことを――」

「事実をいえば、余計な疑いが演劇部に降りかかる。そう思ったから、敢えて黙っていたのさ。現に、君はその衣装を発見して、演劇部の女子が今回の事件の犯人だと、そう思いはじめている。――そうだろ、水咲さん？」

「まあ、そう考えるのが普通だろうな。実際、謎の制服女子が着ていたのと同じものが、こうして演劇部の部室にあるんだ。そこには何らかの関連が……」

「関連なんかない」成島のよく響く声がアンナの言葉を遮った。「そんなのは何の証拠にもならない。教えてやろうか、水咲さん、その変わった制服が、どこの学校のものか」

「へえ、ぜひ知りたいな。どこの学校なんだ？」

「それはな――『私立ヨコシマ学園高等部』の制服なんだ」

「ヨコシマ学園!? なんだ、その邪《よこしま》な名前の学園は!?」

「知らないのか。まあ、それも無理はない。私立ヨコシマ学園は何年か前に少しだけ流行《はや》ったアニメに出てくる学園。これはその学園の女子キャラが着ていた制服だ」

「てことは、これは架空の学園の架空の制服ってことなのか」

「そうだ。僕が演劇部に入る何年か前、先輩たちが学園祭で学園モノの芝居を披露したことがあった。その際に舞台衣装として、ヨコシマ学園の制服を流用したらしい。コスプレ専門店にいけば、当時は簡単に手に入ったんだな。そのときの衣装が、いまだに部室のクローゼットの中に眠っているというわけだ。――てことは、判るだろ、水咲さん。要するに、これと同じ制服は、誰でもお店で買えるんだ。ならば、富永理絵を殺害した犯人が、これと同じものを着ていたからといって、演劇部の女子が犯人ということにはならない。これと同じものを持っている奴なら、アニメオタクやらコスプレーヤーやら、この世にゴマンと――いや、まあ、五万はいないかもしれないが、結構な数がいるんだからな」

「なるほど、よく判った」アンナは余裕の笑みで頷くと、手にしていた制服一式をクローゼットの中に戻す。そして、あらためて演劇部長に向きなおった。「そういうことなら心配するな。私は演劇部の女子が富永理絵殺害事件の犯人だなんて、べつに思っていないから」

「え……そうなのか、水咲？」意外そうな声をあげたのは、イケメンの演劇部長ではなくて、眼鏡を掛けた文芸部長のほうだ。彼は心底意味が判らないといった調子で尋ねた。「どういうことなんだ、水咲？　演劇部の女子が犯人じゃないなら、いったい誰が犯人なんだよ。――あ、まさか、演劇部の男子ってパターンか？」

棚田はハッとした表情を浮かべると、演劇部の男子である成島から慌てて距離を取る。

アンナは「違う違う、そうじゃない」とキッパリ首を振って、その名を告げた。

「水泳部の主将を殺したのは、同じ水泳部の彼女――栗原由香だよ」

アンナが指摘した意外な真犯人。それを聞いて驚きの声を発したのは、文芸部長の棚田祐介のほうだった。「栗原由香だって!?　いや、待てよ、水咲、それはあり得ないだろ」

「ほう、なぜそう思うんだ？」

「だって思い返してみろよ、更衣室での事件が発覚した、あの場面を。あのとき栗原由香が更衣室に入って、その直後には彼女の悲鳴が響いた。それを聞いた俺たちが、更衣室に駆けつけるのに、おそらく三十秒も掛かっていないだろう。そんな僅かな時間に栗原が富永理絵を殺したっていうのか。まさか、そんな早業殺人、ありそうもない話だ」

「反論はそれだけか、棚田？　三十秒あれば殺人は不可能じゃないと思うぞ」

「それはそうだが……いや、もっとおかしなところがある。謎の制服女子だ。栗原が富永理絵殺害の真犯人ならば、あの制服女子はいったい何者だ。犯人じゃないなら、なぜ更衣室から飛び出して逃げた。いや、それ以前に別の問題があるな。栗原が富永理絵を殺害したというなら、そのときあの制服女子は同じ更衣室の中にいて、その殺害場面を傍らで眺めていたというのか？　架空の学園のコスプレをしながら？　それって、いったいどういう状況なんだよ」

棚田の反論を後押しするように、成島圭一が無表情なまま頷く。その姿を横目で見やりながら、アンナは逆に問い掛けた。「しかし棚田、ありそうもない早業殺人というけど、そういうおまえは、栗原由香が更衣室に入っていく姿を本当に見たのか？」

「はあ、何いってるんだ、水咲!?　俺たち、栗原が更衣室に入っていく姿を一緒に見てたじゃないか。あの自販機の傍の休憩スペースで」

「おや、そうだったかな？」アンナは遠くを見る目で中空に視線をさまよわせた。「私が見たのは、鯉ケ窪学園の夏服を着た女子、その後ろ姿だけだったと思うが……」

「だ、だから、それが栗原由香だろ」

「なぜ、そう断言できる？」

「なぜって……それは俺たちが更衣室に飛び込んだとき……そこに夏服姿の栗原がいたから……」そういいながら、文芸部長の声は徐々に弱々しいものへと変化していった。「あれ……違うのか、水咲？」

「ああ、違う。棚田は――そして、この私もだが――すっかり騙されていたのさ。更衣室の中には、確かに夏服姿の栗原由香がいた。その事実から逆算して私たちは、直前に更衣室に入っていった夏服の女子のことを栗原由香であると思い込んだ。実際には、その人物の背中しか見ていないのにだ」

「そ、そういえば、そうかもしれないが……でも、あのとき確か、成島がいわなかったっけか。

あの夏服の女子を指差しながら、『栗原さんじゃないのかな……』って。――おい、成島、おまえはあの女子の顔を見たんじゃないのかよ？」

「………」成島は棚田の問いに答えることなく沈黙を守るばかり。

それこそが何よりも雄弁に真実を表しているものと、アンナには思われた。確信を得たアンナは、さらに自らの推理を語った。

「更衣室に入っていった夏服の女子、その正体は栗原由香ではなかった。彼女はもっと以前から更衣室の中にいたんだよ。おそらく棚田が休憩スペースでノートパソコンを開くより、もっと前から栗原由香は更衣室の中にいたんだ」

「え、じゃあ早業殺人っていうのは……？」

「私は栗原由香が早業殺人をおこなったなんて、ひと言もいってないぞ」アンナはしれっとした顔でいってのけた。「これは早業殺人なんかじゃない。栗原由香が富永理絵と諍《いさか》いを起こして殺害に至る時間的余裕は、一時間以上もあったんだからな」

「そうか。あの夏服の女子と栗原が別人だと考えるなら、そういうことになるな」棚田は頷き、そしてまたすぐに首を傾げた。「だが、そうだとすると、俺たちがいままで栗原由香だと思い込んでいた夏服の女子は、いったい誰だ？　そいつは、どこに消えたんだ？」

「消えたりはしない。その夏服の女子は、更衣室の中に入った次の瞬間には、私立ヨコシマ学園の制服を着て、またすぐに更衣室から外に飛び出してきたのさ」

「はあ？」といって棚田は一瞬ポカンと口を開ける。そして直後にはブンブンと大きく首を左右に振った。「いやいや、それこそ不可能だろ。時間的に無理だ」

そういって棚田はクローゼットに掛けられた臙脂色のブレザーやピンクのシャツ、紺色のミニスカートなどを指で示して訴えた。「鯉ケ窪学園の夏服を着ている女子が、これらの服装に着替えようと思ったら、おそらく数分は掛かるはずじゃないか」

棚田の言葉に、いままで沈黙を守ってきた成島も、ようやく口を開いた。

「こいつのいうとおりだ、水咲さん。更衣室に夏服の女子が入ってから、ヨコシマ学園の制服を着た女子が出てくるまで、ほんの僅かな時間しかなかったはず。その短時間に、どうしてブレザーやシャツ、スカートまで着替えられるんだ。そんなことは不可能だろ」

「なーに、充分着替えられるさ」アンナは余裕の笑みで答えた。「すでに着ている夏服の上から重ね着すればいいだろ。そうすれば、少なくとも夏服を脱ぐ必要はなくなる」

「おいおい、ちょっと待てよ、水咲」と横から棚田が口を挟む。「簡単そうにいうけどな、上から着るだけでも、それなりの時間は掛かるはずだぞ。シャツを着てスカートを穿いて、それからブレザーを羽織る……って、やっぱり無理だ。全然、時間が足りない」

「いいや、無理じゃない。忘れたのか、棚田？　この制服が舞台衣装だってこと」

「はあ？　舞台衣装だろうが何だろうが、着るのに時間が掛かるのは同じだろ」

「ああ、いまクローゼットにある、この制服についていうなら、おまえのいうとおりだ。だけど、あの焼却炉で燃やされていた制服については、果たしてどうだったかな？」

「え……？」棚田は訳が判らないようなキョトンとした顔。「何か違いがあるのか？」

その傍らで、成島は一瞬ギクリとした表情を覗かせる。その顔を横目で見やりながら、アンナは文芸部長のほうに問い掛けた。「おい棚田、おまえ、あの焼却炉の底のほうで燃えている制服を見て、それを人間が燃えているものと勘違いしたよな」

「ああ、そうだった。ほんの一瞬、勘違いしただけだがな。ちょうど制服の並びが、偶然そんな感じに見えたんだよ。ブレザーがあってシャツがあって、その下にスカートがあって、それがブスブスと燻るように燃えていたんだ。それで俺は一瞬、人間が燃えているって思い込んで……って、あれ、待てよ」突然、何かが引っ掛かった様子で、文芸部長は腕組みした。「よくよく考えてみると、ちょっと変だな……」

「ああ、まったく変だ。不自然だよ。ブレザーとシャツとスカート、三つのアイテムに火を点けて焼却炉に放り込んだ場合、それらのアイテムがちょうど人間の形のように、綺麗に並ぶなんてこと、通常はあり得ない。もしあったら、それは奇跡だろ」

「そ、そうだよな。確かにそうだ。でも実際、俺は見たぞ。ブレザーとシャツとスカートが人間の形のように並んで燃えている場面を……あれって、いったい何だったんだ？」

「だから何度もいってるだろ。あれは舞台衣装なんだよ。――ただし、早着替え用のな」

「早着替え用……？」棚田は眼鏡の奥で両目をパチクリさせる。

そしてアンナは、あらためて演劇部長のほうに向き直ると、「おい、成島、正直に答えろよ」と前置きしてから、決定的な質問を投げた。「あの制服って、ブレザーとシャツとスカートが全部ひとつに繋がってるやつだよな？」

水咲アンナの問いに、再び成島圭一は沈黙した。唇を噛み締めるその表情には、いままでにない敗北感が滲み出ている。アンナの研ぎ澄まされた刃《やいば》のごとき問い掛けは、まさしく彼の急所を突いたのだ。アンナは自らの勝利を確信した。一方、研ぎ忘れたナマクラな包丁のごとく凡庸な文芸部長、棚田祐介はサッパリ訳が判らない様子で、アンナの言葉を繰り返すばかりだった。

「……ブレザーとシャツとスカートが……ひとつに繋がっている……って？」

「ああ、そうだ。それら三つのアイテムはバラバラではなくて、ひとつなんだ。いわばワンピースだな。おまけに、そのワンピース状の制服は、おそらく服の側面あたりをマジックテープか何かで簡単に留めるようにできている。だからマジックテープをバリバリって剝がせば、一瞬で脱ぐことができる。もちろん着るときも同様だ。そういう特殊な細工が施された衣装なんだよ。ほら、舞台の役者って、短い時間でまったく別の衣装に着替えて舞台に上がらなきゃいけないことがあるだろ。だから、そういう特殊な衣装が必要になるんだな」

「そうか。それぞれ繋がっているから、焼却炉の底に広がった制服が一瞬、人の姿に見えたんだな。だが水咲は、それをひと目みるなり、早着替え用の舞台衣装だと見抜いた。そんな特殊な衣裳があるのは演劇部に違いない。そう結論付けた水咲は、俺を引き連れて、この部室を訪れたってわけだ。――凄いぞ、水崎！　見事な観察眼、ズバ抜けた推理力だ！」

「な〜に、見事な観察眼やズバ抜けた推理力など、べつに必要ないさ。誰だって、見れば判ることだ」

人格者らしく謙虚な態度のアンナは、説明を続けた。

「さあ、これで判っただろ。更衣室に入っていった夏服の女子が、どうやって謎の制服女子となって飛び出してきたか。あの夏服の女子は肩にスクールバッグを担いでいた。あの中にワンピース状の制服が入っていたんだ。そして更衣室に入るや否や、彼女はバッグの中からそれを取り出し、すばやく身につけ、謎の制服女子に変身を果たした。その一方で、栗原由香は悲鳴を響かせる。次の瞬間、謎の制服女子は更衣室を飛び出した。その姿は更衣室に駆けつける私たちの目に、いかにも怪しく映った。私たちは、彼女こそが殺人犯に違いないと思い込み、その後を追いかけた。――いや、ちょっと違うな。正確にいおう。確かに私は彼女を殺人犯と思い込み、それを追いかけた。だが一方の成島は彼女が殺人犯ではないことを重々知りながら知らないフリで、それを追いかけたんだ。土屋倫子の着物に手を掛けて、ぶん殴られたりしたのも、演劇部長らしい芝居だ。成島は最初から、土屋倫子が事件と無関係であることを知りながら、間抜けな追跡者を演じていたわけだ」

成島は黙り込んだまま、額に汗を浮かべている。棚田はゴクリと喉を鳴らして、アンナに謎解きの続きを促した。「そ、それで逃げた制服女子は、どうして消えたんだ?」

「謎の制服女子は部室棟に逃げ込んだ。そこまでは間違いない。問題はその後だ。彼女は入口を入ってすぐのところにある階段を二階に駆け上がったんだ。そして、上がってすぐのところにある彼女の部室に飛び込んだ。『文科系プロレス部』だ。彼女はそこでワンピース状の制服を一瞬にして脱いだ。彼女は再び鯉ケ窪学園の夏服姿に戻った。そして脱いだ制服を丸めて、あらかじめ用意してあったスクールバッグの中に仕舞い込んだ。そのバッグを肩に担ぎながら、彼女は何食わぬ顔で階段を降りてきたんだ。――もう判っただろ。謎の制服女子の正体は、酒井千里だったんだよ」

シンと静まり返った演劇部の部室。部長の成島圭一はガックリと膝を屈して、床にしゃがみこむ。肩を震わせ、言葉も出ないほどの動揺を示す演劇部長。そんな彼に成り代わって、いまだ理解が追いつかない様子のボンクラ文芸部長が口を開いた。

「水咲のいうことは、いちおう判った。事件の流れは、実際おまえが推理したとおりなんだろうと思う。だが、やっぱり判らん。富永理絵を殺害したのが栗原由香。謎の制服女子の役を演じたのが酒井千里。だったら成島の役割は、いったい何なんだ？」

「そうだな。敢えていうなら彼の役割は、このトリッキーな芝居のプロデューサーであり脚本家であり、演出家ってところかな。もちろん衣装係でもあるわけだが」

「要するに、裏で糸を引いた張本人ってことだな。しかし、なぜこんな複雑な芝居が必要だったんだ？　そこに、いったいどんな意味が？」

「どんな意味って、おまえがそれをいうのかよ、棚田。これは主に、おまえを騙すための芝居だったんだぞ」そういってアンナは物判りの悪い文芸部長に説明した。「いいか。おそらく栗原由香と富永理絵は、おまえが休憩スペースに現れるより前に、更衣室に入ったんだろう。だから、おまえは二人が更衣室に入る場面を目撃していないんだ。やがて更衣室で殺人が起こった。詳しい事情は判らないが、とにかく栗原由香が富永理絵を、そこにあった鉄アレイで殴打して殺害したんだ。おそらく突発的な殺人だったんだろう。当然、栗原由香はその場からすぐさま逃げ出したかったはずだ。ところが更衣室の真正面にある休憩スペースに、いつの間にやら人の姿。ノートパソコンを開いて創作に打ち込む文芸部長だ。これじゃあ、栗原由香は更衣室から出るに出られない。窓は高い位置にある採光用の小窓だけだ。途方に暮れた彼女は、携帯を使って成島に助けを求めた……」

と、その瞬間、いままでしゃがみこんだまま沈黙していた成島が、「いや、それは違うぞ、水咲さん」といって、すっくと立ち上がった。「栗原さんが助けを求めたのは、僕じゃなくて酒井千里のほうだ。二人は親友同士なんだ。そして僕は、その電話を受ける酒井千里のすぐ傍にいた。この際だから隠さず話すけれど、僕と千里は付き合ってる。そのときも僕らは、二人で校舎の屋上にいたんだ」

「畜生、リア充野郎め！」と突然の罵声を響かせたのは眼鏡の文芸部長だ。何が不満か知らないが、凄い形相で目の前のイケメンを睨みつけながら、「――ふん、爆発しちまえ！」

おまえこそな――と心の中で呟きながら、アンナは話を元に戻した。「要するに、助けを求められた酒井千里は成島を巻き込んで、栗原由香の窮地を救おうと決意したわけだな」

「そうだ。もっとも千里は最初、平凡なやり方を考えていたようだ。僕が休憩スペースの棚田に話しかけ、言葉巧みに彼を別の場所へと移動させる――みたいなやり方を。しかし僕は演劇部長だし、芝居の心得もあるからね。もう少し複雑な方法を考えたんだ。単に栗原由香を更衣室から逃がすだけではない、もっと優れたやり方をね」

「それが、あの舞台衣装を使った一人二役トリックか」

「そうだ。夏服姿の女子が更衣室に入って、悲鳴が上がった直後に、別の制服を着た女子が飛び出してくる。誰の目にも、謎の制服女子のほうが怪しく映るだろう。その一方で、栗原さんは犯人から暴力を受けた被害者として振舞うことで、殺人の嫌疑を免れることができる。そういう一挙両得を狙った秀逸なトリックだ。僕のアイデアに千里も大いに乗り気になった。そこで僕は更衣室の栗原さんと携帯で連絡を取り、彼女に策を授けた。まあ、策といっても、彼女のやることは簡単だ。タイミング良く悲鳴をあげること。そして、『更衣室に入った直後に謎の制服女子に突き飛ばされました』と、みんなの前で嘘をつくこと。この二つくらいだ。難しいことは何もない。むしろ大変だったのは、千里のほうだったろう。だが、これも彼女は上手《うま》く演じ切ってくれた。僕の考えたトリックは、確かに期待どおりの効果を上げたと、いったんはそう思ったんだが……残念、どうやら少しだけ詰めが甘かったらしいな」

成島は自嘲気味に呟くと、ゆるゆると首を横に振る。アンナは彼の言葉に頷いた。

「ああ、トリックの肝である、あのワンピース状の制服。その後始末が失敗だったな。あれを焼却炉で焼き払うように指示したのは、成島なのか？」

「いや、僕はそんな危ないことは指示していない。いわば、あれは千里のアドリブ芝居だ。実際、完全な灰になってくれれば、上手い証拠隠滅だったかもしれないが……」

「残念ながら中途半端だったな。制服は期待したようには燃えてくれなかった。それに発見も早かったしな。バケツの水をかけられた制服は、半分焼けただけの状態で、いまも焼却炉の中だ。警察が回収して調べれば、あれが特殊な舞台衣装だってことが、たちまち明らかになるだろう。——観念するんだな、成島」

「ああ、そうだな。——ううむ、それにしても水咲アンナ、なんと怖《おそ》ろしい頭脳だ。僕の考えたトリックは、君の桁外れの推理力の前に完全なる敗北を喫したよ。まさに名探偵だ」

アンナに対して惜しみなく賛辞を送る演劇部長。だがその一方で彼は、よほど悔しかったのだろう、「しかし、なんてことだ。文芸部の小汚いプレハブ小屋が、焼却炉のすぐ傍だったばっかりに、こんなことになるなんて！」とプレハブ小屋の立地に激しく八つ当たり。

それを耳にした文芸部長は、「こら、小汚いとは何だ、小汚いとは！　あれでも我らが文芸部の城なんだからな！」と眼鏡の奥で両目を吊り上げる。

耳を澄ませば、窓の外から響いてくるのはパトカーらしきサイレンの音だ。どうやら大人たちの遠回りした伝言ゲームは、遅ればせながら警察のもとへと届いたらしい。徐々に接近してくるサイレンの音を聞きながら、水咲アンナはおもむろに口を開いた。

「――で、どうするつもりだ、成島？　いまの推理、私の口から警察に話していいのか？」

すると成島圭一は毅然と顔を上げて、「いや、これは僕の口から……」

そんな彼の言葉を遮るように、いきなりアンナの背後で扉の開く音。ハッとなって振り向けば、そこに立つのは栗原由香だ。いままでの会話を密かに聞いていたのだろう。夏服姿の彼女は、呆気にとられるアンナたちを前にして、決然とした表情を浮かべていった。

「警察には私の口から話します。すべては、私ひとりの責任であると……」

――『消えた制服女子の謎』閉幕――

※

「やれやれ、相変わらず《閉幕》っていうのが、うるさいですね、部長――とか何とか、そんな不満がいいたいんだろ、君？」と、まるで僕の心を見透かしたような台詞が響く。

手にしたタブレット端末から顔を上げて声のするほうを見やれば、そこには水咲アンナ……じゃなかった水崎アンナ先輩の姿。大型のタオルを肩に掛けてプールサイドに腰掛ける彼女は、両脚を水面でバシャバシャやりながら愉快そうな目でこちらを眺めている。

僕はそんな先輩に対してキッパリと首を振った。「そんなこといいませんよ。うるさいとは思っても『うるさいですね、部長』なんて絶対にいいません」——なぜなら僕は第二文芸部の部員ではないから！

そんな頑《かたく》なな僕の態度に、先輩は小さく溜め息。そして気を取り直すように、プールサイドで立ち上がると、「で、どうだった？　読み終えての感想は？」と聞いてくる。

僕はとりあえず頭に浮かんだ、ひとつの疑問点を指摘した。「ライターは、どこで手に入れたんですか？」

「はぁ、ライターぁ⁉　ライターが何だって⁉」

「何って、酒井千里は私立ナントカ学園の制服を、焼却炉で燃やしたんですよね。証拠隠滅のために。その際、どうしたってライターが必要になるでしょ？」

「い、いや、それはマッチだったかも……」

「どっちでも同じですって！　そのライターかマッチは、どこで調達したんですか」

僕の質問は、あまりに素朴すぎたのか、第二文芸部の部長を想像以上に慌てさせた。

「ど、どこって、そんなもの、どこにだって、あるだろ……そ、そうだな、例えば酒井千里が肩に担いでいたスクールバッグの中とか……」

「はあ？　スクールバッグの中にライター入れてる女子なんて、いませんよ」

「そんなことはない。いるさ。いるいる！」先輩は断固として言い切った。「ライターぐらい女子が持っていても不思議じゃない。ああ、そうそう、この作品の中では、いっさい触れていないけれど、実は酒井千里には喫煙習慣があってな、休み時間や放課後に、体育館の裏あたりで仲間たちとスパスパやってたんだよ」

「なに急に昭和のスケバンみたいな設定、付け加えてんですか！」僕は慌てて叫ぶ。「じゃあ、演劇部のイケメン部長はスケバンと付き合っていたってことですか！」

「な、意外な組み合わせだろ。私もビックリしたよ……」

「………」あなたが、たったいま、そういう話に作り変えたんですよ、先輩！

呆れ果てた僕は、この件について、それ以上の追及を諦めた。「まあ、いいです。実際マッチやライターは、あるところにはありますしね」

「ホッ！」先輩は水着の胸を押さえて小さく息を漏らした。「――で、他に何か？」

「あとは、いつものように動機の問題ですね。水泳部の栗原由香が主将である富永理絵を殺害した理由は？　いくら突発的な犯行だとしても、それなりの理由はあるんでしょ？」

「そりゃ、あるさ。もちろん、あるとも。動機もなしに、そうそう人殺しなんて起きてたまるか」そういいつつ、先輩の視線はプールサイドをくらげのごとく漂流した。「えーっと、動機か……うん、そうだな、栗原由香が富永理絵を殺す理由は……私、どこかに書いていなかったか？」

「ええ、一行も」――ていうか、ひと言も！

「そうか。じゃあ書き忘れたんだな。動機は、そう、イジメだ。実は鯉ケ窪学園水泳部では上級生による過酷なイジメが日常的に繰り返されていてだな……」

「いきなり嫌な感じの動機ですね！　怒られますよ、鯉ケ窪学園の本当の水泳部に！」

「なーに、運動部なんて大なり小なり、そういう裏の部分があるもんだ。殺人の動機には事欠かないさ」

「………」なんという悪意と偏見に満ちた考えだろうか。そのいい加減さに恐怖すら覚える僕は、この話題を自ら終了させた。「もう、いいです。充分、納得しましたから」

するると水崎先輩は僕のもとへと歩み寄り、「まあ、とにかく今回の作品も、いろいろ修正点があるってことだな」といって、僕の手許からタブレット端末を取り上げる。そして電源を落とした端末をサイドテーブルの上に置くと、「では今回はここまで！」といって秘密の部活動の終了を宣言。呆気にとられる僕をよそに、先輩は両肩に羽織っていた大型のタオルを手に取って、いきなり僕へと放り投げた。

ふわりと宙を舞ったタオルが一瞬、僕の顔面を被《おお》い、その視界を遮る。

わわわッ――と慌ててタオルを払い除《の》けた僕の視線の先、水着姿の水崎先輩はプールサイドを勢いよく蹴ると、再び「ひゃっほー！」と浮かれた声。そして夏の日差しを受けて輝く青い水面へと、頭から飛び込んでいくのだった。

文芸部長と『砲丸投げの恐怖』

秋といえば体育祭。体育祭といえば駆けっこ。駆けっことといえば花形はリレー競走。中でも盛り上がるのはクラス対抗リレーというやつだろう。同じ学年同士の意地とプライドを懸けた真剣勝負。勝者には栄光と賞賛が与えられ、敗者には屈辱と補習が待ち受ける過酷な戦いだ。当然、応援席の生徒は大熱狂。観覧席の保護者たちも大盛り上がり。怒声と罵声、歓声と銃声が飛び交う様は、まさに興奮の坩堝《るつぼ》といっても過言ではない（ちなみに《銃声》ってスタートの合図のことですから、念のため）。そんな絶対に負けられない戦いが、ここに――この鯉ケ窪学園高等部のグラウンドに――あるのだ。

というわけで、いま僕はクラス対抗リレーの真っ只中にいる。六人でバトンを繋ぐリレー競走の中で、僕は第五走者。アンカーにバトンを渡す重要な役目だ。

序盤戦、各クラスの争いは低いレベルで拮抗《きっこう》。追いつ追われつ、転びつ転ばれつ（?）のデッドヒートが繰り広げられる。リレーに付き物のバトンミスも各チームに仲良く一回ずつ発生して、まさに大接戦。あるいは端的にいって《ドングリのせいくらべ》というやつだ。

そんなリレー対決も半ばを過ぎ、やがて終盤戦へ。そして、ついに僕の出番が訪れた。

「た、頼んだぞぉ！」精も根も尽き果てたような形相の第四走者、高島《たかしま》君が僕の右手にバトンを手渡す。直後に足が縺れた彼は、そのまま走路に転倒。さらに後ろからきた隣のクラスの走者に身体のどこかを踏んづけられて「うぎゃ！」と悲鳴を発して息絶えた。いや、息絶えたか否か、すでに走りはじめている僕には知りようのないことだが、とにかく後方でアクシデント発生。高島君には悪いが、これはビッグチャンスだ。

「よくやった、高島君、君の死を無駄にはしない……」

心の中で、とりあえず高島君が死んだことにして、僕は全力でトラックを駆ける。

第一コーナーから第二コーナー。スピードに乗った僕はバックストレッチで前を行く走者をかわして、ついにトップに躍り出る。第三コーナーから第四コーナーを最短距離で回ると、後はもう最後の直線を残すのみ。遥か前方では我がクラスの最終走者、《クラスでいちばん足が速そうな名前を持つ男》足立駿介《あだちしゅんすけ》が、超恰好つけて余裕の屈伸運動を披露している。

——余計なことしてないで、しっかり右手を伸ばしてろってーの！

心の中で叫びながら、僕は最後の力を振り絞って全力疾走。だが残り僅かのところで、限界を超えた両脚がいきなり縺れる。それでもなんとか体勢を立て直した僕は、ギリギリのところで次の走者にバトンタッチ。だがバランスを保てたのは、そこまでだった。

恰好つけて走り出した足立駿介の背後で、僕は前のめりになって転倒。さらに隣の走者に左の二の腕あたりを踏んづけられて「ぎゃあ！」と情けない悲鳴。死にはしなかったが、死ぬほどの激痛を味わうに至った。「痛《ぃ》テテテテ……」

左腕を押さえながら、とりあえず僕はトラックの内側に避難。すると――

「おーい、君、大丈夫か!」

背後から聞こえてきたのは、妙に凛とした感じの女性の声。見ると、体操服の袖に《救護班》と書かれた腕章をつけた上級生だ。うずくまったまま僕は、「ええ、たぶん大丈夫……」と頼りない返事。その声を掻き消すように、そのとき「わあッ」とひと際大きな歓声が沸きあがる。上級生は僕の傷ついた左腕に手を添えると、その歓声に負けない声で、「二の腕を踏まれたんだな。よし、とりあえず救護テントに……」

そういって彼女は僕の傷ついていない右腕を引っ張り、なんとか立たせようとする。彼女の力を借りながら、ようやく立ち上がった僕は、「あ、ありがとうございます」

すると上級生の女子は、妙に気さくな口調で僕にいった。

「なーに、礼には及ばないさ。同じ部活の仲間同士じゃないか」

「は?」僕の口から瞬間、間抜けな声。「――え?」

そして隣に立つ彼女の姿を、いまさらながらシゲシゲと見やる。

黒髪の美しい上級生、水崎アンナ先輩の涼しげな横顔が、そこにあった――

神出鬼没、とはまさしく水崎アンナのような人のことを指す言葉だろう。まったく、この人はどこから登場するか判らない。夏休みに会ったとき、彼女は学校のプールサイドでひとり寛いでいた。梅雨の時季には傘を忘れた僕に突然、傘を差しかけてきた。僕のいくところいくところ、まるで先回りするように現れる彼女は、第二文芸部にて部長を務める存在である。――では第二文芸部とは、いったい何か？

出会うたびに彼女から説明を受けている気がするが、別れるたびに忘れてしまうので、まるで頭に残らないのだが、確かプロの作家を目指す実践的創作集団とか何とかいっていたはずだ。もっとも、《部長である水崎アンナが唯一の部員》というミニマムな状態を《集団》と呼べるか否か、その点は大いに疑問が残るところだ。ちなみに僕は第二文芸部の部員ではない。彼女が部員の数を二倍に見せたくて、そう呼んでいるだけである。

そんな水崎先輩は僕を救護テントへと連れていく。テントは校庭の片隅、トラックからは少し離れた場所に設置してある。周囲は白い幕で覆われ、入口には《救護所》の看板が出ている。ところが、中に足を踏み入れてみると――「あれ!?　誰もいませんね」

テントの中は意外にもガランとしている。白い簡易ベッドや折り畳みのテーブル、パイプ椅子などが並ぶ中、人の姿はひとりもない。僕はキョロキョロと周囲を見回しながら、

「本来は保健室の先生がいるはずなのでは？」

「真田仁美《さなだひとみ》先生か。彼女なら、さっき私たちと入れ替わるようにして、大慌てで出ていったぞ。救急箱を小脇に抱えてな」

「へえ、誰か急病人でも出たんですかね？」僕が首を傾げて聞くと、

「おや、君、気付かなかったのか？」なぜか先輩は気の毒そうな顔。

「――はあ？」

「君のクラスのアンカーな、恰好つけて第三コーナーを曲がろうとしたところで、滑って転んで、

そのまま競走を棄権したんだよ。――ほら、さっき『わあッ』っていう大きな歓声があがっていただろ。あれだよ、あれ」

「…………」そうか、あれは足立駿介が自ら巻き起こした怒号と悲鳴だったわけか。残念すぎる事実を聞かされて、僕はガックリと肩を落とした。「棄権ってことは、僕らのクラスは記録ナシってことですか。じゃあ僕の頑張りは、いったい何だったんですか」

「何って、そりゃあ、もちろん《骨折り損のくたびれ儲《もう》け》ってやつだろ」無情に言い切った文芸部長は、何が面白いのか「あははははッ」と快活すぎる笑い声。それから僕をパイプ椅子に座らせると、「とりあえず傷の手当てが先だな」

「でも真田先生がいないんじゃ、治療してもらえないでしょ。どうするんですか」

すると水崎先輩は、まるでその問い掛けを待ちわびていたかのように妖艶な笑み。切れ長の目をさらに細めて、意味深な視線を僕へと向けた。「なーに、大丈夫。君の痛みを和らげる最高の良薬があるんだ。――ちょっと待ってろ」

そういって水崎先輩は、テントの片隅に置いてある紺色のスクールバッグに歩み寄る。ファスナーを開けてバッグの中を掻き回す仕草。そんな彼女の姿を、僕は「まさか、ひょっとして……」と大いなる不安を抱えながら見守った。

そんな僕の目の前で先輩は「あったぁ！」と心底嬉《うれ》しそうな声。バッグの中から取り出したのは、片側をダブルクリップで閉じられた十数枚のコピー用紙だ。最初の一枚には何やら小説のタイトルらしきものが太い文字で印刷されている。既視感を覚える僕は、

――やっぱり、それか！

心の中で思わず叫んだ。実はこの文芸部長、自分の書いた作品をやたらと僕に読ませたがるという、困った癖を持っている。しかも、その作品というのが全部ミステリ。夏休みのプールサイドでは更衣室を舞台にした作品を、梅雨の日の部室では雨に纏わる作品を、春らんまんの四月には桜が出てくる作品を——という具合に、そのときそのときの季節に応じたミステリを選んでは、彼女は僕にそれを無理やり読ませてきた。どうやら彼女は、いついかなる状況で僕と遭遇しても困らないように、僕に読ませたい作品を常にバッグの中に入れて、持ち歩いているらしい。

——あなたは大量の原稿を鞄に入れて持ち歩く敏腕編集者ですか！

そうツッコミたくなるところをグッと抑えて、僕は彼女に問い掛けた。

「それが『最高の良薬』ですか。薬には見えませんが……」

すると先輩は、コピー用紙の束を強引に僕へと押し付けながら、

「薬だとも。これを読めば、腕の痛みなんて消えてなくなる。たぶん出血も止まるだろう」

「………」どういう理屈ですか、それ？　僕は「ハァ」と溜め息をつきながら、渡された原稿の最初の一枚を見やる。目に飛び込んできたのは、『砲丸投げの恐怖』というタイトルだ。

やはり——というべきか、スポーツの秋にちなんだ作品らしい。ウンザリした顔の僕とは対照的に、文芸部長はあくまでもクールな表情。何事か企むような視線を、こちらに向けながら彼女はいった。

「君、次に参加する種目は何だ？　そうか、借り物競走か。じゃあ時間はたっぷりあるな。真田先生も戻ってこないようだから、ちょうどいい。ゆっくり楽しんでくれ。そして後で感想など聞かせてほしいな。今回も結構、自信作なんだ。いや、ホント、マジで——」

『砲丸投げの恐怖』

1

水咲アンナにとって、ある意味、忘れることのできない衝撃的な場面がある。それは鯉ケ窪学園の永遠のライバル校である龍ケ崎《りゅうがさき》高校、その校庭で突然に繰り広げられたワンシーンだった。だが、その出来事について語りはじめる前に、そもそもなぜ彼女が他校の事件に首を突っ込むことになったのか。その経緯について若干の説明が必要だろう。

実は事件の起こったその日、アンナは第二文芸部の部長として、特に有能な部員数名を引き連れて龍ケ崎高校を訪れていた。龍ケ崎高校の文芸部との交流を図るという目的での、いわば表敬訪問だ。知的にしてクール、それでいて気取ったところがなく誰からも愛されるという水咲アンナ自身の類稀な魅力もあってか、ライバル校同士の交流は終始和やかな雰囲気。文芸部員同士で文学論を戦わせるうち、頭に血が上って激昂《げきこう》した挙句――

「なんだ、おまえのその甘っちょろい本格批判は！」

「なにを、おまえのほうこそ二十年遅れのくせに！」

などといって、互いに胸倉を摑みながら相手の人格まで否定しあう――というようなスリリングな場面には一度もお目にかかれないまま、両校文芸部の対話はつつがなく終了した。なんだか、ちょっと残念――と物足りなく感じたのはアンナひとりではなかったはずだ。

そうして最終的に決定されたのは、今後も文芸部同士の交流を継続すること。そして、その第一弾として、この秋におこなわれる両校の学園祭にて、両校文芸部合同でのビブリオバトル大会を開催すること。以上の二点だった。

充分な成果をあげることができて、部長のアンナはもちろんのこと、第二文芸部の部員たちは誰もが皆、普段にも増して明るい表情を浮かべていた。部員たちの、このような充実した表情を見たいがために、アンナは第二文芸部を先輩たちから引き継ぎ、敢えて《部長》という重責を担ったのだ。そして、そんな彼女のことを心から信頼して、部員たちはよく付いてきてくれている。アンナはともすれば感激で潤みそうになる目許を、そっと指先で押さえつつ心から思った。『ああ、やはり自分は間違っていなかったのだ』——と。

だが、そのような穏やかで感動的な青春のひとコマから事態は一変。背筋も凍るような衝撃的瞬間は、その交流会の終了後に訪れた。それは両校の文芸部員たちも、あらかた帰宅の途についた夕刻のことだ。アンナは交流の舞台となった図書室に居残って、龍ケ崎高校の文芸部長である北原《きたはら》詩織《しおり》とともにガールズ文芸トークに華を咲かせていた。

そんな二人は、いまでこそライバル校のアチラとコチラに分かれているが、元をただせば中学時代から続く親友同士だ。丸顔で童顔、ベリーショートの髪型がよく似合う北原詩織は、大人びた美貌を誇るアンナとは正反対のキュートな女子高生。だが、ある種のカリスマ性というのだろうか、その人間的な魅力でもって文芸部の大所帯を束ねていく姿勢においてはアンナと共通する部分が多かった。

タイプの異なる美人女子高生たちの談笑は、時が過ぎるのも忘れて長時間続いた。

長雨の季節でもないのに、窓の外はドンヨリとした曇り空。ほんの少し前までは、激しい雨が降っていた。お陰で校庭は水浸し。人の姿はまったく見当たらない。野球部やサッカー部の猛者《もさ》たちは、別の場所で室内練習にでも励んでいるものと思われた。

と、そのとき北原詩織が窓から下の方向を指差して、ふいに声をあげた。

「あ……あれ、市川《いちかわ》君だ……ふうん、陸上部、練習終わったんだ……」

その声に釣られるように窓の下を見やると、たったいま校舎の出入口から出てきたところなのだろう、校庭の片隅に男子高校生の姿があった。身体つきは高校生としては標準レベル。濃い緑色のブレザーを着て、肩には黒いスポーツバッグを掛けている。ちなみに濃い緑というのは、龍の鱗《うろこ》の色にちなんだ龍ケ崎高校のスクールカラー。よって、この学校の制服は男女とも緑色のブレザーなのだ。ブレザーの男子は校舎に沿って伸びるコンクリートの道を歩いている。これから帰宅の途につくところなのだろう。

「彼、陸上部員なの？　北原さんの友達？」アンナが何の気なしに尋ねると、

「いいえ、違います。市川雅人《まさと》君は友達じゃないですから。ただの陸上部員ですから」

返ってきたのは、想像以上にキッパリとした答え。しかも、なぜか敬語。

友達だなんて、とんでもない。親しい間柄なんて思わないで――そんなニュアンスが、彼女の敬語に込められている気がして、それ以上何も聞けなくなる。アンナは黙ったまま窓の外へと視線を向けた。

アンナたちのいる図書室は二階の端。その窓から見下ろす恰好なのでハッキリとは確認できないが、顔はまあまあ整ったタイプか。日焼けした肌と気の強そうな表情が僅かながら窺えた。

だが顔が見えたのは一瞬のこと。『市川雅人君』と呼ばれた男子陸上部員は唐突に方向転換すると、コンクリートの道を逸れて水浸しの地面へと足を踏み入れていく。どうやら濡れたグラウンドを横切るつもりらしい。アンナは不思議に思って、隣の友人に尋ねた。

「彼、何をするつもりなのかしら？　あんなグズグズの場所を、わざわざ歩いて」

「たぶん近道する気なんだと思う。グラウンドを横切れば裏門から出られるから。きっと、そのほうが市川君の家には近いのね」

二人がそんな会話を交わす間も、ブレザーの男子は歩みを続ける。前方には広々としたグラウンド。そこには白い線でトラックが描かれている。数日後に迫った龍ケ崎高校の体育祭。その一大イベントのため、グラウンドに白線が引かれているのだ。もっとも、その白線は降り続いた雨のせいで、いまはもうすっかり台無し。体育祭本番の前にもう一度、線を引きなおす必要がありそうだった。

そんな雨で緩んだトラックに向かって、ブレザーの後ろ姿がずんずんと接近していく。踏みしめた地面にスニーカーの足跡がクッキリ残るのも、全然お構いナシだ。ところが――

結局、その男子がトラックの白線を踏みしめることはなかった。彼がトラックにたどり着く、その遥か手前で突如として異変が起こったからだ。

グラウンドの片隅に建つプレハブ小屋――後に判明したところによると、それは体育倉庫だったのだが――その建物の陰から、何やら黒っぽいボールのような物体が、空中にふわりと舞い上がる。それは濡れた地面の上で黒い虹のごとき放物線を描いた。

何だろうか、と思った次の瞬間――「あああッ！」

悲鳴をあげたのは北原詩織だ。隣にいたアンナも思いがけない光景を目の当たりにして叫ぶ。

「あッ、危ない！」

高々と宙を舞い、そして降下を始めた黒い球体。その、ちょうど落下地点にブレザーの男子の背中があった。だが、そのとき何か察するものでもあったのだろうか。彼は突然くるりと身体を反転させて、プレハブ小屋のほうを見やる。振り向いた彼と、落下する黒い球体。瞬間、彼の全身に緊張が漲《みなぎ》る。間近に迫った危機を回避するべく、慌てて両手を伸ばそうとするが、もう遅い。

黒い球体は振り向いた彼の頭部を直撃。ブレザーの男子はそのまま後方にバッタリと倒れて、地面に後頭部を激しく打ちつける。黒い球体は転倒して横たわる彼の傍にポトリと落ちた。

すべては一瞬の出来事だった。その一部始終を図書室の窓辺から目撃していた北原詩織と水咲アンナ。それがあまりに衝撃的な光景だったため、二人は揃って声を失った。

最初に我に返ったのは北原詩織のほうだ。「た、大変！」そう叫んで窓を大きく開け放つと、グラウンドに向かって大きな声で呼びかける。「市川くーん、だいじょーぶー？」

だが応答はない。距離があるので彼女の声が届かないのか。それとも反応できないような状態にあるのか。少なくとも倒れた男子はピクリとも動いていないように、アンナの目には映った。

「マズイな……誰か近くにいないのか……」

だが雨上がりの校庭に、他の生徒や教師たちの姿は皆無。アクシデントに気付いたのは、ひょっとするとアンナたちだけかもしれない。だとするなら、自分たちが駆けつけたほうが早いのだろうか。そんなふうに逡巡《しゅんじゅん》していると、

「あッ、誰か出てきたよ！」

北原詩織がホッとしたように声をあげて、窓から下を指差す。見ると、校舎の出入口からコンクリートの道へ飛び出してくる男性の姿があった。紺色のジャージの上下を着た体格の良い男子生徒だ。彼はグラウンドに足を踏み入れると、転倒した男子のもとに一目散に駆け寄る。それから姿勢を低くすると、

『おい、大丈夫か、しっかりしろ。傷は浅いぞ』

と、いったかどうかは判らないが、とにかく倒れた相手に何事か話し掛ける素振り。だが、やはり反応はないらしい。男子は助けを求めるようにキョロキョロと周囲を見回した。

するとそのときコンクリートの路上に、もうひとりの男子の姿。こちらは眼鏡を掛けた小柄な男子だ。制服姿でスクールバッグを持っているから、やはり帰宅途中だろうか。そんな彼はジャージの男子に呼ばれたのか、コンクリートの道を逸れて倒れた男子のもとへと駆け寄る。ジャージを着た大柄な男子と制服姿の小柄な男子。身長差のある二人は、倒れた男子の傍で短い会話を交わした。

『何があったの？』『市川が気絶してるんだ』『大変だ、先生に知らせなきゃ』『うん、そうだな』

――というような会話だったか否かは、やはりアンナには知るよしもない。だが、とにかく二人の間で何事か相談事が纏まったらしい。次の瞬間、倒れた男子と小柄な男子、制服姿の二人だけを現場に残して、ジャージ姿の彼はひとりその場から駆け出した。

向かった先は校舎だ。その様子を見て、北原詩織がホッと息を吐いた。

「どうやら先生を呼びにいったみたいだね」

「ああ、賢明な判断だな」

とりあえず胸を撫で下ろしたアンナは、そうなると今度は持ち前の好奇心がムクムクと頭をもたげてくるのを感じて、居ても立ってもいられなくなった。

たったいま目撃した衝撃的な光景。あれは不運な事故なのか。それとも故意によるものなのか。一刻も早く事実を知りたいと思ったアンナは、ひとり窓辺を離れると、

「私、ちょっといって見てくる。北原さんはここにいて！」

一方的にいって踵を返したアンナは、猛然とした勢いで図書室を飛び出していった。

2

階段を二段とばしで駆け下りた水咲アンナは、校舎の端にある出入口から外へ。飛び出た先にあるのは、校舎に沿って伸びるコンクリートの通路。それを横切ったところに建つプレハブ小屋。そこから十メートル弱ほど離れた地面に、制服を着た男子が横たわっている。傍らに立つのは、眼鏡を掛けた小柄な男子。そこまでは二階から眺めた光景が、そのままだ。しかし先ほどまでとは異なる点もあった。

眼鏡の男子の傍に、もうひとり別の人物が佇んでいるのだ。どうやらアンナが二階から下りてくる間に、異変を察知して駆けつけた人物が、もうひとり現れたらしい。青いジャージを着たポニーテールの女子だ。アンナはすぐさま現場に駆け寄ろうとしたが、

「おっと、危ない！」

小さな叫び声を発して、すんでのところで自制した。目の前に広がるのは、たっぷりと水を含

んだグラウンド。当然ながら、そこにはすでに複数の足跡が残されている。これらの足跡が今後に、どのような意味を持つか、いまはまだ判らない。だが根っから探偵気質のアンナは、過去にも学園関係の難事件に関わり、それを解決した実績を持っている。そこで彼女はいったん冷静になると、茶色いブレザーのポケットから愛用のスマートフォンを取り出す。それをカメラモードにすると、目の前に広がる地面に向かって数回にわたってシャッターを切った。もちろんグラウンドに残る足跡を記録するためである。

地道な作業を短時間で終わらせると、あらためてアンナは自らも湿ったグラウンドに足を踏み入れていく。その間、転倒した男子に目覚める気配は見られない。ポニーテールの女子は、こちらに背中を向けて、心配そうに倒れた男子の顔を覗きこんでいる。一方、眼鏡を掛けた男子は、倒れた男子の傍をオロオロと歩き回るばかりのようだ。

アンナは彼らのもとへと駆け寄りながら、「おおい、君たち!」と呼びかける。

振り返った小柄な男子は、他校の制服を着た美少女の登場に心底ビックリした様子で、

「な、なんだ、君は? よその学校の女子か。でも、いったいなんで……」

と目を白黒させている。ポニーテールの女子も立ち上がって不思議そうな表情だ。なるほど、彼らにしてみれば水咲アンナの登場は、まるで訳が判らない事態に違いない。

アンナは茶色のブレザーの胸に右手を当てて、簡潔に名乗りを上げた。

「私の名は水咲アンナ。鯉ケ窪学園第二文芸部にて部長を務める者だ」そして彼女は目の前の男女に質問を返す。「君たちは、市川君の友達か?」

答えはコンマ五秒の速度で返ってきた。

「いいえ、違います。友達じゃないです」

「そうです。違います。親しくないです」

奇妙にも二人は、先ほどの北原詩織とよく似たリアクション。ひょっとして市川雅人という男子、龍ケ崎高校における《友達にしたくない奴ランキング》で、かなり上位に君臨するタイプだろうか？　とりあえずアンナは「ああ、そうか、スマン」と頭を下げて、なんとなく謝罪の意を表明した。すると眼鏡の男子は『相手も名乗ったのだから、こちらも名乗らなくては失礼』とでも考えたのか、あるいは単に『他校の美少女と仲良くなりたい』と願ったのか、おそらく後者だとは思うが、とにかく立てた親指で自分を示しながら、

「僕の名は森伸二《もりしんじ》。帰宅部だ」

と自ら名乗りを上げた。ポニーテールの女子も俯き加減で、

「花井理沙《はないりさ》といいます。市川君と同じく陸上部員です」

「そうか」頷いたアンナは、ようやく倒れた男子の顔を覗き込んだ。「で、市川君は大丈夫そうなのか。まさか死んでいるわけじゃないよな？」

仰向けに倒れた男子の顔には、特に苦悶《くもん》の色はない。浅黒い頬や額、短い髪の毛などに撥《は》ねた泥が付着しているばかりだ。それを除けば昼寝しているのと、そう変りはない。

森伸二は眼鏡の縁に指を当てながら、「ああ、大丈夫。気を失っているだけだ。べつに出血している様子もない。たぶん脳震盪《のうしんとう》か何か起こしたんだろう」

「そうか。さっきジャージを着たガタイのいい男子が、ここにいたと思うが、彼は？」

「ああ、あいつは大越正吾《おおこししょうご》。彼も市川や花井さんと同じく陸上部員だ。いま先生を呼びにいって

いる。倒れている市川を大越が最初に見つけたんだ。その直後に、僕が駆けつけて、それから花井さんがやってきて、そして君が現れたんだ」

森伸二の説明に、花井理沙が「ええ、間違いありません」と頷く。

その声を聞きながら、アンナは倒れた男子の周辺を見やった。水を含んだ地面は、すでに数名の者たちに踏み荒らされて、茶色いぬかるみのような状態になっている。その様子を眺めながら、アンナはいまさらのように重大な点に思い至った。

「ん？　そういえば黒っぽいボールのようなものが、このへんに転がっていなかったか」

それが市川雅人を転倒に至らせた元凶であるはず。そう思って視線をさまよわせるアンナ。すると花井理沙が横からおずおずと口を開いた。「それなら、ほら……」

そういって彼女が指で示したのは、倒れた男子の腰のあたりから三十センチほど離れた地面。そこに一個の球体が転がっていた。それは黒とは呼べないものの、かなり黒っぽい色をした焦げ茶色の球体。茶色い地面に同化して、なかなか目に留まらなかったのだ。

アンナは球体に顔を寄せて、ようやくその正体に思い至った。

「これって、ひょっとして砲丸投げに使う鉄球か……？」

「そう。まさに砲丸そのものだよ」森伸二は気の毒そうな顔で小さく肩をすくめた。「こんなものが頭に当たれば、そりゃあ誰だって気ぃ失うっての！」

なるほど、確かに――と思わず顔をしかめるアンナ。

その背後で花井理沙が声をあげた。「あッ、大越君が戻ってきたみたいよ」

「やっとだな。――ん？　なんだよ、大越の奴、須田山《すだやま》を連れてきやがった」

なぜだか森伸二は戸惑うような声。アンナも振り返って、校舎側に視線をやる。

出入口から飛び出してきたのはジャージ姿の大柄な男子、大越正吾だ。彼は身の丈よりも大きな担架を、ひとりで抱えている。その背後に続くのは、時代遅れとも思えるベッコウ縁の眼鏡――いわゆる《教頭先生の眼鏡》――を掛けた背広姿の中年男性だ。

「あれがスダヤマさん？」

アンナが首を傾げて問い掛けると、森が小声で答えた。

「ああ、須田山先生。うちの学校の教頭だよ」

なるほど、まさしくそういう眼鏡だな――とアンナは心の中で呟いた。


須田山教頭と大越正吾は、真っ直ぐアンナたちのもとへと駆けつけた。教頭先生はアンナの茶色いブレザー姿を間近で見るなり、ベッコウ縁の眼鏡を指先で押し上げながら、

「なんだ、君は？　他校の女子か。でも、いったいなんで……？」

「先生、そのくだりは、もう済みましたから！」イライラした様子で森が叫ぶ。

「彼女は鯉ケ窪学園の生徒です」花井理沙も強めの口調で、「そんなことより……」

「ん、ああ、そうか」我に返ったように頷いた須田山教頭は、あらためて地面に横たわる市川雅人に視線を向けた。「とにかく、こんなところに寝かせておくわけにはいかん。保健室に運ぼう。……大越君は市川君の上半身を持って……そうだ、森君は彼の下半身を……ああ、花井さんは男子たちのバッグを持ってあげてくれ……そうだ、それでいい」

どうやら教頭自身は何も持つ気はないらしい。ただ男子二人の力作業を傍らで見守りながら、

「……そうだ……ほら、ゆっくり慎重に……」と的確なアドバイスを口頭で送るばかり。そうして怪我人《けがにん》が乗せられた担架は、《前方の持ち手》大越正吾、《後方の持ち手》森伸一、《激励&見守り》須田山教頭という強力な三人体制で保健室へと運ばれていく。

花井理沙は市川と森、二人分のスクールバッグを手に提げながら、担架の後をついていく。

アンナは咄嗟に、その背中を呼び止めた。「あ、待って、花井さん!」

「え?」ジャージ姿の女子が、驚いたように振り返る。「……私に何か?」

そんな彼女の前で、アンナは自分のハンカチを広げる。そして地面に落ちていた鉄球をハンカチで包むようにして拾い上げた。それはズシリと重く、しかも制服のポケットには入りきれない大きさだ。「これ、そのバッグに入れといてくれないかな?」

「ああ、そうですね。ウッカリ忘れるところでした」

「ありがとう」そういってアンナは、スポーツバッグの片方にハンカチでくるんだ砲丸を突っ込む。そして事のついでとばかりに、目の前の彼女に尋ねた。「ところで、ひとつ教えてほしいんだけど……これって花井さんの足跡なのかな?」

アンナはプレハブ小屋へと続く地面を指差して尋ねた。プレハブの体育倉庫のほうから、いま彼女たちがいる場所に向かって、ひと組の足跡が点々と続いている。それは片道分だけの足跡で、しかもサイズはかなり小さめだ。状況からいって、当然それは花井理沙のものとしか考えられない。すると案の定、彼女はポニーテールを揺らしながら、

「ええ、そうですよ。私がここに駆けつけたときの足跡です」

と頷いてから、――それが何か? というように怪訝そうな表情をアンナへと向けた。

「いや、べつに、いいんだ」とアンナは曖昧に答えて、慌てて手を振る。

ジャージ姿の女子は踵を返すと、あらためて前方をいく担架を追いかけていった。

アンナも同様に担架の後を追おうかと思ったが、一瞬考えてから方向転換。プレハブ小屋のほうへと素早く駆け出した。

図書室のある校舎側から見て、建物の死角になるあたり。問題の砲丸は、そこから投じられたように見えた。その場所をアンナは自分の目で確認したいと考えたのだ。ひょっとすると、そこに砲丸を投げた人物の足跡などが残されている可能性もゼロではない。そう期待して、問題の場所を覗き込む。だが次の瞬間、アンナは落胆の思いで肩を落とした。

小屋のそちら側には大きな出入口があって、高い位置に《体育倉庫》の看板が掲げられている。その出入口を中心にして、周囲の地面は随分と掻き乱されていた。雨のせいでグラウンドが使用不可の状況にあっても、体育倉庫から道具を持ち出すケースは当然ある。その結果、多くの者たちに踏み荒らされて、一帯は足跡だらけ。どの足跡が誰のものであるかを判別するのは、不可能といわざるを得ない状態だった。

結局それ以上の観察を諦めたアンナは、プレハブの体育倉庫から駆け出すと、あらためて担架の後を追うようにして校舎へと向かった。

するとそのとき突然、頭上から降ってくる「水咲さーん」という呼び声。ハッとなって見上げると、二階の図書室の窓から顔を突き出しているのは北原詩織だ。正直、彼女の存在をすっかり忘れていたアンナは、バツが悪い思いで頭を掻く。そんな彼女に対して、龍ケ崎高校の文芸部長は不満げに聞いてきた。

「ねえー、結局、何がどーなったのー？　市川君は死んじゃったのー？」

「ううん、大丈夫ぅー、死んでないからー」

アンナは苦笑いしながら、片手を振って応えた。

3

それから、しばらく後の保健室。水咲アンナは北原詩織とともに、その場に集った面々の様子を眺めていた。ベッドに寝かされた市川雅人は、女性校医の診察を受けている。校医の傍では須田山教頭が心配げな顔で、「大丈夫ですよね、先生、救急車なんて必要ないですよね」と何度も念を押している。要するに、この教頭は事を大きくしたくない、その一心であるらしい。大越正吾と花井理沙は陸上部のジャージ姿のまま、所在なさげにしている。眼鏡を掛けた森伸二は壁に背中を預けている。

校医も含めて計八名。そこそこ広い保健室も、さすがに狭く感じられる人口密度だ。

校医のデスクの上には、焦げ茶色の砲丸が、まるで怪しげな水晶玉か何かのように置いてある。

そんな中、市川雅人の容態については女性校医に任せると、ダントツ最年長の須田山教頭が一同のほうに向きなおった。「で、いったい、あの場所で何が起こったのかね？」

教頭の問い掛けに、多くの者たちは戸惑いがちな表情。そんな中、アンナと北原詩織は互いに目配《めくば》せ。やがて代表するように、アンナが右手を挙げた。

「たぶん事態を最もよく把握しているのは、私たちだと思う」

「ん、そうなのか!?」と教頭は意外そうな表情。「君は鯉ケ窪学園の生徒らしいが……」

「ええ、第二文芸部の部長、水咲アンナです。あの砲丸が市川君に命中する瞬間を、図書室の窓辺からバッチリ見ました。北原詩織さんも一緒です」

「ほう、それはそれは」と頷いた教頭はベッコウ縁の眼鏡の奥から、興味深そうな視線をアンナへと向けた。「では、まず聞かせてもらいたい。――いったい何なのかね、その『第二文芸部』というやつは?」

「そこか! まず聞きたいことって、そこか!」森伸二がツッコミを入れる一方で、

「簡単に答えるなら、第二文芸部というのはな……」とアンナが説明を始めるので、

「あんたも、べつに答えなくていいから!」と今度は大越正吾がアンナに突っ込む。

一瞬、弛緩《しかん》した空気が保健室を包む。そんな中、北原詩織が「では私が説明を」といって一歩前に進み出る。そして自らが目撃した衝撃的な場面について一同に語った。

市川雅人がひとりでグラウンドを横切ろうとしていたこと。突然、黒っぽい球体が体育倉庫の陰から飛んできたこと。放物線を描いたそれが、彼の頭に命中したこと。後ろにバッタリ倒れた彼は、それっきり動かなくなったこと――などなど。

黙って彼女の話に耳を傾けていた一同の中から、まず声を発したのは大越だった。

「そのとき俺は校舎の出入口付近にいて、男の叫び声を聞いたんだ。『わあッ』っていうような悲鳴だった。なんだろう、と思った俺は出入口から外に飛び出して、グラウンドに倒れている男の姿を発見したんだ。もちろん、すぐさま男の傍に駆け寄った。倒れていたのは市川だった。傍らに砲丸が転がっていたから、何が起こったのかは、だいたい想像が付いた。話しかけたが返事

はない。気絶していると判って、俺はかなり慌てた。ひとりじゃ、何をどうしていいか判らないからな。そこにやってきたのが、森伸二だ」

大越の話を引き取るように、今度は森が語りはじめる。

「僕は帰宅部なんでね。あのときは別館のほうから、こっちの校舎のほうへ歩いてきて、ちょうど問題の場面に出くわしたんだ。グラウンドに制服姿の男子が倒れていて、陸上部の大越君がオロオロしている。そんな感じに見えた」

「オロオロとはしてねえ！　ただ、ちょっとキョロキョロしていただけだ！」

大越が顔を赤くして抗議すると、森は「ああ、そうだったかな」といってニヤリと笑みを浮かべた。「とにかく、僕は異変を察して彼らのもとに駆け寄ったんだ。そこで大越君と短い会話を交わした。『何があったの？』『市川が気絶してるんだ』『大変だ、先生に知らせなきゃ』『うん、そうだな』――みたいな会話をね。それで大越君が僕を現場に残して、ひとりで先生を呼びにいったんだ」

森の話を聞きながら、アンナは深々と頷いた。まさに現場では、彼女が想像したとおりの会話が繰り広げられていたわけだ。

すると、そんな森の話を、さらに花井理沙が引き取って口を開いた。

「ということは、私が現場に駆けつけたのは、大越君が先生を呼びにいった後のことですね。実は私は大越君に話したいことがあって、彼のことを探していたんです。それで体育倉庫のほうを見にいったところで、偶然グラウンドの異変に気付きました。地面の上に制服の男子が倒れていて、その傍で森君がアタフタしていました」

「アタフタはしてないだろ！　ちょっとオロオロしていただけだ！」

今度は森が顔を赤くする番だった。しかしオロオロしていたことは彼自身も否定しないらしい。アンナが隣の文芸部長に尋ねると、「うん、確かに私の目からも、そんな感じに見えたよ」といって北原詩織は小さく頷いた。「そういえば、花井さんが現場に駆けつけたときの様子を、水咲さんは見ていないんだね」

「そう。ちょうど私は図書室を飛び出して、階段を駆け下りているところだ。私が外に出たとき、もう森君の傍には花井さんがいた。そして私は二人のもとに駆け寄ったんだ」

それ以降の出来事については、アンナ自身もよく判っている。二人と自己紹介の言葉を交わし、地面に転がる砲丸を眺めるうちに、大越が須田山教頭を連れて戻ってきたのだ。

一連の流れを正確に理解したアンナは、あらためて強い口調でいった。

「とにかく、これは単なる事故なんかじゃない。何者かが故意に市川君を狙って砲丸を投げつけた事件。そう考えるべきだろうな」

「ちょ、ちょっと君」慌てて異議を唱えるのは須田山教頭だ。「それは、あまりに一方的な決め付けじゃないかな。故意で狙ったなんて……我が校の生徒に限って、そんな危険な真似をするなんてことは絶対に……」

「絶対にありませんか？」アンナは鋭い視線で教頭を睨む。その気迫に押されて、教頭は口を噤む。アンナはベッドに横たわる被害者を一瞥しながら、「ところで市川雅人君って人、随分と嫌われていたようだが、実際のところ、どうなのかな？」

するとっ龍ケ崎高校の面々は示し合わせたごとく、いっせいに首を真横に振った。

「いやいや」「嫌われていたなんて」「それはいいすぎよ」「ただ好かれていないだけ」「煙たがられていただけね」「嫌われてはいないさ」「私は嫌いだがな」「少し目ざわりっていうだけ」「目立ちたがり屋だもんね」「そこが嫌なんだ」「自己評価が異常に高い」「従って自己顕示欲も強い」「やればできる子」「って自分で言うタイプよね」「恰好つけてるだけさ」「でも悪意はない」「だから嫌いなんだ」「愛すべき馬鹿よ」「そう、嫌われちゃいない」

と生徒たちはそれぞれ、市川雅人に対する配慮の行き届いたコメントを述べた。ちなみにトークの最中、明確に《嫌い》の意思を示すような軽率なコメントが混じるのは、すべて須田山教頭が口にした本音である。

とにかく彼らの話を総合すると、やはり市川雅人という男、生徒からも教師からも相当に疎まれる存在だったらしい。被害者について、おおよその人物像を把握したアンナは、ひとつの結論を告げた。「それだけ嫌われ……いや、好かれていなかったとすると、敵は周囲にゴマンといるはず。動機の点から犯人を絞り込むことは不可能だな」

アンナの言葉に、その場に居合わせた者たち——もちろん須田山教頭も含めて——全員がいっせいに頷いた。アンナは「うーむ。これはやっかいだな」と思わず腕組みだ。

すると、そのとき——「犯人は花井さんなんじゃないの？」

あまりに率直過ぎる告発の声が保健室に響く。一同はハッとして、声の主に向きなおった。

そこに佇むのは眼鏡を掛けた小柄な男子、森伸二だ。一同が見守る中、彼は臆することなく自説を展開した。

「だって水咲さんと北原さんは、その目で見たんでしょ？　体育倉庫の陰から砲丸が飛んでくる瞬間を。だったら、その場所に犯人はいたはず。――で、花井さんもその場所にいた。彼女は体育倉庫の陰から、僕のいるグラウンドに駆けつけたんだからね。だったら、まず疑うべきは花井さんってことになる。そうだろ?」

森の単純明快な指摘に、一同は口ごもる。名指しで犯人扱いを受けた花井理沙もショックを受けた様子で黙り込んでいる。そんな中、援護射撃の役目を買って出たのは、同じ陸上部の仲間、大越だった。彼は森ににじり寄りながらいった。

「そうとは限らないだろ。犯人は体育倉庫の陰から砲丸を投げた。そして投げた直後に、その場からさっさと逃げ去った。その後で花井が同じ場所に現れて、おまえたちを見つけて駆け寄った。そういう流れでも、べつにおかしくはないはずだ」

「まあまあ、君がそう怖い顔をすることはないだろ。僕はただ、ひとつの可能性を示しただけさ。花井さんが犯人かもしれないっていう可能性をね」

「いや、その可能性自体、ほとんどゼロだ」

大越はデスクの上に置かれた砲丸を指差しながら説明した。「あの砲丸は高校生男子が使用するもので重さは六キロ。選手はそれを十メートル以上も放り投げる。だが花井は女子だし、砲丸投げの選手でもない。陸上部の中では、主に長距離を専門とする選手だ。そんな彼女があの砲丸を投げたとして、たぶん五メートルだって投げられやしない。彼女には不可能なんだよ、体力的にも技術的にも」

「本当か。本当に不可能なのか?」森は未練がましく食い下がった。「長距離ランナーだって、いちおう陸上部なんだから、『投げたら凄い』――なんてことは?」

「ないない。彼女の身体つきを見たら判るだろ」

大越は顔の前で手を振って、花井理沙の華奢な身体を指差す。ならば——とばかり森は攻撃の矛先を大越本人へと向けた。「じゃあ、そういう君はどうなんだ？　君の得意種目は、まさか長距離走ではないと思うけど……」

「うッ」と一瞬言葉に詰まった大越は、直後に絞り出すような声でいった。「ああ、俺の得意種目は砲丸投げだよ。ベスト記録は十メートル以上。——だが俺じゃないぞ。俺は他人に向かって砲丸を投げるような馬鹿な真似はしない」

「判ってるよ。ただ可能性の話をしているだけじゃないか。そう怒るなって……」

「ねえ、水咲さん」と、そのとき北原詩織が小声で聞いてきた。「実際、体育倉庫の陰から現場まで、何メートルぐらい離れていたのかしら？」

「さあ、たぶん十メートル弱。少なくとも八メートル程度はあったと思う」

「八メートルかぁ。じゃあ私みたいな普通レベルの女子だと、まず無理だね」

「小柄な男子にも無理だぞ」ここぞとばかりに森が貧弱な肉体を誇示すると、

「わ、私だって、まあまあ小柄なほうだぞ。しかも最近は五十肩に悩まされてな……」

と、なぜか須田山教頭も生徒の意見に乗っかって、自分の無実を立証しようとする。

北原詩織は「はいはい、判りました、教頭先生……」といって思わず苦笑いだ。

と、そのとき沸騰する議論を根底から揺るがす何者かの声が、保健室全体に響いた。

「よーし、話はだいたい判った。なるほど、そーいうことか！」

唐突過ぎる発言に、一同は揃って「ん？」という微妙な表情。そして誰もが声のする方向へと視線を向ける。そこにあるのは白いベッド。布団の上では、さっきまで気を失っていたはずの男子生徒が、むっくりと上体を起こして悠然とこちらを眺めていた。

頭に砲丸を受けた当人、市川雅人だ。復活を果たした彼の姿に一同はザワッとなった。

「い、市川君ッ！　い、いまの私たちの話、き、聞いていたのかね！」

須田山教頭が青ざめながら尋ねると、ベッドの上の彼は首を縦に振りながら、

「ああ、もちろん聞かせてもらったさ。ここで寝たフリしながらな」

瞬間、一同の顔に浮かんだのは激しい動揺の色だ。アンナも唇を震わせながら、

「き、聞いてたって、いつから……君、いつから私たちの話を聞いていたんだ……？」

「ん？　いつからって、だいぶ前だぜ。そうだな、『犯人は花井さんなんじゃないの？』って森がいったころから、ずっと聞かせてもらってたな」

「ホーッ」アンナは肺の空気がゼロになるほど大きく息を吐いた。――良かった。『動機の点から犯人を絞り込むことは不可能』というあたりは、聞かれずに済んだらしい！

最悪の事態を逃れて、ひと安心するアンナ。その他の者たちも、「セーフ」「良かった」「口は災いのもとね」「危ない危ない」と口々に安堵の思いを吐露している。ベッドの上で市川雅人だけがキョトンとした表情だ。「ん――おまえら、俺に何か隠してねーか？」

問われて一同は揃って首を左右に振る。怪訝そうな顔の市川は「そうか。まあ、いいや」といって気を取り直すと、女性校医の制止を振り切るようにして、自らベッドから降りる。そして意外にしっかりした足取りで保健室の中央に進み出ると、

「要するに、問題の本質は『誰が砲丸を投げることができたのか』――ってことだな？」

彼の問い掛けに対して、曖昧に頷く一同。代表するように口を開いたのは須田山教頭だ。

「いったい、何がいいたいのかね、市川君？」

するとと市川はピンと立てた親指を、おもむろに自分の胸へと向ける。アンナも含めて誰もがキョトンとする中、自己顕示欲の強すぎる陸上部員は宣言するようにいった。

「だったら、その謎、この俺が自ら解き明かすしかねーな。降りかかった火の粉は自分で払うのが、この俺の流儀だからよ！」

※

「あのー、わざわざ、いうまでもないとは思いますが——ひとついいですか、先輩？」

体育祭の真っ最中。救護テント内のパイプ椅子に座った僕は、折り畳みテーブルに載せた原稿の束から視線を上げる。そして同じくパイプ椅子に腰を下ろす水咲——いや、違う、水崎アンナ先輩に対して素朴な疑問を口にした。

「この人たちって、警察を呼ぶ気は全然ないんですか」

「ああ、呼ぶ気はない。学園ミステリでは人が死なない限り、つまり怪我人が出たくらいのレベルならば、わざわざ警察なんか呼ばなくてもいい。そういう暗黙のお約束がある」

初耳である——「いつできたんですか、そんなお約束！」

「さあ、知らない。それとも、ないのかな、そんなお約束は？」先輩はとぼけた顔で妙に明るく言い放つ。「だがまあ、いいじゃないか。警察が介入してきたら学生探偵たちの出る幕がないだろ。だったら警察なんて呼ばないほうが、話が膨らむってもんだ」

「そうですかぁ？　でも救急車ぐらいは呼ぶと思うんですが……」

「ふむ、そういや最近も、どこかの高校で生徒の投げた砲丸が他の生徒の頭に当たる事故が実際あったらしいな。そのときはドクターヘリが出動したと、ニュースでいっていた」

「そうそう、それぐらいの迅速な対応が求められる事例ですよ。それなのに、この作品に出てくる教頭先生はヘリどころか救急車も呼ばないなんて、まったくどういう危機管理能力なんですか。こんなテキトーな学校、あっという間に潰れちゃいますよ」

「ははははッ、さっすが龍ケ崎高校だ。うちのライバル校と呼ばれるだけのことはある！」

といって文芸部長は長い黒髪を揺らして「あはははッ」と大笑い。自分の書いた作品で、これだけ爆笑できる人は珍しい。全然笑えない僕は白けた口調で続けた。

「おまけにですよ、砲丸を頭に受けた市川雅人が目覚めて、すぐにベッドを下りる。そして自ら探偵役を買って出るって展開は、いくらなんでも……」

「はは、ははははッ、はははははッ……はは、は、は……え、あり得ない展開だって？」

「やっと笑い終わりましたか、先輩？」このまま笑い死ぬのかと思いましたよ！　呆れる僕は首を左右に振りながら、「ええ、あり得ません。普通は絶対安静でしょう」

「だよなぁ」さすがの水崎先輩も僕の指摘に正当性を認めたらしい。椅子の上で物憂げに脚を組むと、顎に手を当てるポーズで苦しげに釈明した。「本当のことをいうとだな、ここに出てくる市川雅人は、もともとは単なる可哀想《かわいそう》な被害者役だったんだよ。登場した途端にバッタリ倒れて気絶。そのまま病院に送られるみたいな。——ところが他の登場人物たちが、あんまり彼のことをボロクソにいうものだから、なんだか違う意味で凄く可哀想な役回りになってしまってな」

——はあ、『なってしまってな』って？　先輩が自分でボロクソに書いたんでしょ？

僕は横目で水崎先輩のことをジロリと見ながら、

「それで可哀想な被害者役を、後半は探偵役に——と？」

「そうだ。市川雅人にも活躍の場を与えてやりたいと思った。登場人物の生みの親である作者として、いわば《親心》が働いたんだな。だから救急車は呼ばない。もちろんドクターヘリもやってこない。——なーに、心配するな。現実はともかくとして、ミステリの登場人物は脳震盪くらいでは死なない。後遺症も残らない。すぐに立ち上がって真犯人を捜しはじめる。市川雅人だってミステリの中の人間なんだから、それぐらい当然だろ？」

「さあ、当然ですかねえ……」

僕の脳裏に《ご都合主義》という、まさに都合の良い言葉が浮かぶ。だが、それを口にすれば、水崎先輩が烈火のごとく怒り出すことは火を見るより明らか。僕は禁断の言葉を懸命に飲み込み、あらためてテーブルの上の原稿に視線を落とした。

救護テントの外では、体育祭の目玉種目のひとつ、男子生徒による組体操が繰り広げられている。応援席の生徒も観客席の保護者も、彼らの演技に釘付けらしい。お陰でテントを訪れる者は皆無。救急箱を持って飛び出していった真田先生も、いっこうに戻ってくる気配はない。水崎アンナ先輩は、僕の読書を邪魔しないようにと、再び口を噤む。

別世界のように静まり返ったテントの中、僕は作品の続きを読みはじめた——

『砲丸投げの恐怖』（続き）

4

保健室のベッドで市川雅人が奇跡の復活を遂げてから、しばらくの後——

水咲アンナは頭に包帯を巻いた彼とともに、事件の現場となったグラウンドを訪れていた。市川は特に異常のない足取りで、名探偵よろしく現場の様子を隈《くま》なく観察中だ。先ほどまで彼が倒れていた地面は、すでに大勢の人たちの足で踏み荒らされていて、そこだけ土の色が若干違って見える。その場所を指差しながら市川は、

「ここで間違いないんだな、俺が転倒していた場所は？」

とアンナに確認。それから彼は突然何を思ったのか、転倒地点から充分に距離を取ると、これ見よがしに屈伸運動。「何する気だ？」と訝《いぶか》しげに見守るアンナの前で、彼は妙に恰好つけた助走を開始。それなりの加速を見せると次の瞬間、色の変った地面で「おりゃーッ！」と気合をつけて踏み切る。ふわりと舞い上がった彼の身体は体育倉庫を目掛けて、なだらかな放物線を描く。その両足は転倒現場と体育倉庫のほぼ中間地点で地面に着いた。自分のジャンプした距離を振り返って、目立ちたがり屋の陸上部員は満足そうな表情。賞賛の拍手でも期待するかのように、腰に手を当てて胸を張る。サッパリ訳が判らないアンナは首を傾げるばかりだ。

「何だ、いまの？　何のアピールだ？」

「おいおい、勘違いするなよ。ただ恰好つけたわけじゃないんだぜ。四メートルだ」

「はあ？」

「四メートルなんだよ。その色の変った地面から、この場所までが約四メートル。俺が軽くジャンプすれば、それぐらいの距離になるってこと。経験上だいたい判るんだよ、俺ぐらいの選手になるとな。四メートル跳んで、体育倉庫までの中間点あたりに着地したってことは、つまり全体で八メートルってところだな。まず間違いあるまいよ」

と龍ケ崎高校の《ナンバーワン陸上馬鹿》は見事な計測結果を披露する。

「――んなもん、歩幅で測れよ。ジャンプで測る奴があるか！」

そういってアンナは思わず溜め息。そして溜まっていた不満を、いまさらながら吐露した。

「あのな、君が自ら探偵役を買って出るのは構わない。脳震盪を起こした直後に走り幅跳びして具合が悪くなろうが、命に別状があろうが――いや、《命に別状》は、さすがにマズイとは思うが――とにかく、そんなことは私の知ったことではない」

アンナは睨むような視線を《にわか探偵》に向けると、「しかし――」と続けた。

「なぜ私が君の探偵助手を務めなくちゃならないんだ？　私は鯉ケ窪学園の生徒だぞ。龍ケ崎高校の事件には直接関係がない」

「だから都合がいいんだろ。龍ケ崎高校の関係者だと、何かと先入観が働くからな。君にはぜひ、中立的な立場からより公平で忌憚《きたん》のない意見を聞かせてもらいたい」

――だったら、さっさと病院にいけよ。それが私の《公平で忌憚のない意見》だ！

正直そう思ったが、口にするだけ無駄だろう。それにせっかく被害者自身が探偵として事件解決に乗り出すという愉快な展開だ。もう少し彼を泳がせておくのも面白いか。

そう思いなおして、アンナはいましばらく《にわか探偵》市川雅人のワトソン役に徹することにした。「で、これから市川探偵は何をどう調べていく方針なんだ？　現場をこれ以上眺めても、もう何も出てこないと思うんだが」

探りを入れるように尋ねてみると、探偵気取りの彼の口から意外な答え。

「うむ、やはり動機から迫るのが、真相にたどり着く最短距離だろうな」

「え、動機から？　そ、そうなのか……」おいおい、それは最短距離どころか、いちばん遠い迂《う》回《かい》ルートじゃないのか。西国分寺駅から東京駅に向かうのに、わざわざ武蔵野線経由で行くようなものだぞ。――とアンナは首都圏の路線図を脳裏に思い描きながら呟く。

だが不安を抱える彼女とは対照的に、市川雅人は自己評価の高さを存分に発揮して、一方的に断言した。「そもそも、この俺に危害を加えようと考える輩など、そう大勢いるはずはない。必然的に容疑者は絞られるってわけだ。――そうだろ？」

「いや、『そうだろ』って聞かれてもだな」どうやら、彼の目にはこの世界が反転した姿で見えているらしい。それとも彼のほうが逆立ちしているのか。いずれにせよアンナは多少の興味を持ちながら尋ねてみた。「で、誰かいるのか、君に対して危害を加えたいと考える輩が？　具体的な心当たりでも？」

「ああ、ひとりいる。俺を密かにライバル視する男だ」

「ええッ、なんだって！」わざわざ、このアホをライバル視するなんて、自分が損するだけのような気がするが――「いったい誰なんだ、その馬鹿は？」

「ん、なんで馬鹿だって判ったんだ？」僅かに引っ掛かりを覚えたらしく首を傾げる市川。だがすぐにニヤリと笑って、彼はその名を告げた。「そう、馬鹿なアイツさ。大越正吾だよ」

「大越君？　彼が君をライバルだと……くッ」喋りながらアンナは込み上げる笑いを押さえ切れない。彼女の見る限り、大越は市川について《ライバル視》どころか、《眼中にない》といった印象だったからだ。「ちなみに聞くが、君は陸上部では何の選手なんだ？」

「短距離走だぜ。人呼んで龍ケ崎高校のウサイン・ボル……」

「判った」アンナは彼の戯言《ざれごと》を中途で遮って、「確か大越君は砲丸投げの選手だよな？」

「そうだ。それがどうした？」

「…………」馬鹿馬鹿、『それがどうした』じゃないだろ。「なんで短距離走と砲丸投げでライバル関係が成立するんだよ。どこでどうやって競い合うんだ？」

「どこって、そりゃあ人気だよ。特に女子たちの声援だな。俺のほうが奴よりは上だ」

「ああ、そうか、そういうことか」だけど、それは君が人気なんじゃなくて、短距離走という種目が砲丸投げより人気があるっていう話に過ぎないと思うが――「まあいい。仮に大越君が君をライバル視していたとしよう。だが、どう考えても大越君は犯人ではないぞ」

「あん、なんでだ？」首を傾げた市川は、すぐにピンときた顔で捲し立てた。「あ、いっとくけどな、《大越正吾は砲丸投げの選手だから、わざわざ砲丸を凶器に用いるはずがない。そんなことすれば自分に疑いが向くだけだから》なんていう凡庸な推理はナシにしてくれよ。そう推理してもらうために、敢えて砲丸を用いる――という可能性だって当然あるわけだからな」

「ふうん」この男、頭カラッポのように見えて、意外と面倒くさいことを考えている。アンナは多少なりと彼のことを見直しながら答えた。「そんな小難しいことをいわなくたって、大越君には無理だ。タイミング的に不可能なんだよ。いいか——体育倉庫の陰から砲丸が投げられて君に命中した。その直後に、大越君は校舎の出入口から飛び出してきたんだ。その間、おそらく十五秒もない。体育倉庫と校舎の出入口は、そう離れてはいないけれど、それでも十五秒やそこらで移動できるとは到底思えない。むしろ私は大越君だけは容疑の対象から外していいとさえ思っているんだが……」

「ほう、俺とは真逆の見解だな。しかし、いちばん怪しくない奴が、実は真犯人。世の中そういう展開も多いだろ。推理モノのドラマなんかは大抵そうだ」

「………」こういう台詞は、あんまり口にしたくないのだが——と思いつつアンナは敢えて定番のそれを口にした。「馬鹿だな。これはドラマじゃない。現実の事件なんだぞ！」

ミステリ小説の中で、わざわざこれが現実の事件であることを強調する主人公。そんな不自然な存在に自分が成り下がった気がして、アンナはなんだか気恥ずかしい思い。だが案の定というべきか、市川は彼女の台詞を真正面から受け止めた。

「ああ、判ってるさ。なにしろ、この俺が被害者なんだからな。そう、これは現実だ。ならば現実的な手段があるはず。大越の奴が加速装置で瞬間移動したのでないとするならば、他にどんなやり方が……」

そういって市川は包帯が巻かれた頭を両手で抱える。その口許からは「くそッ、よく考えろ、俺！」とか「畜生、働けよ、俺の頭脳！」などと妙に芝居がかった台詞が飛び出す。《にわか探偵》の恰好つけた苦悶の表情を、呆れながら眺めるアンナ。

すると突然何を思ったのか、市川は顔を上げてハッとした表情。やがて、その顔面に不気味な笑みが小波《さざなみ》のように広がった。「ふ、ふふ、ふふふ……」

「ん、どうしたんだ君？　そんな気色の悪い笑い方をして」

「気色悪くはない！　これは会心の笑みというやつだ。ようやく俺の脳裏に閃くものが舞い降りたのさ。――おい君、確か陸上部の花井理沙は体育倉庫の傍にいたんだよな？」

「ああ、彼女は体育倉庫の陰から現れて、この現場に駆け寄ったんだ。花井さんはそう話していた。彼女の足跡も残っている」おまけに図書室の北原詩織も、窓からその光景を見ていた。どこにも間違いはない。「それが、どうかしたのか？　さっき保健室でも話題になっていたが、花井さんの細腕じゃあ砲丸投げは無理だぞ」

「ああ、判ってる。この犯行は花井には無理。だが大越にも不可能。――ってことは！」

そこまでいって言葉を止めると、《にわか探偵》は唇の端に意味深な笑みを浮かべる。そして、ここぞとばかり確信を持った口調で、ひとり大見得を切った。

「よーし、俺には見えたぜ、この事件！」

5

それから、しばらくの時間が経過。たそがれ時を迎えた龍ケ崎高校は、部活などで居残る生徒の数も少なく、あたりはシンと静まり返っている。普段ならサッカー部や野球部のナイター練習で明るく照らされているグラウンドも、今日は暗いまま。校門付近に設置された青銅のオブジェ『希望と若者たちの像』も、薄暗い中でボンヤリと佇んでいる。

そこへ肩を並べるようにして現れたのは制服姿の男女だ。これから帰宅の途につくのだろう。二人は校門に向かって真っ直ぐに歩を進めている。だが、そんな二人が、いままさに校外に足を踏み出そうとする寸前――

「ちょおいと、待ちなぁ！」

往年の日活無国籍アクション映画における小林旭《こばやしあきら》を彷彿《ほうふつ》とさせるようなクセのある台詞が、唐突に二人の背中を呼び止めた。瞬間、制服の男女はギクリとして足を止める。体格の良い男子のほうが、声のした方向を振り返って叫んだ。「――だ、誰だ？」

だが目を凝らしても、周囲に人の姿はない。目に映るのは校門の傍に立つ『希望と若者たちの像』だけ――と思った直後、オブジェの中で《希望》に向かって懸命に片手を伸ばす《若者たち》のひとりが、いきなり動き出して答えた。「俺だよ、俺。市川雅人だ」

いままでオブジェに成りきっていた市川が満を持して、その正体を現す。制服の男女は、もちろんビックリ仰天だ。オブジェの傍を離れた市川は、二人のほうへと歩を進めながら、

「待ってたんだぜ、大越。おまえがくるのを、ずっとここでな」

「え、ずっとそこで!?」制服姿の男子、大越正吾は啞然としてオブジェを指差す。

「ああ、ずっとここで」市川は事も無げに頷いた。「でも、まさか花井理沙も一緒だとは思わなかったな。いやはや、驚いたよ」

「馬鹿、驚いたのは俺のほうだ！　おまえ、なにオブジェと一体化してんだよ！」

「そ、そうよ。急に銅像が動き出したのかと思ったじゃない！」

大越の隣で、花井理沙もポニーテールを揺らしながら怯えた声をあげる。

そこに、いままで門柱の陰から成り行きを見守っていた水咲アンナが、ようやく姿を現して口を開いた。「うむ、私も正直、コソコソ隠れて声を掛ける意味が判らない。用事があるなら堂々と呼び止めればいいだろうに」

「なーに、心理的効果を狙ったのさ」といって《にわか探偵》市川雅人は、もっともらしく頷くと、あらためて大越へと歩み寄る。そして彼の大きな背中に隠れようとする花井理沙を顎で示しながら質問した。「おい、おまえら二人、付き合ってるのか？　付き合ってるんだよな？　付き合ってるはずだ！　よし、決まった。おまえらは付き合ってる！」

相手の答えを待たず、市川は決め付ける。大越は狼狽ぎみに唇を震わせた。

「べ、べつに付き合ってねーよ。付き合ってねーけど、仮に付き合ってるとしたなら、それが何だっていうんだよ？」

「何って——ふん、共犯確定だな」

市川はズバリと断言する。その言葉の意味を正確に理解したのだろう。共犯と指摘された二人は、さすがに気色ばんだ表情を見せる。アンナは落ち着き払った声で、二人をなだめた。

「まあまあ、とりあえず聞くだけ聞いてやってくれないか。この男にも多少の考えがあるらしいんだ」

「そうか。水咲さんが、そういうのなら……」

「そうね。水咲さんの顔を立てましょう……」

すでに絶大なる信頼を勝ち得ているアンナの言葉は、まるで魔法の呪文のごとく、二人の憤りを鎮めた。アンナはワトソン役として《にわか探偵》に話を振った。

「では話を戻すけど、君はこの二人が共犯関係だというんだな?」

「ああ、そうだ。それしか考えられないぜ」

キッパリと頷いて、市川は自説を語りはじめた。「大越には砲丸を投げるだけの体力があるが、その機会がない。一方、花井には砲丸を投げる機会はあったが、その体力がない。従って、一見すると二人とも容疑の対象から外れるように思える。だが、そんな二人が共犯関係にあると考えたら、どうだ。いままで不可能と思われていた犯行は、たちまち可能になるじゃないか」

そういって自信ありげに胸を張る市川。だが大越はまるで腑に落ちない表情。隣の彼女と互いに顔を見合わせている。アンナも正直、この探偵のいっている意味が理解できなかった。

「ん、なになに? 何をどうやれば不可能が可能になるって?」

「ふふふッ、まだ判らないのかね、ワトソン君。——要は、すり替えトリックだよ」

「すり替えトリック? いったい何がすり替えられたんだ?」

「決まってるだろ。砲丸だよ、砲丸!」

そう決め付ける探偵の前で、アンナはいかにもワトソンっぽく首を捻った。

「えーっと、つまり砲丸は二種類あったということなのかな?」

「そのとおり。重たい砲丸と軽い砲丸だ。といっても軽い砲丸なんて矛盾した代物が、この世にあるわけないから、厳密にいうとそれは砲丸ではなくて、砲丸によく似た軽い球体ってことになるだろうな」

ははーん、そういうことか——とアンナはようやく彼の思考が読めた。

と同時に、さっそく指摘したい点が数個ほど思い浮かんだが、いまは話の腰を折るべきではない。いましばらく間抜けなワトソン役に徹することにして、彼女は質問を続けた。「その砲丸に似た軽い球体を、誰がどうしたって？」

「もちろん花井が投げたのさ。体育倉庫の陰から、この俺に向かって思いっきりな」

「それが八メートルほど空中を飛んで、君の額に命中したってわけか」

「そうだ。俺は後ろに転倒。後頭部をしたたか地面に打ちつけて気を失った。――で、これからのことは、俺が被害に遭った張本人だからハッキリいえることだが、俺の頭の痛みは額よりも後頭部のほうが大きい。つまり俺が気絶したのは、砲丸が額に当たったからではなくて、むしろ転倒による後頭部への打撲が主な原因だ。砲丸そのものを受けたダメージは、実はそんなに大きくはないんだよ。これは果たして何を意味するか――」

「判った。君に命中した砲丸は軽かった。砲丸に似せたボールか何かだったわけだ」

「そういうこと。女子でも遠くまで放れるぐらいの重さしかなかったんだよ」

「なるほど。――だが待てよ。私が現場で拾い上げた砲丸は、正真正銘の鉄球だった。けっして軽いものではなかったが」

「だから、さっきからいってるだろ。砲丸はすり替えられたんだって」

「な、なーるほどー。そーいうことかー」――って、いちおう驚いておいてやるか！

間抜けなワトソン役に徹するアンナは、驚嘆の声をオマケしてあげた。だが実際には、彼が語ったトリックは所詮アンナの想像の範囲内。特に驚くものではない。「じゃあ市川君、その軽い球体を重たい砲丸にすり替えた人物というのは？」

ワトソン役の好アシストを受けて、《にわか探偵》はニヤリ。そして自ら会心のシュートを決めにいった。「すり替えをおこなえた人物、それはもちろん現場に真っ先に駆けつけた人物に他ならない。つまり、それは、大越正吾を措いて他にはいないってことさ！」

市川はそう断言して、目の前の大柄な男子をズバリと指差した。

「大越は気絶した俺を心配するフリをしながら、その実、転がった軽い球体を密かに回収。代わりに本物の砲丸を地面に転がしたんだ。その直後にやってきたのが森伸二だ。そして花井理沙が何食わぬ顔で体育倉庫のほうから現れた」

「その後に現場に駆けつけたのが、この私ってわけだな。すり替えがおこなわれた後だから当然、私が拾い上げた砲丸はズシリと重かった。――なるほど」

とアンナは頷いた。まあまあ、よく考えられたやり方に思えなくもない。だが腑に落ちない点はある。そのうちのひとつを指摘したのは、共犯者扱いされた大越本人だった。

「おい、ちょっと待てよ、市川。すり替えたって簡単にいうけど、俺はあのとき陸上部のジャージ姿だったんだぞ。重たい鉄球、しかもソフトボール程度の大きさがあるやつを、どこに隠し持っていたんだよ。あのとき俺は鞄も何も持っていなかったのに」

「ん？　そりゃあ、アレだよ……ジャージのポケットとか……」

「陸上部のジャージの上着にポケットはない。単なる長袖の体操服だからな。ズボンの後ろに小さなポケットが一個あるにはあるが、砲丸が隠せるような大きさじゃない。そもそもズボンのポケットに砲丸を隠していたら、その重さでズボンがずり下がっちまうだろう。じゃあ、どうする。手に持つのか。――なあ、水咲さん、俺は現場に駆けつけたとき、手に何か持っているように見えたか？」

「いいや」とアンナは首を振った。「図書室の窓から見る限りでは、そうは見えなかった。君は完全に手ぶらだった。ズボンもずり下がっていなかった」

「ほらな」と大越は勝ち誇るように胸を張った。「同じ理屈で、回収した軽い球体の隠し場所も俺にはない。花井さんも同様だ。彼女も俺と同じジャージ姿だったからな」

「く、くそッ」悔しげに声をあげた市川は、劣勢を跳ね返すべく反論した。「重たい砲丸のほうは、ともかくとしてだな……軽い球体のほうは、その場でペシャンコに押し潰して、ズボンのポケットにでも隠すことができたはず……」

「ほう、軽い球体って中は空洞だったのか。じゃあカラーボールみたいなやつ？　おまえ、そんな軽いものが当たっただけで、気絶するほど酷い転び方をしたのか？　おまえの額は衝撃とか痛みとか何も感じなかったのか？」

「いや、えーと……」市川は包帯の巻かれた額に、あらためて手を触れながら、「いや、多少の痛みはあったな。重たいものが当たったような衝撃も確かにあった……」

「じゃあ、やっぱり無理じゃない！」と痺《しび》れを切らしたように声を発したのは花井理沙だ。主犯であるかのように名指しされた彼女は、憤懣《ふんまん》やるかたないといった形相で捲し立てた。「市川君がいうようなすり替えトリックをおこなうためには、きっと鞄か何か必要になるはずよ。だけど私も大越君もジャージ姿で、しかも手ぶらだった。それで、どうやって、そんなトリックができるっていうのよ、ねえ？　ほら、答えられないの？」

「………」何もいえない素人探偵に対して、

「ねえ、市川君！」と花井理沙がにじり寄る。

「…………」それでも彼が黙り込んでいると、

「市川君ッ、あなた馬鹿なんじゃないのッ！」

彼女の口から放たれた容赦のない罵声。それは形を持たない弾丸となって市川雅人の弱ったハートを撃ち抜いた。瞬間、彼は実弾を喰らったかのように後方に吹っ飛んでドスンと地面に尻もちをつく。反論を試みようと口をパクパクさせるが、上手く言葉が出ないらしい。半開きの口許からは「あ……う……」という無様な呻き声が漏れるばかりだった。

「大越君、いきましょ。こんな奴のことは、ほっといて……」

「え、ああ、そうだな。こんな奴のことは、ほっとこう……」

大越正吾と花井理沙は蔑むように《にわか探偵》を一瞥。それから互いに腕を絡ませあうと、仲の良いカップルのように並んで歩き出す。二人の背中が校門から出ていくのを、アンナは黙って見送った。回れ右すると、彼女の目の前に見えるのは新たに出現した謎のオブジェ『絶望にうずくまる青年の像』だ。アンナは青年の背中に語りかけた。

「おい君、なに、そんなところで石像みたいに固まってるんだ？」

「……ば、《馬鹿》っていわれた……女子から真顔で《馬鹿》って……」

相当ショックだったらしい。これでは《にわか探偵》も、もはや廃業決定だろう。アンナはそんな彼を哀れみつつ、その肩をポンと叩いていった。「まあ、そうガッカリするな。君の推理は確かに間違いだったが、まるっきり見所のないものでもなかったと思うぞ」

「え、そうなのか？」市川は意外そうな顔をアンナへと向ける。

「ああ、お陰で私もインスピレーションを与えられたよ」

そういってアンナは彼の前で綺麗に親指を立てる。そして、その指を自分の胸へと向けると、彼女らしく強気な口調でいった。「――それじゃあ、今度は私の番だな」

6

そうして迎えた龍ケ崎高校の夜。校門はピッタリと閉じられ、真っ暗な校庭に人の姿は皆無。校舎の窓という窓にも、いっさい明かりは見られない、そんな中――

学校の敷地をぐるりと囲むフェンスを密かによじ登る、怪しい影ひとつ。それはネコ科動物を思わせる俊敏な身のこなしで、器用にそれを乗り越えると、敷地内にスタッと降り立つ。男か女かも判らない人影は、身をかがめたまま慎重に周囲の様子を確認。それから暗闇を突っ切るように猛然と走りはじめた。向かった先は闇に沈むグラウンドだ。多少乾きつつあるとはいえ、まだ水気を帯びた地面。それを真っ直ぐ進むと、やがて見えてくるのはプレハブの体育倉庫。そこから八メートルほど離れたポイントで、人影はピタリと足を止めた。

今日の午後、市川雅人が頭に砲丸を受けて気絶したとされる、まさにその場所だ。そこで人影はおもむろにポケットを探る仕草。取り出したのはLEDライトだ。小さな明かりが、足許の地面へと向けられる。次にポケットから現れたのは、何かの袋らしい。それを持ちながら、人影は突然その場にしゃがみ込む。ほとんど四つん這いといった姿勢だ。

その恰好のまま、その人物は奇妙な動作を始めた。

伸ばした両手を自動車のワイパーのように動かして、何かを掻き集めようとしている。そうして集められた何かは、そのまま袋の中へと無造作に放り込まれていく。その一連の動作を何かに喩えるとするならば、そう、それはまさしく《高校生活最後の夏、甲子園大会で惜しくも敗北を喫した三年生野球部員が泣きながらグラウンドの土を掻き集めて袋に詰める姿》に酷似している。だが、ここは甲子園球場ではなくて龍ケ崎高校のグラウンド。怪しい人物とて、夏の思い出を掻き集めて袋に詰めているのではあるまい――

そう確信した水咲アンナは暗がりから姿を現すと、手にしたＬＥＤライトをいきなり点灯。眩《まばゆ》い光を怪しい人影へと真っ直ぐ向けた。「――こら、そこの甲子園球児！」

もちろん光の輪の中に浮かぶのは、甲子園球児ではない。濃い緑色のブレザーを着用した龍ケ崎高校の男子生徒だ。彼は咄嗟に明かりから顔を背けるようにして、後ろを向く。そして次の瞬間には袋を手にしたまま、光の輪から逃れようとして懸命に駆け出した。

「逃げたぞ。――おい、君の出番だ！」アンナが呼びかけると、

「おう、任せとけ！」といって暗がりの中から現れたのは陸上部員、市川雅人だ。

自信満々に登場した彼は、しかし次の瞬間には何を勘違いしたのか、その場で余裕の屈伸運動を開始。アンナは苛立《いらだ》ちを隠せず、思わず叫んだ。

「馬鹿かよ、恰好つけてないで、さっさと追いかけろ！」

すると激しい叱責の声に後押しされるがごとく、ようやく市川雅人はロケットスタート。遅ればせながら、逃げる男子の背中を追いはじめる。

走り出してしまえば、なるほど《龍ケ崎高校ナンバーワン短距離走者》と自ら豪語するだけあって、彼の足は――足だけは――まあまあ速い。アンナがＬＥＤライトで照らす先、逃げる男子

と追いかける市川の差は、見る見るうちに縮まっていく。

やがて二人の距離がゼロになったと思った次の瞬間——ドン！

市川が前を走る男子の背中を容赦なく突き飛ばす。バランスを崩した男子は「おっとっと！」というように前のめりになったかと思うと、そのまま——バタン！　顔から地面へと倒れ込み、そこで二人の追いかけっこは決着した。

「やれやれ、最初から普通に追いかけてりゃ、簡単に捕まえられたものを……けど、まあいいか」そう呟きながら、アンナは真っ直ぐ二人のもとへと駆け寄った。「よくやったぞ、市川君」

「なーに……コッコッコッ、これぐらい……よッよッよッ、余裕だぜ……」

いったい、どのへんに余裕があるというのだろうか。疲労困憊《こんぱい》の陸上部員は地面に這いつくばったまま、立ち上がることもできずに、激しく肩で息をしている。

「判った判った。判ったから、もうそれ以上、喋るな」

短距離走者を黙らせたアンナは、その傍で地面に突っ伏している、もうひとりの男子へと歩み寄る。制服の肩を右手で摑み、無理やり上を向かせると、その顔をライトで照らし出す。

眼鏡を掛けた小柄な男子、森伸二の苦痛に歪む顔が、そこにあった。

「そうか。やっぱりこいつだったんだな」市川雅人は《やっぱり》の部分を特に強調しながら、森伸二の顔を一瞥。それから、さらに負け惜しみの弁を続けた。「俺もこいつのことは最初から怪しいと思ってはいたんだよ。——いやホント、マジで」

「ほう、そうなのか」アンナは苦笑いを浮かべながら、「だったら、君の呼吸も整ったようだし、ひとつ聞かせてくれ。いったい、この彼が何をやったのか、正確なところを」

「ああ、いいとも」と頷いた市川は、再び《にわか探偵》となって説明した。「重要なのはバッグだ。あるいは鞄だ。要するに砲丸の入れ物だ。大越はそれを持っていなかった。だから彼は共犯者ではあり得ない。だが、その一方で森はスクールバッグを持っていた。彼には砲丸の隠し場所があったわけだ。森は大越の後に現場に駆けつけた。だが、その大越は森ひとりを現場に残して、自ら先生を呼びにいった。そこで森は地面に転がる軽い球体を拾い上げてバッグの中へ隠した。その代わりにバッグの中に忍ばせてあった本物の砲丸を取り出して、地面に置いたんだ。本来なら森は誰よりも早く現場に到着して、そのすり替えをおこなうつもりだったんだろう。だが森よりも先に大越のほうが現場に一番乗りしてしまい、彼の計画は狂った。それでも、大越が森をひとりにしたんで、結果的に彼のすり替えは計画どおりにおこなわれたってわけだ」

「ふうん」案外もっともらしいことをいう男だ。「じゃあ主犯が花井理沙という考えは、いままでどおり。ただし共犯は大越君ではなくて森伸二——そういうことか？」

「そうだ。花井と大越は仲睦《なかむつ》まじいカップルに見えて、実はそうではなかった。大越は花井に遊ばれているだけ。その一方で花井は森とも付き合っていたんだな。つまり二股だ。そんな花井は森に共犯者としての役割を与えて、自分の犯罪に引きずり込んだんだな」

——この男、花井理沙って娘のこと、どんだけ悪女だと思ってるんだ？

アンナは呆れながら首を左右に振った。「残念ながら違う。君の推理は間違いだ」

「はあ、間違いって、どこが？」

「犯人は森伸二だ。共犯者なんていない。全部、彼がひとりでやったことだ」

「森がひとりで？　いやいや、それだって不可能だろ。女子の花井ほどじゃないが、こいつが重たい砲丸を八メートルも放り投げるなんて絶対あり得ない。ということは……そうか、森が軽い球体を体育倉庫の陰から放り投げて、その直後に現場に駆けつける。そして大越がいなくなったのを機に、軽い球体を回収。本物の砲丸とすり替えた……？」

「惜しいが、ちょっと違う。確かに彼は軽い球体を投げたんだ。だが回収はしなかった」

「はあ？　回収しなかったなら、それはずっと、あの現場にあったってことになるぜ」

「そのとおり。問題は、その球体はいったい何かってことだ。――それじゃあ、見てみようか」

　そういってアンナは地面にしゃがみ込む森伸二へと歩み寄る。そして、いまだ彼の手にしっかりと握り締められた袋を、強引に取り上げた。それは何の変哲もない白いレジ袋だった。袋の口からライトで照らしながら、中を覗き込む。横から市川も首を伸ばして、興味深げな視線を袋の中へと注ぐ。その口から意外そうな声が漏れた。

「……な、なんだよ、これ!?　ただの泥……グラウンドの濡れた土じゃんか」

「そう。それが砲丸によく似た茶色い球体の正体だ」アンナは袋の中に指を突っ込み、濡れた泥を摘み上げる。そして驚きの真相を口にした。「君の頭に命中したのは、この泥をこねて作った茶色い球体。つまり《泥だんご》だったのさ」

　泥だんご――と繰り返したきり黙り込む市川雅人に、水咲アンナは説明した。

「君も子供のころ作ったことがあるだろ。そう、あの泥だんごだ。もっとも子供が遊びで作る泥だんごは、ただ土を捏《こ》ねて丸めただけ。砲丸とは似ても似つかない代物だ。だが大人が特別な手順を踏んで慎重に作れば、それは表面がツルツルピカピカの球体になる。いわゆる《ピカピカ泥だんご》だ。テレビで紹介されたこともあるし、ネット上だと『ピカピカ泥だんごを作ってみた』というような動画は、むしろ定番中の定番らしい。最近ではピカピカ泥だんごを作るための専用キットまで発売されている。森伸二は、それを自分でも作ってみたんだな。まるで磨いた鉄球のように見える、ピカピカの泥だんごを」

「ああ、そうだ」と答えたのは、地面にうずくまったままの森自身だった。「ただし、いっとくが僕は専用キットなんか使っていないぞ。ちゃんと一から自分で作ったんだ」

「そうか」アンナは素っ気なく頷いた。「しかし君は、それを作るだけでは満足しなかったんだな。完成したピカピカ泥だんごを眺めるうちに、君の脳裏に邪悪で愉快な悪戯が思い浮かんだ。この砲丸そっくりの泥だんごを誰かに向かって放り投げたなら、どうなるか。『砲丸が飛んできたぁ！』と思って相手はビックリするはず。——そう考えたんだろ？」

「ああ、悪戯の相手は市川雅人がいいって、二秒で即決した」

森がアッサリ答えると、市川は心底訳が判らない様子で首を傾げた。

「なぜ俺だったんだよ？　俺を悪戯のターゲットにする理由は、いったい何だ？」

「はあ、《なぜ》って、おい……」森は市川に微妙な視線を向けながら、「え、本当に判らないのか？　なんとなく想像つくだろ？」

「ん、ああ、そうか。要するにギャップ狙いだな。学校では常に注目の的、女子にもまあまあ人気のこの俺、市川雅人が泥だんごごときに驚いて無様にひっくり返る。そんな普段とは異なる俺の恰好悪い姿を見てみたい。おまえ、そう思ったんだな？」

「…………」こいつ、どこまでポジティブなんだ！　というように森は愕然と目を見張る。そして降参とばかりに、ゆるゆると首を縦に振った。「ああ、そうだ。君のいうとおりだよ。学校でいちばん目立つモテ男の君を、僕は恰好悪く驚かせたかったんだ」

それは真実とは若干異なる気がするが——とアンナは思ったが、まあ所詮はアホな高校生男子のやることだ。悪戯を仕掛ける動機なんぞは、正直どうだっていい。そう割り切ってアンナは自らの推理を続けた。「単に市川君を驚かせるだけではない。君はその悪戯の様子を動画に撮ろうとしたんじゃないのか。それじゃなきゃ、君の手許に本物の砲丸があったことが説明できない」

「ああ、そのとおりさ。この悪戯を面白い動画に仕立てるには、本物の砲丸とピカピカ泥だんごを並べて見せる。そういう画《え》がぜひとも欲しいところだ。そこで僕は体育倉庫に眠っている砲丸を前もって持ち出した。そうして本物の砲丸と贋物《にせもの》の砲丸——つまりピカピカ泥だんご——その二つを並べて動画を撮った。スマホでも短い動画が撮れるからな」

「そして今日の午後、君は帰宅途中の市川君を体育倉庫の陰で待ち伏せして、いきなり泥だんごを投げつけた。鉄製の砲丸と違って、泥だんごなんて所詮は土だからな。君の腕力でも遠くまで放り投げることができる。実際、君の投げた泥だんごは、八メートル先を歩く市川君に届いた。いや、届いたなんてもんじゃない。それは思いがけず、彼の額に命中してしまったんだ」

「そうだ。正直、狙って投げたところで絶対に当たりゃしないって、そう高を括《くく》っていた。せいぜい足許にでも落ちて、それを見た市川が驚いてくれれば、それで良かったんだ」

「つまり、ドッキリ大成功で、後は笑って種明かし——そういう考えだったんだな」

「いいや、ドッキリ大成功で、後は黙って逃げ去る——そういう考えだったんだよ」

――おいおい、この男、思った以上にクソ野郎だな！

呆れるアンナの隣で、市川は「なんだと、畜生、ふざけやがって！」と拳を振り上げる。アンナは憤る彼を「まあまあ」といってなだめると、あらためて森へと向き直った。

「君の投げた泥だんごは市川君に命中。しかも相手は後方に転倒して、そのまま動かなくなった。驚いたのは、君のほうだ。慌てて動画撮影を中止すると、君は砲丸の入ったスクールバッグを抱えて、体育倉庫の陰から逃走した。そのまま遠くへ逃げても良かったんだろうが、しかし君はそうしなかった。――なぜか？　君は現場に転がった泥だんごを、自分の持つ砲丸とすり替えることを、咄嗟に思い付いたんだな。なにせ被害者の市川君は、頭上から飛んでくる茶色い球体を、ほんの一瞬見ただけで、その直後にはバッタリ倒れて気絶してしまったんだ。もし現場に砲丸が落ちていれば、誰だってそれが凶器だと考える。そして砲丸が凶器と認められれば、腕力に劣る自分は容疑の対象から外れるはず――君は瞬時にそう考えたわけだ。ところが、現場に引き返そうとしたところ、そこにはすでに大越正吾君が一番乗りを果たしていた。だが、まだチャンスはある。そう考えた君は何食わぬ顔で大越君のもとへと駆け寄った。すると君の期待したとおり、大越君は君を現場にひとり残して、自ら先生を呼びにいった。絶好のチャンス到来だ。だが慌てちゃいけない。校舎の図書室の窓からは、美少女二名が心配そうに、こちらの様子を窺っている。――君はそのことに気付いていたんだろ？」

「ああ、グラウンドに向かって呼びかける北原さんの声が、僕には聞こえていたからね」

「そこで君は慎重に行動した。君は市川君の身を案じるような素振りで彼の傍にしゃがみ込みながら、その実、密かにスクールバッグの中から砲丸を取り出した。そして、それを地面に置いたんだ。その一方で――」

「そうか、判ったぜ」といってアンナの言葉を遮ったのは、市川だ。「森は泥だんごを回収したんだな。落ちている泥だんごを摑んで、それをスクールバッグの中へ――」

「違う違う、そうじゃない」今度はアンナが彼の言葉を遮った。「君は凶器の回収にこだわりすぎだ。考えてもみろ、バッグの中に泥だんごなんか入れていたら、後で万が一、先生から持ち物検査などされた際に、たちまち『なんだコレ?』ってことになるだろ。彼はそんな下手な真似はしなかった。いや、する必要がなかったんだ。なぜなら気絶した市川君の周りは雨にぬかるんだ地面。つまり泥だらけだ。そこで彼は《木の葉を隠すなら森の中》の格言に従って行動した。すなわち《泥だんごを隠すなら泥の中》だ。彼はまだ球体を留めたまま地面に転がっていた泥だんごを、靴で踏みつぶして泥の中に混ぜたのさ。花井理沙が体育倉庫のほうから駆けつけたのは、彼がその作業を終えた直後のことだ。その後で私が現場に駆けつけた。だから私や花井さんが現場で見たのは当然、ズシリと重たい砲丸のみだ。そのとき本当の凶器である泥だんごは、周囲の泥と混ざりながら私たちの足許にあったんだな」

「へえ……ってことは、これってちょっと変った凶器消失事件だったわけか……」

市川が感心したように呟く。アンナは彼の言葉に頷きながら、

「そういえば、森は現場にひとり残されてオロオロしていたことを、自分でも否定しなかった。図書室の窓から一部始終を眺めていた北原さんも、彼がオロオロしているふうに見えたらしい。だが実際のところ彼は意味もなく、そんな態度を取っていたわけじゃない。彼は踏みつぶした泥だんごの泥が、周りの地面から盛り上がって見えないように、靴の裏でさりげなく地面を踏みし

めたりならしたり、していたんだな」

「なるほど、その姿が北原さんの目には、森がオロオロしているように映ったわけか」

「そういうことだ。だが、どれほど地面を踏みつけようと、所詮グラウンドの土と泥だんごの土は別物。土質が違っていることは、どうしようもない」

「そういや、現場の踏み荒らされた土は、周りと少し色が違っていたような……」

「そう。あれが実は泥だんごの名残《なご》りだったわけだ。いまはまだグラウンドが水浸しだから、そこまで目立たずに済んでいるが、これでグラウンドが完全に乾けば、果たしてどうなるか。おそらく土質の違いは、より際立つだろう。色合いの差も一目瞭然となるはずだ」

「そうか。それで森は今夜のうちに、泥だんごの痕跡を消し去ろうと考えた。現場に残る色の違う泥をすくい取り、それを袋に詰めて密かに持ち去る。そういう考えだったんだな。——おい、どうだ森、この俺の推理は！　間違いあるまい！」

「あ、ああ、確かに間違いないけど……それって君の推理じゃないだろ!?」

不満げにいって森は、ようやく濡れた地面の上でふらりと立ち上がる。そしてアンナのほうに向きなおると、どこかサバサバした様子で肩をすくめた。

「完敗だよ。どうやら僕の行動は完全に水咲さんに読まれていたらしい。しかし、まさか水咲さんが、この暗がりの中で現場を見張っているなんて想像もしなかった。まったく、その推理と行動力には脱帽だよ。さすが鯉ケ窪学園の文芸部長ってところだな」

森伸二が潔く敗戦の弁を述べると、アンナは「まあな」といって、まんざらでもない表情。そして彼女は真面目な口調で、ひとつだけ付け加えた。

「だけど、ただの文芸部じゃないぞ。私が所属するのは、第二文芸部だからな!」

――『砲丸投げの恐怖』閉幕――

※

鯉ケ窪学園の秋恒例の体育祭。その真っ只中にある救護テントにて――

原稿を読み終えた僕は「あれ、これで『閉幕』か!?」と呟きながら後ろを振り向く。瞬間、体操服姿でパイプ椅子に座る水崎アンナ先輩と偶然に目が合った。「――ん、なに見てるんですか、先輩?」

すると、こっちの世界の第二文芸部の部長は、「え、い、いや、べつに……」といってオドオドした仕草で僕から視線をそらす。そして何かを誤魔化すように長い髪の毛を右手でわしゃわしゃと掻きながら、「ど、どうやら君、最後まで読み終えたようだな。な、何か不満な点でもあるか。今回はいままでと違って、犯行の動機については完璧に説明されていると自負しているんだが……」

まあ、確かに動機については、詰まるところ《悪戯》というだけの話だから、敢えて問題にするまでもない。そんなことより今回の原稿で僕が気になったことは――「結局どうなったんですか、この犯人?」

「ん、犯人の森伸二か?」水崎先輩は椅子に座ったまま腕を組むと、その顔に苦渋の色を覗かせた。「うーん、そこが難しいところなんだよなあ。警察に突き出すっていうのも無慈悲な感じがするし、かといって、まったく不問に付すってのも甘すぎる。被害者の市川雅人が森伸二を一発ぶん殴って仲直りっていうのが、青春ドラマっぽくていちばんスッキリするんだが、いまのご時世じゃウケない気がするし……」

「はあ……」昔のご時世ならウケましたかね？

「まあ、現実的な線としては、先生を呼んで後の処置を任せるってところだろうな。そして森伸二は先生からこっぴどく叱られた上で退学処分。体育祭が終わって通常の授業に戻ったころには、教室の中で彼の席だけがポッカリと空席になっている……てな感じかな」

「なにが《てな感じ》ですか！　悲しいでしょ、それ。悲しすぎますよ！」

「うん、私もそう思ったんで、その手前で《カーテン》を《フォール》したんだ。たとえ犯人役とはいえ、私が生み出した登場人物。あまりせつない幕引きにはしたくないからな」

「………」だったら退学処分じゃなくて、停学ぐらいにマケときゃいいのでは？　どうせ物語の中の架空の処分なんだから、好きなように書けますよね――などと身も蓋もないことを思う僕に、今度は水崎先輩のほうが聞いてきた。

「他に何か疑問点など、あるかな？」

「あのー、この手のミステリで、こんなことというのは野暮かもしれませんが」と前置きしてから、僕はひとつ引っ掛かる点を指摘した。「ピカピカ泥だんごって、確かに見た目は砲丸に似ていますけど、所詮は土ですよね。だったら被害者の頭に命中した瞬間に割れちゃうんじゃありませんかね？　あるいは地面に落ちた時点で粉々に……」

「そ、そうとは限らないだろ！」といって僕の質問を中途で遮る水崎先輩。その顔には激しい動揺の色が見える。どうやら僕の指摘は、かなり痛いところを衝いたらしい。先輩は捲し立てるように反論した。「そ、そんなのは泥だんごの当たり方次第、落ち方次第だろ。泥だんごは被害者の頭に《やわらかく、そーっと》命中したんだ。そして、その泥だんごは転倒する被害者の斜めになった身体に沿うようにコロコロと転がって、濡れた地面に《やさしーく、ポトリと》着地したんだよ。そう考えれば、それなりに辻褄は合うはず。――ちゃんと、そういうふうに書いてあっただろ？」

「いいえ、書いてありませんね。どこにも、一行たりとも」

「おや、そうか」アッサリ頷いた先輩は椅子から立ち上がると、テーブルに置かれた原稿の束に手を伸ばしながら、「てことは、この作品、どうやらトリックの完成度がイマイチってことだな。私自身は、ちょっと面白いアイデアだと思ったんだが。――まあいい」

そういって文芸部長は、摑み上げた原稿の束を自分のスクールバッグの中にポイっと放り込む。それから、ひと仕事終えたように両手をパンパンと払うと、あらためてガランとした救護テントの中を見回した。「――にしても真田仁美先生、全然戻ってこないな。何かアクシデントでもあったのか？」

「さあ、どうなんでしょうね」

と答える僕の声を掻き消すように、そのときテントの外から騒々しい声。やがて入口から中へと駆け込んできたのは、担架を運ぶ男子生徒二人だ。それに付き添うのは白衣姿の真田仁美先生。担架の上に視線を向けると、そこに乗せられているのは、あの目立ちたがり屋の陸上部員、市川雅……じゃなくて足立駿介だ。僕は驚きを露にしつつ、真田先生に尋ねた。「どうしたんですか、彼。リレーで転んで怪我をしたって聞きましたけど」

「ええ、そうなんだけどね、足立君、『平気へーき！』っていって、そのまま男子の組体操に参加したのよ。『俺が出なけりゃ、三角のピラミッドが台形になっちまうだろ』っていってね。彼、人間ピラミッドのてっぺんに登る役割だったのよ」

「ええッ、それじゃあ、ピラミッドの上から落ちて大怪我を？」

「ううん、違う違う。ピラミッドのてっぺんでは、足立君、余裕でピースサインまで披露してたわ。でも演技の終了後、駆け足で退場するときに、彼、誰かに靴を踏まれて転んだの。それで彼、後ろから走ってくる、ほとんど全員の男子に踏まれたり蹴られたり……」

そういって真田先生は、まさしく《踏んだり蹴ったり》の目に遭った陸上部員へと、哀れむような視線を向けた。「ああ、本当に不幸な出来事だわ。偶然って怖ろしい……」

先生の言葉に僕は思わず苦笑い。そして隣に立つ彼女に横目で尋ねた。

――これって、単なる偶然じゃありませんよねえ、水崎先輩？

文芸部長は小さく頷いて、呻くようにいった。「うーん、まさに完全犯罪だな」

文芸部長と『エックス山のアリバイ』

「あ、先輩ッ、水崎せんぱぁーい！」

　下校の時刻を迎えた私立鯉ケ窪学園高等部。続々と校門に向かう制服の群れの中に、見覚えのある女子生徒の姿を見つけて、思わず僕は大きな声をあげた。水崎アンナ先輩は茶色いブレザーにＰコート、襟元に赤いマフラーを巻いた真冬の装い。チェック柄のスカートから覗く両脚は防寒を兼ねた黒タイツに覆われている。そんな水崎先輩は僕の声を聞いて一瞬、確かに驚いた様子。長い黒髪を左右に揺らしながらキョロキョロとあたりを見回す。だが、その視界に僕の姿を捉えた途端、「なんだ、君か」と妙に薄いリアクション。そして彼女は真冬の国分寺に吹く北風よりも冷たい声で、逆に聞いてくる。「どうした、私に何か用か？」

「え？」問われた僕は口ごもるしかない。なぜなら僕は先輩に対して、別段何の用もないからだ。何の用もないのに先輩を呼び止めた。この奇妙な心理と行動を彼女にどう説明すればいいのだろうか。考えが纏まらないまま、とにかく僕は口を開いて、「えーっと、特に用ってこともないんですけど……もう秋も終わりましたし、年も越しましたし、完全に冬ですし……だからその……先輩のほうこそ、そろそろ僕に何か用があるんじゃありませんか」

「私が？　君に？　何か用ってか？」

そうですそうです——と頷く僕の目の前で、先輩は「うーん」と顎に手を当てる。だが、その直後には首を真横に振って、「いや、君に用なんてないぞ」と、もはやシベリアの寒気団よりも冷たい返事。

「………」その言葉と表情は僕の心を一瞬にして氷結させた。——えぇーッ、そんなぁ！

言葉もない僕の前で、水崎先輩はくるりと踵を返す。そして片手を軽く振りながら、

「用がないなら、私はこれで失礼するぞ」

そういって、ひとり悠然と校門を出ていく。置き去りにされた僕は遠ざかる彼女の背中に向かって、無言のまま問い掛けた。——いったい、どうしちゃったんですか、先輩？


体育祭の真っ只中、救護テントの中で原稿を読まされて以降、水崎アンナ先輩はパッタリと僕の前から姿を消した。いや、正確にいうと、完全に姿を見なくなったわけではない。なにせ学年は二つ上の三年生といえども、同じ学園の生徒同士だ。偶然に見かけることは、もちろんある。教室を移動する廊下で、お昼休みの校庭で、あるいは登下校時の通学路で、制服姿の彼女を見かけることは、たびたびある。だが水崎先輩が僕の姿を見つけても、向こうから声を掛けてくることはない。僕のほうから声を掛けても、先述のような按配《あんばい》である。

だが以前は、こうではなかった。水崎アンナ先輩といえば、さながら神出鬼没な怪盗か殺人鬼

のごとく、何の前触れもなく僕の前にその姿を現したかと思うと、こちらの都合などいっさいお構いなしで、一方的に、強引に、強制的に、問答無用で無理やり僕に《ミステリを読ませる》。

それが第二文芸部部長という肩書きを有する水崎アンナという人物の、最も特徴的なパーソナリティだったはず。そんな変態的性質を持つ彼女が、なぜかここ最近、サッパリ僕にミステリを読ませようとしない。以前は不定期ながら、だいたい二ケ月前後の間隔を置いて僕の前に現れては、自作の短編ミステリを無理やり読ませていた。それが十月の体育祭を最後にして、いきなり途絶えてしまったわけだ。

いったい、どうしてしまったのだろう？　彼女の心境に何か変化でも、あったのだろうか。それとも、彼女の不興を買うような何かを、この僕がやらかしてしまったのか。

しかし僕には、いっさい思い当たる節がない。

思い起こせば、彼女との出会いは、僕がこの学園に入学して早々の四月だった。

文芸部に入部を希望する僕は、ウッカリ間違えて第二文芸部の部室――それは校舎裏、焼却炉の傍にあるプレハブ小屋なのだが――その引き戸をノック。次の瞬間、僕の目の前に現れたのが、水崎アンナ先輩その人だった。たちまち彼女に新たな部員候補としてロックオンされてしまった僕は、その直後、何をどう説得されたのか、いまとなっては全然記憶がないのだが、とにかく彼女から無理やり原稿の束を渡されて、その場でそれを読まされるハメに陥ったのだ。原稿は彼女自身が創作した連作短編ミステリ。タイトルは確か『鯉ケ窪学園の事件簿２０ＸＸ年度版（仮）』だったはずだ。そのとき読まされた話の中身は、放課後の音楽室で女教師が殺害されるという難事件。犯人の奇妙かつ大胆なアリバイトリックが、舞い散る桜の花びらによって暴かれる。――

確かそんな筋書きだったと、僕は薄《うっす》ら記憶している。

二度目に彼女と遭遇したのは六月だった。

シトシトと雨の降る梅雨空の下、傘を持たず途方に暮れる僕に、優しく自分の傘を差し出した先輩は、そのまま僕を例のプレハブ小屋へと《強制連行》。再びそこで新たな短編ミステリを僕に読ませた。中身は長雨の季節に起きた送球部主将の殴打事件。だが真相を探るにつれて、それは思いがけず別の殺人事件へと繋がっていく……という筋書きだったと記憶している。この作品を読んで、僕はハンドボールの日本語訳が《送球》であることを初めて知ったのだった（だがこれ以降、この豆知識が役立ったことは一度もない）。

次に原稿を読まされたのは、七月下旬の夏休み期間中のことだった。

補習に明け暮れる僕は、なぜかプールサイドで寛ぐ水着姿の先輩と遭遇。いくら破天荒な先輩でもプールに紙の原稿を持ち込むことはしないはず、と高を括る僕の目の前で、なんと彼女は愛用のタブレット端末を取り出し、画面上に表示した原稿をその場で僕に読ませた。中身は、夏休みに更衣室で起きた女子生徒殺害事件。現場から逃げ去る制服姿の女子が、追いかける主人公をあざ笑うかのごとく忽然《こつぜん》と姿を消す。そんな奇妙な謎が解かれていくストーリーだった。

そして迎えたのが十月だ。

このとき彼女が僕に読ませたのは、体育祭を間近に控えたグラウンドにて、何者かが投げた球体によって、男子生徒が頭に怪我を負うという傷害事件だ。最後は凶器消失の意外な真相が明かされて一件落着。確かそんな作品だったと記憶する。

いずれの作品も、一見不可能と思われる事件の裏側には、物凄く奇妙な（そして、ちょっと微妙な）トリックが存在するというのが、この連作短編ミステリのお約束。

そして、それらの作品すべてにおいて探偵役を務めるのが水崎アンナ……ではなくて、作者本人とは一字違いの『水咲アンナ』その人だ。

作中人物である水咲アンナは現実世界の水崎アンナ先輩に比べて、さらに知的でクールで推理力抜群、おまけに美人でキュートで誰からも愛される存在。実物よりも、だいたい五割増しぐらい魅力的なスーパー女子高生として描かれている（先輩の願望が色濃く投影されていることは間違いない）。作中で水咲アンナが率いる第二文芸部に至っては、あまりに現実とかけ離れた描写が多すぎて、読んでいるこちらが切なさを覚えるほどである。

そんなふうだから、原稿を無理やり読まされる身としては、自然と辛辣な感想を口にすることが多くなる。動機がテキトーすぎる、といった批判は、作品を読まされるたび、ほぼ毎回のように繰り返していた気がする。

ひょっとして、そんな辛口な反応に、さすがの水崎先輩も気分を害したのだろうか。それで秋以降、僕に作品を読ませることを止めたのだろうか。それとも女子高生探偵水咲アンナの活躍は、あの体育祭のときの話で完結したのだろうか。だが正直、僕が読んだ印象では、あの作品に最終回という雰囲気は全然なかった。

そもそも春から始まって梅雨の時季を経ての夏休み、そして秋の体育祭シーズンへと続いてきたのだ。この後には当然、冬を舞台にした作品があってしかるべきだろう。

そう信じる僕はクリスマスが近づくと、先輩が「メリークリスマス！」などといいながら、聖夜に纏わるミステリを持って、トナカイのコスプレで僕の前に姿を現すんじゃないか。そして

『ミニスカサンタ殺人事件』みたいな作品を僕に読ませるんじゃないか。あるいは正月になれば『あけましておめでとう！』の声とともに、獅子舞の恰好で僕の前に現れるんじゃないか。そして『初日の出殺人事件』みたいな作品を、また読ませるんじゃないか。そんなことを妄想し、密かに期待した。

どうやら僕は水崎先輩の前では『嫌ですよ、なんで僕が、こんなもの読まされなくちゃならないんですか！』みたいな発言や態度を繰り返しつつも、その実、いつの間にか彼女の書くミステリにすっかり毒されて――いや違う、すっかり虜《とりこ》にされていたらしい。

――いったい、なぜこうなったんだろ？

自分でも解析不能の感情を抱きながら、僕はひとり悶々とした日々を過ごす。結局、二月のバレンタインデーを過ぎても、水崎先輩が『チョコレート殺人事件』みたいな原稿を持って、僕の前に現れることはなかった。――おいおい、これじゃあ、もう春になっちゃうぞ。冬のミステリは読ませてもらえないの？　水崎先輩はいったい何を考えているんだ？

「僕は……僕は水崎アンナが書く水咲アンナの活躍を……もっと読みたいんだぁーッ！」

学園の屋上へと続く外階段の突き当たり。その手すりから身を乗り出すようにして、僕は沈む夕日に向かって思わず叫ぶ。「だから前みたいに僕の前に現れて、新しい原稿を読ませてよーッ、もう嫌がったり文句いったり、しないからさぁーッ！」

すると次の瞬間、僕の背後から待ち望んだ彼女の声――「ほう、君、そんなに私の書くミステリが読みたいのか？　あんなに嫌がっていたくせに、随分と変わるものだな」

ハッとなって振り向く僕の視線の先、階段を上って姿を現したのは茶色いブレザーを着た制服姿の女子。間違いない。第二文芸部部長、水崎アンナその人だ。

僕は嬉しさのあまり、うっかり抱きつきたくなる気持ちをぐっと堪えて、目の前の彼女から視線を逸らした。

「い、いえ、べつに……べつに僕、読みたいなんていってませんから……」

「いっただろ！　ちゃんと聞いてたんだからな！」

まったく、意外にツンデレだな、君は——と呆れた声で呟いた水崎先輩は、やがてニヤリとした笑みを唇の端に浮かべる。そして、ついに念願の台詞を僕の前で口にした。

「じゃあ、うちの部室にきてもらおうか。——君に読ませたいミステリがあるんだ」


それから数分後、僕は前を歩く水崎先輩に向かって、しきりと質問を投げていた。

「ねえ、先輩、なんでこんなふうに間隔が開いたんですか。秋ごろまでは二ケ月おきぐらいに僕の前に現れては、無理やりミステリを読ませていましたよね？　それが、ここ最近は急に疎遠になったというか何というか……ねえ、いったい、なぜなんです？」

「べつに何だって構わないだろ。まあ、要するに、こっちの都合だ。気にするな」

「ふうん、先輩の都合ねえ……じゃあ逆に、なんでいまごろになって、また突然、僕にミステリを読ませる気になったんですか。ねえ、何か理由があるんでしょ、ねえ、先輩……？」

「ああもう、ゴチャゴチャうるさい！」先輩がそう叫んだころ、僕らはようやく校舎裏に建つプレハブ小屋へとたどり着いた。この寂れた建物こそは水崎アンナ先輩が部長として率いる（といっても率いられている部員は現状ゼロ名なのだが）第二文芸部の部室である。ガタつく引き戸を開けながら先輩は命令口調で、「――とにかく中に入れ」

　僕は妙な懐かしささえ覚えながら、その狭く殺風景な空間へと足を踏み入れた。思い返してみると、ここを訪れるのは随分と久しぶり。梅雨の時季、送球部に纏わるミステリを読まされた、あの雨の放課後のとき以来だ。しかし半年以上の時間を経て眺める部室の様子は、以前と比べて何ら変わるところがない。壁を向いて置かれたデスクと回転椅子のセット。窓辺には、ひとり掛けの肘掛け椅子と小テーブル。本棚には数多くの本。背表紙に書かれたタイトルを眺めれば、その大半がミステリだと判る。

「さあ、座ってくれ」といって先輩は回転椅子を引き、強引に僕をそこに座らせる。

「えええ？　なんですか先輩ぃ？　そんな無理やりにぃ？」と、お約束の不平不満を口にする僕だが、内心では『待ってました、この展開！』とばかりに快哉を叫びつつ、自ら目の前の椅子に腰を落ち着ける。そして密かな高揚感を抱きながら、「で先輩、今回の僕は、いったいどんな作品を読まされるハメに陥るんですかねえ」

「こら、《ハメに陥る》とか妙なことというなよ。作者を前にして失礼だろ」

　そういいながら先輩はデスクの袖にある引き出しのいちばん下を引く。中から現れたのはＡ４コピー用紙の束だ。先輩はそれを摑み上げると、デスクの上に叩きつけるように置いた。それは片側をダブルクリップで留められた原稿の束だった。

　先輩はその束を、自分の掌でバシンと叩く。そして怜悧《れいり》かつ挑発的な視線を僕へと向けた。

「いざ、勝負だ！」

「えぇー、なんですか、勝負ってぇ？　まったくもう毎度毎度、強引なんだからぁ。そもそも、なんで僕が先輩の書いた作品を読まされなくちゃならないんですかぁ?」

「わざとらしく嫌がるんじゃない!」

といって先輩は再び原稿の一枚目を掌でバシン。「本当は君、これが読みたかったんだろ。だったら期待どおり読ませてやる。いいか、ありがたく味わえよ。——なにせ、この作品は、私が君に読ませる最後の作品なのだからな」

「えッ、最後の作品って……そ、そうですか……そうですよね」

確かに短編ミステリとしては、これでもう五作目。単行本にするなら一冊分程度の分量にはなるだろう。それに三年生の水崎先輩は、もう今月で卒業なのだ。その意味からいっても、まさしくこれは最終話、あるいは完結編といったところか。そう思うと、何だか名残惜しくて読むのがもったいない気もする。

そして僕は思った。ひょっとすると水崎先輩は、この大事な最終話の完成に、ここ数ケ月を費やしたのではないか。その創作に集中するため、その間、僕と敢えて距離を置いたのではないか。だとするならこの作品、いままでのような、いい加減な気持ちで読むわけにはいかない(いや、いままでだって、そこそこ真面目に読んではいたのだが、今回は特に真剣に、という意味だ)。

僕は回転椅子の上で姿勢を正す。そして原稿の一枚目に視線を落とした。

『エックス山のアリバイ』というシンプルなタイトルが、大きめの活字で記されている。

——僕が水崎先輩からミステリを読まされるのも、これが最後ってことか。

そんな感慨を抱きつつ、僕は緊張する指先で表紙を捲った。

『エックス山のアリバイ』

1

鯉ケ窪学園高等部、第二文芸部の美人部長、水咲アンナ二年生がその難事件に遭遇したのは、国分寺市内に季節外れの雪が舞う、凍えるような寒い日のことだった。

その日は日曜日で学園は休みだったが、多忙な文芸部長に休む暇などない。午前中は自宅にて、春の会報に載せる予定の新作ミステリの創作に励む。そして僅か三時間で原稿用紙にして二十五枚分の原稿を書き上げたアンナは、午後になると一転、制服に着替えて、学園の傍にある喫茶店『ドラセナ』へ。そこで開かれる部員たちとの会合に参加した。会合といっても休日の午後に珈琲やケーキを味わいながらおこなう気軽な談笑である。

話題はつい先日に学園を卒業していった素敵な先輩たちに纏わる思い出話。そして新年度における、これからの活動計画についてのアレコレだ。第二文芸部らしく創作に前向きな部員たちの口からは、次々に新作の構想や斬新な企画が語られる。部員たちの活発な議論に耳を傾けながら、アンナは卒業していった優しい先輩たちひとりひとりに、心の中で密かに語りかけていた。

——先輩方、どうかご安心ください。この熱意に満ちた部員たちがいる限り、これからも第二文芸部はきっと安泰ですから！

それぞれの進路へと旅立っていった懐かしい先輩たち。その面影を心に宿しながら、窓の外に目をやるアンナ。降り続く雪を眺めるフリをしつつ、彼女はこみ上げてくる涙を指先でそっと拭うのだった。

そんな感動に満ちた会合は、窓の外が暗くなっても続き、最終的には午後七時にお開きとなった。全員分の会計をキャッシュで済ませて、アンナが店を出る。すると店頭で一列になった部員たちが一斉に頭を下げて、「ごちそうさまです、水咲部長！」と声を揃えた。

照れくさい思いのアンナは長い黒髪を掻き上げると、「おいおい、大袈裟な真似はよせよ。これぐらいは部長として当然の務めなんだから」といって鷹揚に片手を振る。

「さすが我らが部長……」「僕らとは器が違う……」「まさに人格者だわ……」

部員たちは口々に部長に対する賞賛の言葉を述べる。彼らの羨望と憧憬《しょうけい》に満ちた視線に見送られながら、アンナは帰宅の途についた。

夕刻に舞っていたはずの雪は、気付けばいつの間にか止んでいた。彼女と同じ方角に帰る部員はいなかったので、アンナはひとり夜の道を歩く。そうして住宅街の道を進むこと数分。やがてアンナはささやかな決断を迫られる状況に出くわした。

目の前には夜の闇をバックにして、こんもりとした森のごときシルエットが浮かんでいる。そこは正式名称『西恋ケ窪緑地』、地元の人間が『エックス山』と呼んでいる雑木林だ。林の中にはうねうねと曲がりくねった細い散策路が整備されており、昼間は近隣住民にとっての恰好の散歩コースになっている。その細道を通ってエックス山を突っ切れば、アンナの自宅はもうすぐそこなのだ。確かに大幅な時間短縮にはなる。だが、いまは月明かりさえない夜。雑木林の中は真っ暗で、道などまったく見えないはずだから、普通は通りたくても通ることは不可能だろう。

ところが、そこは常日頃から準備を怠らない文芸部長、水咲アンナのことだ。制服の上に羽織ったPコートの胸ポケットには、LEDのペンライトが挿してあった。これさえあれば、暗い林の中でも道を見失わずに済む。だったら、わざわざ遠回りすることはない。それに元来、好奇心旺盛で冒険心あふれるタイプのアンナは、危険を恐れないタイプだ。迷わずペンライトを点灯させると、彼女はその足でエックス山の入口へと歩を進めた。

雑木林の中は予想したとおり、まるで墨を流したかのような漆黒の闇で満たされている。LEDの明かりがなければ、一歩も前へ進めなかっただろう。アンナは雪に濡れた道をローファーの靴底で踏みしめながら、慎重な足取りで進んだ。前方を照らす光の輪の中で、大きな樹木の影が怪しく揺れる。ほんの僅かばかり降り積もった雪が、ライトに照らされて白い光を反射する。

そんな中を歩き続けること数分――

「むッ？」と小さく声をあげて、アンナはふと足を止めた。

LEDライトの光の中に、いま一瞬だけ、何か奇妙な物体が見えた気がする。枯れ枝や切り株などとは違う、もっと鮮やかな色彩を持った何かだった。不思議に思うアンナは、手にしたライトを周辺の地面へと向けながら、暗闇の中にその何かを捜す。光の輪が左右を照らし、それに連れて彼女の視線も右へ左へと移動する。やがて、その口から再び「むッ」という呻き声が漏れ、ようやく彼女の視界は捜し求める物体を捉えた。

光の輪の中に浮かび上がったのは、ピンク色の服を着た髪の長い女性の姿だ。細道から数メートルほど外れた地面に、身体をくの字に折り曲げながら倒れている。アンナは女性のもとへと一直線に駆け寄った。ピンク色の服と見えたものは、薄いピンク色をしたロングコートだった。汚れひとつないコートの肩に手を置くと、冷たく湿った感触がアンナの掌に伝わった。

「どうしました!?　具合でも悪いんですか……」

声を掛けながら、コートの肩を軽く揺すってみる。くの字形になって横たわっていた女性は、僅かな力を加えただけで、今度は仰向けの状態へと体勢を変えた。女性はコートの下に白いセーターとベージュのスカートを穿いている。年齢的にはまだ若く、おそらく二十代か。そう思った次の瞬間、アンナの視線が意外なものを捉えた。

それは女性の脇腹に突き刺さった一本のナイフだった。

女性は具合が悪くて倒れているのではない。何者かに刃物で刺されたのだ。ナイフは柄《つか》の部分まで深く刺さっている。そのせいで、かえって出血が抑えられているらしい。女性の周辺に血だまりなどは見られない。素早く首筋に指を当てて、女性の脈を確認する。

「脈はある。まだ死んではいない……」

だが意識不明の重態であることは一目瞭然だ。事態は一刻を争う。アンナは刺さったナイフには手を触れないまま、その場で立ち上がると愛用のスマートフォンを取り出す。そして一一九番に緊急通報。それが済むと、アンナは倒れた女性の傍に再びしゃがみ込み、目を瞑《つむ》る女性に対して優しい声で語りかけた。

「頑張ってくださいね。いますぐ救急車がきますからね……ん!?」

そのときアンナは、ふと奇妙な感覚を味わった。目の前に倒れている髪の長い女性。その顔にどこか見覚えがあるような気がした。自分はどこかで以前、この女性に会ったことがあるだろうか？　咄嗟に記憶をたどってみるが、これといえる名前を思い浮かべることはできなかった。

すると、そのとき「う、ううん……」と微かな呻き声をあげながら、目の前の女性が薄らと両目を開けた。

「良かった、意識が戻ったんですね！」思わずアンナの声が大きくなる。「動かないでください。いますぐ救急車が……」

「オギワラ……」震えを帯びた女性の唇から、そんな声が確かに聞こえた。

「えッ?」アンナは咄嗟に聞き返した。「オギワラって……!?」

「オギワラ……ユウジ……」

「えッ、それって、ひょっとして……?」この女性を刺した犯人の名前だろうか。アンナは女性の言葉を聞き漏らすまいと、彼女の顔に耳を寄せながら、「そ、そのオギワラ・ユウジって人に刺されたんですか?」

だが、その問いに答えることなく、女性は力尽きたように再び両目を瞑る。そして次の瞬間、アンナのほうを向いていた彼女の首が、急に力を失ったかのようにガクリと傾《かし》いだ。

「わッ、大丈夫ですか、しっかりして！」思わず大きな声をあげるアンナ。

そんな彼女の耳には、遠くで鳴り響くサイレンの音が微かながら聞こえはじめていた――

2

それから、しばらくの時間が経過したころ。エックス山周辺には救急車とパトカー、そして大勢の警察官が集結し、あたりは一時騒然となった。現場に詰め掛けた野次馬たちの間では、

「なんだ、なんだ?」「何が起こったんだ?」「女が刺されたらしい」「犯人は逃走中なんだって

さ」「これから山狩りだそうだ」「へえ、山狩りね」「エックス山でかよ?」

と、奇妙な噂やデマがまことしやかに飛び交う。そんな混沌《こんとん》とした雰囲気の中——

被害者が救急車で運び出された直後の犯行現場には、凛として佇む水咲アンナの姿があった。

彼女の前には二人の大人たちの姿。ひとりは茶色のコートを着た冴《さ》えない中年男性。もうひとりは黒いパンツスーツに身を包む美女。見た目アンバランスな二人は、いずれも国分寺署刑事課に所属する刑事だ。男性の肩書きは警部で、その名は祖師ケ谷大蔵《そしがやたいぞう》。女性のほうはその部下で、名を烏山千歳《からすやまちとせ》というらしい。ともに私鉄沿線の駅名を連想させる——というか、男性のほうは字面だけ見れば駅名そのものとしか思えないのだが——そんな愉快なフルネームを持つ二人組である。

刑事たちは事件の第一発見者として、水咲アンナから事情聴取をおこなった。アンナは被害者を発見するに至った一部始終を、隠すことなく刑事たちに語る。彼女の話が一段落すると、さっそく祖師ケ谷警部の口から質問の矢が放たれた。

「オギワラ・ユウジだね。被害者は確かに、そういったのだね? オギワラ・ユウジで間違いないね? ハギワラではなくてオギワラ、被害者はそういったんだね? ハギワラではなくオギワラと……」

「はぁ?」——何を聞いてくるかと思えば、警部さん、質問するポイント、そこ?

唖然とするアンナの隣で、烏山刑事が悪い空気を吹き払うように「ゴホン」とひとつ咳払《せきばら》い。そして自分の上司を横目で睨みながら、「あのー、警部、文字を見た場合ならともかく、音声として聞いた場合、オギワラとハギワラは、そんなに間違えないと思いますよ」

「ん? やあ、それもそうか。いやなに、念のために確認したまでさ」祖師ケ谷警部はバツが悪そうに頭を掻いてから、再びアンナに向きなおった。「それで君、被害者はオギワラという男に刺されたと、ハッキリそういったんだね」

「いいえ、被害者は名前をいっただけ。それ以外のことは答える間もなく、彼女はまた気を失ってしまいました。――ところで刑事さん、被害者の女性って、何ていう名前の人なんですか。教えていただけると有難いんですが」と低姿勢にアンナが要求したところ、

「被害者の名前かね？　しかし、そんなこと、べつに君に教えてやる理由など……」

と中年刑事は意地悪な態度。だが、そんな彼の言葉を遮るようにして、彼より百倍賢く見える美人刑事が優しく答えてくれた。

「被害者の名前は滝口美穂《たきぐちみほ》さんというらしいわ。持っていた財布の中に、彼女のカード類があったの。何か心当たりがあるかしら？」

「滝口美穂さんですか。いいえ、まったく知らない名前です。だけど……」

「だけど……何かしら？」

「何となく見覚えのある顔だったんですよねえ。どこかで会ったことがあるんじゃないかと、さっきからずっと考えているんですけど、どうも判りそうで判りません」

「そう。もし何か思い出したら、そのときは教えてね」

烏山刑事の言葉に、アンナは素直に頷いた。そこで再び祖師ケ谷警部が口を開く。

「そういえば、君は例のハギ……いや、オギ？　ハギ？　いや、やっぱりオギだ。オギワラだ。そう、オギワラ・ユウジ！　君はそういう名前の男性に心当たりがあるかね？」

「いいえ、ありません」アンナはキッパリと首を振った。「オギワラ・ユウジもハギワラ・ユウ

ジも、私にとっては初めて聞く名前ですから」

ああ、そうかね——と短く答えて、祖師ケ谷警部は仏頂面を浮かべる。

アンナは、この刑事さんとは永久に仲良くなれないような気がした。と、そのとき——

制服巡査がやってきて、新たなる関係者の登場を告げた。巡査の背後には、黒いダウンジャケットを着込んだ若い男性の姿。彼は前に立つ巡査の身体を押し退けるようにして一歩前に出ると、勢い込んで口を開いた。

「僕、被害に遭った滝口美穂さんの知人です。事件のことは、美穂さんのご両親から、さっき電話で教えていただきました。刑事さん、彼女は……美穂さんは大丈夫なのでしょうか……」

「被害者はすでに救急車で病院へと搬送されました」祖師ケ谷警部が淡々と答える。「ですから容態については、何とも申し上げられません。病院のほうに直接向かわれたらいかがですか」

「いえ、病院へは彼女のご両親が、もう駆けつけているはず。僕がいっても何もやることはないでしょう。それより僕は警察にお話ししたいことがあって、ここへきたのです」

「ほう、というと？」

若い男性は自分の胸に手を当てながら、明瞭な口調でいった。「犯人のことを別にするなら、今夜、美穂さんと最後に会った人物は、ひょっとするとこの僕かもしれません。そのことをお伝えしようと思ったのです」

その言葉を聞き、祖師ケ谷警部は烏山刑事と顔を見合わせる。そして再び青年のほうを向くと、「ほう、それは興味深い。では、その話をもっと詳しく……いや、その前に！」といって警部は傍らに佇むアンナに邪険な視線を投げる。そして有無をいわせぬ口調でいった。「ああ、君、捜査へのご協力、心から感謝するよ。もういいから、君は早く自分の家に帰りたまえ。――ほら、さっさといって。我々はこの青年と大事な話があるんだから！」

まるで纏わりつく犬コロを追い払うような仕草で、警部はアンナを遠ざける。

――ちぇ、祖師ケ谷警部の意地悪！

不満に思うアンナは舌打ちしつつも、いったん現場から立ち去るしかなかった。


だが水咲アンナは悲惨な事件を前にしながら、黙って引き下がるようなタイプではない。第二文芸部の部長である彼女の中には、真実を追究するジャーナリスト的な精神と、謎を解き明かそうとする探偵的な情熱とが、分かちがたく共存するのだ。そんな彼女はエックス山の入口付近で、野次馬たちの群れに混じりながら、執念深く待った。やがて先ほどの青年が林の道を通って、再びその姿を現す。刑事たちとの質疑応答を終えて解放されたらしい。青年は雑木林を出て住宅街の道を歩きはじめる。その背中をアンナは呼び止めた。

「――あの、ちょっと、すみません！」

「ん？」怪訝そうに振り向いた青年は、彼女の制服姿を見るなり、「ああ！」といって表情を緩めた。「君とは、さっき林の中で会ったね。刑事さんから聞いたよ。傷ついた美穂さんを発見して救急車を呼んでくれたんだってね。美穂さん本人に成り代わって、お礼をいわせてもらうよ。ありがとう」

「いえいえ、お礼なんていいんです。人として当然のことをしたまでですから」根っから謙虚かつ控えめな性格のアンナは、頭を下げる青年を前にしながら、照れくさい思いで両手を振る。そして自らの胸に右手を押し当てると、あらためて名乗った。「私、水咲と申します。水咲アンナ。鯉ケ窪学園の二年生で、第二文芸部の部長を務めています」

「え、第二文芸部の部長さんだって!?」

青年は意外そうに目を見開いた。「それは凄い。僕も鯉ケ窪学園の卒業生だから、第二文芸部の評判は当時から、よく耳にしたよ。そうか、君がいまの部長さんなのか。しかも二年生で部長だなんて、きっと優秀な生徒さんなんだろうね」

ほとんど畏敬の念にも近い感情を双眸《そうぼう》に宿しながら、青年はアンナを見詰めた。

「僕の名は正木俊彦《まさきとしひこ》。国分寺市内の金融機関で働いている。滝口美穂さんの知り合いだということは、さっきいったよね」

「ええ、伺いました。犯人を別にすれば、滝口さんと最後に会った人物かもしれない。――さっきは、そんなこともおっしゃっていましたね。あれは、どういう意味なんでしょうか」

「なに、言葉どおりの意味だよ。君も詳しい話を聞きたいのかい？」

「ええ、ぜひ！」アンナは餌を投げられた池の鯉のごとく、彼の言葉に食いついた。

だったら、どこか落ち着いて話せる場所で――ということで話が纏まり、アンナは正木俊彦を連れて、再び閉店間際の『ドラセナ』へと舞い戻る。

テーブル席に腰を落ち着けた正木は、珈琲カップを片手にしながら、詳しい事情を説明してくれた。

彼の話によれば、滝口美穂という女性は正木が勤める金融機関からほど近いところにある飲食店で働く独身女性。年齢は二十五歳で、正木はその飲食店に何度か通ううちに、彼女と親しくなったらしい。そんな二人は今日の午後を一緒に過ごしたのだという。

「僕と美穂さんは立川《たちかわ》に出掛けて、二人で映画を見たんだよ。彼女を誘ったのは、初めてだったんだが、美穂さんは喜んで付き合ってくれた。立川の駅前で午後二時に待ち合わせて、それから映画館へ。映画が終わって外に出たのは、午後五時ぐらいだったと思う。それから二人で駅の近くのレストランに入って、ちょっと早めの夕食をとった。軽くお酒も飲んだな。そして僕らは、そのまま電車で帰ったんだ」

「ふうん」まだ、そう遅い時刻ではなかっただろうに――「健全なお付き合いですね」

「本当に知り合ったばかりなんだよ。いまはまだ深い付き合いじゃないんだって」

ゆくゆくは深い付き合いに持ち込む気が充分あるらしい。そんな折、彼女の身にこのような災難が降りかかったわけだ。アンナは自分の珈琲をひと口啜《すす》って、話の先を促した。

「それで、二人はどこで別れたんですか」

「美穂さんは西国分寺駅で電車を降りたんだ。僕はひとつ先の国分寺駅が最寄《もよ》り駅だから、そのまま電車の中から彼女を見送った。それが午後七時ごろだ」

「私がエックス山で倒れている滝口美穂さんを発見したのは、たぶん午後七時二十分ぐらいだったはずです。あの刑事さんたちにも、そう説明しました。間違いありません」

「そうか。西国分寺駅からエックス山までは、女性の足で歩いて十分前後だろう。つまり西国分寺駅を出た美穂さんが、その足でエックス山まで歩いたとして、現場に到着するのは早くても午後七時十分ごろ。その直後、雑木林の中で彼女は何者かと遭遇。刃物で刺されて倒れた。犯人は美穂さんをそのままにして、ひとり現場から立ち去った――」

「その後に、同じ場所を私が通りかかって、傷ついた滝口美穂さんを発見した。そういう流れになりますね。だとすれば犯行時刻はかなり限定されそうです」

「そうだ。午後七時十分ごろから二十分までの、たった十分ほどの間。その短い時間に、凶行がおこなわれたということになる。このことは犯人を特定する際に、重要な意味を持つことになるだろう。あの女性の刑事さんも、そういっていたよ」

「烏山千歳刑事ですね。——ちなみに、あの中年の刑事さんは何かいってましたか」

「祖師ケ谷警部だね」といって正木はニヤリ。「あの人は僕のことを疑っているようだった。僕が彼女と一緒に電車を降りて、そのまま二人でエックス山に足を踏み入れ、そこで彼女を刺したんじゃないか。そんな可能性を考えているようだったな、あの刑事さん」

「ふうん、なるほど」祖師ケ谷警部、なんて疑り深い奴！

心の中でアンナは思わず溜め息だ。少なくとも彼女の目には、目の前の青年が嘘をついているようには、まったく見えない。そもそも、この青年の名前は正木俊彦。オギワラでもハギワラでも何でもないのだ。そこでアンナは念のためと思って尋ねてみた。

「ひょっとしてオギワラ・ユウジという名の人物に心当たりはありませんか」

「それとまったく同じ質問を、刑事さんからも受けたんだがね。——実は、あるんだよ、心当たりが」

「えッ、本当ですか？」

「ああ、間違いない」確信した表情で頷いた正木は、テーブルの上にあった紙ナプキンを手許に引き寄せる。そしてポケットの中からペンを取り出すと、紙ナプキンの上に『荻原悠二』という男性の名前を記した。彼はそれをアンナへと示しながら、「こういう名前の三十男が、彼女の身近なところにいる。何を隠そう、彼女が働く飲食店のオーナーだ。そいつは従業員である美穂さんのことが、ことのほかお気に入りらしくてね。密かに言い寄っている姿を、多くのお客さんが見ているんだ――」

3

事件のあった日曜日から数日間は何事もなく過ぎた。だが、むしろ何事も起こらないことに、水咲アンナは大きな疑念を抱かずにはいられなかった。

刺された滝口美穂の残したダイイング・メッセージ――いや、被害者はいまのところ一命を取りとめているから、《ダイイング》という言葉は相応しくないだろうが――とにかく彼女の残した言葉は、『オギワラ・ユウジ』に間違いないのだ。そして、それとまったく同じ『荻原悠二』という名前の人物が、彼女の周囲に間違いなく存在するらしい。

だったら難しいことは何もない。その荻原とかいう男を取り調べて真相を吐かせれば、事件はアッサリ解決するはずだ。アンナは正木俊彦から話を聞いた直後から、そういった平凡な展開を予想。そのせいで今回の事件に対する興味を、ほぼ失っていた。

被害者のメッセージをもとにして、警察が真相にたどり着く。そんな単純極まる事件なら、自分みたいな天才型美少女探偵が乗り出す余地はない。アンナはそう考えていたのだ。

したがって、ここ数日のアンナは荻原悠二逮捕のニュースがいつテレビで流れるか、どのような新聞記事になるのか、その点だけを念頭に置いて各種メディアを眺めていた。にもかかわらず予想に反して、何事も起こらない。アンナは首を傾げるしかなかった。

――おかしい。警察は何をボヤボヤしているんだ？

日に日に不審を覚えるようになったアンナは、やがて痺れを切らしたように決断。放課後に、自分のスマホから正木俊彦に対して問い合わせの電話を掛けてみた。こんなこともあろうかと、事件の夜に彼とは連絡先を交換してあったのだ。数回のコールで電話口に出た正木に向かって、アンナは単刀直入に問い掛けた。

「なぜ荻原悠二は逮捕されないんでしょうか。正木さん、何か聞いてませんか？」

すると電話の向こうの青年は『これは、あくまで噂だけど』と慎重に前置きしてから、こう続けた。『どうも荻原悠二にはアリバイが成立するらしい。したがって自分は事件とは無関係なのだ――という話を店のお客さんなどにも懸命にアピールしているそうだ。どういうアリバイか、具体的なことは僕も知らない。だが、そんな彼の言い分を、警察も信憑性アリと認めているんだろう。だから逮捕には至っていない。そういうことなんじゃないかな』

「えー、そんなぁ！」とアンナの口から不満の声。だが正木に文句をいっても始まらない。問いただすべきは、荻原悠二のほうだろう。そう思った瞬間、彼女の内なる探偵魂に再び赤い火が灯《とも》る。アンナは正木に尋ねた。「その荻原って人がやっている飲食店、どこにあるのか、教えていただけますか」

同じ日の夕刻。水咲アンナは問題の飲食店へと、さっそく足を運んだ。『丸井』を中心とする国分寺の繁華街からは、やや外れた場所にある寂れた店だ。看板には『荻笑』とある。『オギワラ』と読ませたいらしい。開店したばかりの店内に足を踏み入れると、狭い店内に客の姿はひとりもない。アンナは臆することなくカウンターの中央に陣取り、黙ってメニューを手にする。

たちまちカウンターの向こうに立つ大将らしき人物が、目を丸くしながら聞いてきた。

「お嬢ちゃん、店を間違えているんじゃないのかい？　ここ、スターバックスじゃないよ」

「ええ、知ってます」この寂れた居酒屋をスタバと間違える女子高生はいないだろう。アンナは苦笑いしつつ、メニューに視線を向けた。「でもソフトドリンクだってありますよね。じゃあ、焼き鳥五本盛りとオレンジジュースを。それとエイヒレと枝豆。――あ、それともうひとつ」

といってアンナは指を一本立てながら、「荻原悠二さんって人をお願いします」

瞬間、調理服姿の大将にギクリとした表情が浮かぶ。年のころなら三十代後半といったところか。短く刈った髪と日焼けした肌が、精悍《せいかん》な印象を与える。大将は鋭い目付きで制服姿の女子高生を見やると、親指で自らの顔を指差した。「荻原悠二なら、俺のことだけどさ。お嬢ちゃん、この俺に何か用でもあるのかい？」

「私、客ですよ。お嬢ちゃんじゃありません。鯉ケ窪学園第二文芸部の部長、水咲アンナと申します」

「そ、そうかい。水咲さんね」一瞬、怯《ひる》むように頷いた大将は、「荻原悠二なら、私のことですよ。水咲さんは、この私に何かご用ですか？」と、先ほどの台詞を丁寧に言い換えた。「ひょっとして先日、可哀想な事件に巻き込まれた滝口美穂さんに纏わる話ですか」

荻原悠二はなかなか察しの良いところを見せる。アンナは素直に頷いた。

「ええ、そうです。包み隠さずお話ししますけど、実は重傷を負った滝口さんをエックス山で発見したのは、私なんです。そのとき、滝口さんは一瞬だけ意識を回復して男性の名前を言い残しました。その名前を直接耳にしたのも、この私です」

「畜生、あんたかよ、余計なことをしてくれたのは！」荻原悠二は結局、敬語をやめてアンナに突っ掛かった。「美穂ちゃんが『荻原悠二』という名前を言い残したって、警察にそういったんだってな。お陰で、こっちは大迷惑だ。警察からは容疑者扱いされるし、店の常連客からは敬遠されるし……見ろ、今日だって、ご覧のとおりの閑古鳥だ！」

「もともと、そういう店だったのでは？」

「違うよ！　もともとは開店と同時に満員になる、近所でも評判の繁盛店だぜ！」

「それは失礼しました。でも私のせいではありません。私は警察に事実を話しただけですから。――で、荻原さん、あなたは犯人ではないといわれるんですね。容疑を否認されるんですね」

「当たり前だ。俺はやってない」

「しかし、あなたが犯人じゃないとするなら、なぜ滝口美穂さんは、あの極限状況で、あなたの名前を言い残したんでしょうか。あなたと滝口さんは、居酒屋のオーナーと単なる従業員という関係に過ぎないのですよねえ。それなのに、なぜ？」

「さ、さあな。――んなこと、俺に聞かれても困る」

と荻原悠二の口調が急に歯切れの悪いものになる。ひょっとすると二人はオーナーと従業員の関係を超えた仲だったのかもしれない。だとするならば、そこに殺意の芽生える可能性は充分に考えられるだろう。そのことを心に留めながら、アンナは誘い水を彼へと向けた。

「実は私、よく判らないんですけど……荻原さん、あなたが犯行を否認するのは、まあ当然として、警察はそれを信じているんですか。普通は、もっと疑うような気がするんですけど……だって、被害者がズバリあなたの名前を口にしているんだから……」

するとカウンターの向こう側で、荻原はニンマリ。口許に堪えきれないような笑みを覗かせながらアンナのほうを向くと、再び親指で自分の顔を指差していった。

「実はな、お嬢ちゃん、俺には確かなアリバイがあるんだ」

きたッ——アンナは緊張して尋ねる。「どんなアリバイですか」

「事件の夜、美穂ちゃんは午後七時に西国分寺駅で男友達と別れたそうだ。女の足だと、エックス山に到着したのは早くても午後七時十分あたりだろう。そんな彼女が瀕死の状態で発見されたのは、午後七時二十分のことだと聞いている。間違いないかい、第一発見者のお嬢ちゃん？」

「ええ、合ってますね。——それで？」

「それで、この俺なんだが、俺は午後七時になる少し前から、西国分寺駅の近くにあるパチンコ店にいたんだ。そこは俺の行き付けの店で、毎週日曜日の夕方には、その店にいって遊んでいることが多い。俺のやってるこの居酒屋、サラリーマン目当てだから、日曜は定休日なんだよ。で事件のあった日は日曜日だったろ。だから俺は普段どおり、そのパチンコ店に顔を出したってわけさ。その後、少なくとも二時間は玉を弾いて遊んでいた。そんな俺の姿を従業員たちも、よく覚えてくれていた。常連客だからお互い顔馴染みなんだ。もちろん途中で店を出たりするようなこともなかった。だから間違いない。午後七時より前にパチンコ店に入って、その後二時間そこに粘っていた俺が、なんで午後七時十分とか二十分とか、そんな時刻にエックス山で美穂ちゃんを刺せるんだよ。そんなの逆立ちしたって不可能じゃんか。――なあ、そうだろ、お嬢ちゃん？」

アンナは何も答えることができず、強く唇を噛み締めるばかりだった。

※

シンと静まり返ったプレハブ小屋。途中まで原稿を読み終えた僕が、フーッと大きく息を吐いて顔を上げると、すぐ横に水咲――じゃない水崎アンナ先輩の緊張に満ちた顔があった。デスクの傍らに佇む彼女は、流れる黒髪を指で掻き上げながら、僕の肩越しに原稿を覗き込んでいる。どうやら僕がどこまで読み終えたのか、進捗状況が気になるらしい。

そんな彼女はデスクの上の原稿をほっそりした指で叩くと、嬉しそうな声を発した。

「どうやら、中盤まで読み進めたようだな。なかなか良好なペースじゃないか。そうか、そんなに面白いか。いや、それならば結構ケッコウ……」

こちらの返事も待たずに、ひとりで悦に入る水崎先輩。せっかく上機嫌の彼女に、わざわざ不快な思いをさせる必要もないので、とりあえず適当に頷いておく。それから僕はいままで読み進めてきた中で感じた疑問点――というか、いわゆるツッコミどころと思われる、いくつかの点について語った。

「いまさら指摘するべきことでもありませんけど、作中の水咲アンナちゃん、相変わらずのスーパー女子高生っぷりですね。部員全員の飲み食いした代金を全額おごってやるなんて、いったい彼女どんな財布を持ってるんですか」

「なーに、水咲アンナちゃんは財布なんか持たないさ。きっと《ナントカ・ペイ》のキャッシュレス決済だ」

——いやいや、『全員分の会計をキャッシュで済ませ』って原稿に書いてありますよ。《ナントカ・ペイ》じゃありませんよ、先輩！

テキトーすぎる先輩の答えに、僕は少々呆れ顔。それをよそに先輩は、まるで自分自身が部員たちにおごってやったかのごとく、堂々と胸を張る。しかし僕は過去、この文芸部長から缶ジュースひとつ、ご馳走《ちそう》してもらったことはない。まあ、僕は部員でも何でもないのだから、彼女からおごってもらう理由など、そもそもないのだけれど——「ところで、作中に登場する男女の刑事コンビ。二人とも京王線《けいおう》か小田急線《おだきゅう》みたいな面白ネームが付いていますけど、ちょっとふざけすぎでは？」

「いや、ふざけてなどいない。一年生の君は知らないかもしれないが、祖師ケ谷大蔵警部と烏山千歳刑事の二人は、国分寺署に所属する本物の刑事さんだ。この鯉ケ窪学園においては知る人ぞ知る有名コンビだから、私の作品にも特別出演してもらった。べつに問題あるまい。捜査活動に忙殺される彼らが、私の書いたミステリを読むことなど、絶対にないのだから」

「そうですか」けど実在する刑事なら、なおさら勝手に登場させちゃ駄目でしょ！

僕は溜め息をついて、再び話題を転じた。「で要するに、今回の事件の肝は最重要容疑者と目される荻原悠二という男に、完璧なアリバイが存在するという点ですね」

「そういうこと。犯人は荻原悠二だ」

「わ、わわッ！」いっちゃったよ、この人！　僕という《読者》の前で、真犯人の名前をハッキリと、しかもフルネームで堂々と——「ちょ、ちょっと先輩、やめてくださいよ、ネタバレするの！　僕、これから読むんですからね」

「はぁ？　こんなのネタバレでも何でもないだろ。被害者の滝口美穂だって、しっかりとそう言い残しているじゃないか。誰がどう読んだって、犯人は荻原悠二だ」

「そう思わせておいて読者の裏を掻く——みたいな考えは全然ないんですか、先輩？」

「確かに、そういうどんでん返しミステリもあるだろうが、私はあまり好きじゃない。私が書きたいのは、あくまでも王道の不可能犯罪ミステリだ。——ま、どんでん返しの斬新なアイデアを思いついたときには、そりゃまあ、もちろん自分でやらないこともないが」

　意味深な表情で視線を泳がせる先輩は、再び僕へと向きなおり、「とにかく犯人は荻原悠二なんだよ。作者である私がそう断言しているんだから、間違いなんてあるわけないだろ」

「…………」また先輩、そんな身も蓋もないことを——「じゃあ荻原が主張するアリバイを崩せさえすれば、事件は解決。この勝負、僕の勝ちってわけですね」

「ああ、見事崩せればな。——ふふッ」

　妙に自信を覗かせながら先輩がほくそ笑む。

　その表情をチラリと横目で見やってから、僕はデスクの上の原稿へと視線を戻す。水崎アンナ先輩はデスクの傍らに佇んだまま、悠然と僕の姿を見下ろしている。彼女の視線を感じながら、僕は再び水崎——じゃない水咲アンナの活躍する作品世界へと戻っていった。

『エックス山のアリバイ』（続き）

4

滝口美穂をエックス山で襲撃した犯人は、いったい誰なのか。文芸部長水咲アンナでさえも、事ここに至って事件の真相はサッパリ判らなくなった。最も疑わしい人物が荻原悠二であることは間違いない。だが彼には確かなアリバイがあるという。してみると荻原は真犯人ではないのか。だが彼と面談した際にアンナが受けた印象は、けっして良好なものではなかった。彼女の中にある荻原への疑いは、むしろいっそう濃いものになったといえる。となると、やはり問題となるのは、彼の主張するアリバイの真偽だ。

——けれど、まさか根も葉もない作り話とも考えにくい。

アンナは率直にそう思った。いい加減な虚偽の申し立てなど、警察がその気で調べれば、大抵はバレるに決まっている。にもかかわらず警察が彼のアリバイに信憑性を認めているのだとするならば、おそらく確かな裏付けが取れているに違いない。

それでも、いちおう念のために——と思ったアンナは翌日の放課後、鯉ケ窪学園の正門を飛び出すと、その足で西国分寺駅前へと向かった。

荻原の話に出てきたパチンコ店にたどり着くと、アンナは「うん」とひとつ大きく頷く仕草。そのまま蛮勇を奮って店の中へと足を踏み入れる。荻原のアリバイの証人となった店員を捜し出して、直接話を聞こうというわけだ。ところが、なにせアンナは学園の制服姿。店員を捜し出すより先に、店員のほうから彼女のもとに駆け寄ってきて、「ちょっとちょっと、お嬢ちゃん！ここは女子高生が遊びにくる場所じゃないんだから！」と渋い顔で彼女を追い出しにかかる。

――シマッタ！　せめて《ギリ十八歳》と思える恰好でくるべきだった！

と心の中で舌打ちしたが、もう遅い。仕方なくアンナは店の出入口へと退却しつつ、用意した質問を早口に捲し立てた。「荻原悠二さんという常連客のことで、お尋ねしたいことが……エックス山の事件の夜、彼がこの店にいたという話は本当ですか？」

「はあ？　そんなこと、君みたいな女子高生には関係ないだろ。知っていることは全部、警察に話してある。――もう、しつこいな君！　ああ、いたよ。確かに荻原さんは、日曜日の七時ちょっと前から、この店にいた。――はあ、嘘だって⁉　馬鹿な。警察相手に嘘ついてどうなる。ほら、いいから帰った帰った。――ほら、シッシッ」

こうしてアンナは喧騒と虚飾に満ちた《娯楽の殿堂》から、犬コロみたく追い払われた。

「なんだよ！　べつに玉を弾きにきたんじゃないってのに！」

だが、こうなっては仕方がない。アンナはパチンコ店での聞き込みを諦めるしかなかった。そして歩きつつ、考えた。そもそも事件の夜、店内に荻原がいたことを証明するのは、店員たちの証言だけではないはず。店には他の客もいただろうし、遊技場という場所柄、店内には防犯カメラも設置されているはずだ。その映像を警察は当然チェックしているだろう。だとすれば、ひとり二人が口裏を合わせたところで、そこにいなかった者が、いたという話にはならないはずだ。

ということは――

「やはり荻原は犯行のあった夜、この店にいたってことか。――いや、待てよ！」

本当にそうか？　微かな疑念を覚えるアンナは、景品交換所の前で立ち止まったまま腕組み。その脳裏には、ひとつの見過ごせない可能性が浮かび上がっていた。

「確率的には低いけれど、あり得ないことではない……」

そう呟いたアンナは、その足で国分寺の市街地を目指そうとしたものの、慌ててUターン。とある準備を整えるために、いったん自宅への帰路についたのだった。

それから、しばらく経ったその日の夜。水咲アンナは被害者のボーイフレンドである正木俊彦と国分寺駅前で落ち合い、二人で居酒屋『荻笑』を訪れた。

このときのアンナは昼間の反省を踏まえて、学園の制服姿から一転、シックなグレーのワンピース姿。さらにベージュのコートを羽織って、かなり背伸びした装いである。

これならば、もう誰がどう見ても《ギリ十八歳》どころか《余裕で二十五歳》というルックス。おまけに少しダサめのダテ眼鏡と濃い化粧を施した顔面は、もはやピッチピチの女子高生のものではなく、むしろ仕事に疲れたワーキングウーマンのそれに近い。

事実、待ち合わせ場所に現れた正木俊彦は、声を掛けてきたアンナの姿を間近に見ながら、「えーっと、どちらさんでしょうか……」といって目を瞬かせるばかり。それが水咲アンナの変装した姿であると認識するのに、結構な時間を要した。おそらく荻原悠二に至っては、いくらカウンター越しに彼女の姿を認めたところで、それが先日の美人女子高生であるとは絶対に気付かないことだろう。もちろん、今宵アンナが自らに変装を施した主眼は、そこにあるのだ。

店内に足を踏み入れると、日没を過ぎているだけあって店内は、そこそこの混み具合だ。本来、

『荻笑』は開店と同時に満席になる人気店である、という荻原悠二の主張は、あながち大袈裟でもなかったらしい。水咲アンナと正木俊彦は、あたかも仕事帰りの同僚二名を装いながら、片隅のテーブル席に腰を落ち着ける。やってきた若い女性店員に向かって、アンナは涼しい顔で注文の品を告げた。「枝豆、冷奴《ひややっこ》、煮込みでしょ……それから串焼きの盛り合わせ……それとハイボール二つねー」

「わ、馬鹿馬鹿ッ、ハイボールは駄目だろ！」正面の席で正木俊彦が焦りの声。そして指を一本だけ立てながら、「ハイボールは一杯だけでいい。それとウーロン茶を！」

エプロン姿の女性店員は僅かに首を傾げながら、手元の伝票を書き直す。彼女がテーブルから離れるのを待って、正木はようやくアンナに尋ねた。「それで君は、この店で何をしようっていうんだ？　まさか晩酌しにきたわけじゃないよな？」

「もちろんですとも。これは晩酌と見せかけての聞き込みです」

アンナは声を潜めて答えた。「必要な情報を得るんですよ。ＲＰＧの中に出てくる異世界の勇者が、村の酒場で情報を入手する。――そんなイメージですね」

「そう簡単にいくのか？　ゲームの世界と現実は違うだろ」

「まあ、見ていてください」といって悠然と微笑むアンナは、注文の品が届くまでの間、フロアに居合わせた客の様子をじっくりと吟味。やがて注文の品が届けられると、さっそくウーロン茶のグラスを手にして席を立つ。おいおい、どこいくんだよ――という正木の言葉を背中で聞き流して、アンナはひとりカウンター席へと移動。頭髪の薄い男性の隣に歩み寄ると、「ねえ、オジイサ……いえ、オジサン、ひとりで飲んでるんですか？」

「ん、わしのことかい？」男性は驚いた様子でアンナのことを見やる。勤めていた会社を定年退職して、すでに数年といった感じの初老の男性だ。目の前には刺身の盛り合わせと、ビールのジョッキが並んでいる。「もちろん、ひとりさ。それとも、二人で飲んでいるように見えるかい、お嬢ちゃん？」

「いいえ、何度見てもひとりにしか見えません。――お隣、座っていいですか」

実際には、良いも悪いもない。男性の返事など一瞬たりとも待つことなく、アンナは彼の隣の席に腰を下ろした。あまりに図々しい彼女の振る舞いを目の当たりにして、

「おいおい、君ぃ……」

と男性は呆れたような声。だが、その垂れ下がった両目は《おほッ、カワイ子ちゃんが向こうのほうからアプローチしてくれるなんて超ラッキー！》という歓喜の思いを雄弁に物語っている。

「このわしに何か用かね？　いや、その前に、君はどこの誰なんだ？」

「え、私ですか？　私は鯉ケ窪学園の……」第二文芸部部長水咲アンナ、と条件反射的に事実を口にしかけて、彼女は慌てて口を噤んだ。――シマッタ、つい学校名を出しちゃった！

すると男性は意外そうな顔で、「ほう、君、学校の教師なのか。あまり先生っぽくは見えないが……」とアンナにとって都合の良い勘違い。

当然のごとくアンナは彼の勘違いに乗っかることにした。

「え、ええ、そうなんです。よく生徒と間違われたりするんですよ、うふふッ」

「うむ、そうだろう。実際のところ君、いまでも鯉ケ窪学園の制服を着れば、《無理してＪＫのフリをする、本当は二十五歳前後のＯＬ》みたいに見えるだろうよ」

――こらこら、誰が《JKのフリをするOL》だい。私は《JKそのもの》だってーの！　内心でムカッ腹を立てつつ、アンナは強張った笑顔を維持した。「――は、ははは」

「それで君、このわしに何の用かね？」

ようやく話が元の地点に戻った。アンナは高校教師の役を演じたまま、男性に尋ねた。

「オジサンはこの店の常連客だとお見受けしましたが、間違いありませんよね？」

先ほどアンナは、この男性が店主である荻原悠二と仲良く語らう場面を目撃していた。その親しげな様子から見て、彼がこの店の常連であることは明らかだった。だからこそ、アンナは見知らぬ彼に自ら声を掛けたのだ。予想したとおり、男性はキッパリと頷いた。

「ああ、そうだよ。ここの大将とは会社員時代からの付き合いだ。それが、どうかしたかね？」

咄嗟にアンナはカウンターの奥にいる荻原を確認。彼は数人分の調理に忙殺されている。いまこそ好機と感じたアンナは、声を潜めて単刀直入に尋ねた。

「ひょっとすると、ここの大将には双子の兄弟とか、いるんじゃありませんか」

「なに、双子の兄弟だって？」

「いや、べつに双子とは限りません。よく似た兄弟とか親戚かもしれません。あるいは単なるそっくりさんでも構わないんですけど……」

「要するに、よく似た誰かってことだな。仮にそういう人物がいたなら、何がどうなるっていうんだい？」

「どうなるって、それは……」荻原の主張する鉄壁のアリバイが崩れる。それが彼女の頭にある推理だった。事件の夜、西国分寺駅前のパチンコ店に現れた《荻原悠二》は、実際のところ荻原悠二本人ではなく、よく似た別人。本物の荻原は、そのときエックス山にいて、滝口美穂を襲撃していた。これなら荻原の犯行は可能になる。荻原が犯人だと仮定するなら、もはや考えられる可能性は、これ以外ないのではないか。そう思えばこそ、アンナはこの男性に尋ねたのだ。荻原悠二によく似た人物が存在するのではないか——と。

だが、そんな彼女の隣で、初老の男性はすべてを見透かしたような表情でニヤリ。ジョッキのビールをひと口飲んでから、おもむろに口を開いた。

「いまのお嬢ちゃんの質問、国分寺署の刑事さんにも聞かれたよ。店を出たところで、いきなり呼び止められたんだ。小田急線だか京王線だか、そんな名前の二人組だったな」

「そ、そうですか」祖師ケ谷警部と烏山刑事だ。あの二人も、この居酒屋まで聞き込みに訪れたということか。「それで、何と答えたんですか、オジイサン？」

「こら、オジイサンじゃない！　まだ、わしは若い！」

「ああ、ごめんなさい」——って、そんなの、この際、どうだっていいじゃない！　アンナはイライラしながら再び質問。「で、何と答えたんですか、オジサン？」

「もちろん、知っているままを答えたさ。大将に兄弟はいない。ひとりっ子なんだ。双子だなんてトンデモない。そんな話は聞いたこともない。——よく似たそっくりさん？　まあ、この世の中には自分とよく似た人物が三人いるっていうからな。そりゃ絶対いないとは言い切れないが、少なくともわしは知らない。そういう人物が存在するという噂も聞いたことがない。——と、そんなふうに答えてやったよ」

「刑事さんたちは納得した様子でしたか」

「さあな。刑事たちは、わし以外の常連客にも同様の質問をして回ったようだ。それでも大将が捕まることもなく、こうして店を開けていられるってことは、おそらく見つからなかったんだろうな。よく似た兄弟も親戚も、そっくりさんも誰ひとり……」

「そうですかぁ。うーん、確かにオジサンのいうとおりみたいですねぇ」

アンナはガックリと肩を落として落胆の表情。そして手にしたウーロン茶をゴクリとひと飲みするのだった。


「――ふうん、なるほど、君はそんなことを考えていたわけか」

テーブルの向こうで正木俊彦が溜め息まじりに呟く。カウンター席で交わされた初老の男性との会話。その詳細を聞いて、いまさらながら呆れている様子である。「結局、あのオジサンの話は、君の考える可能性を否定するものだったわけだな」

「ええ、私の推理は木っ端微塵《こっぱみじん》に吹き飛ばされました。まあ、私も確率的に、そう高くはない可能性だろうとは思っていましたけどね、双子だなんて……」

先ほどまで彼女の胸のうちにあった《これ以外ないのでは……》という確信は、いまや跡形もない。やはり、よく似た他人を影武者に仕立てて、偽のアリバイを捏造《ねつぞう》するなどというトリックは、小説の中だけの話らしい。そう思って意気消沈するアンナの前で、正木は一杯目のハイボールを飲み干す。そして「すみませーん」と右手を挙げた。

すぐさま駆け寄ってきたのは、フロア係の若い女性。先ほど注文を取りにきたエプロン姿の女性店員だ。正木は空になったグラスを彼女に手渡しながら、「ハイボールをもう一杯ね」と新たな注文。だが、そのとき何事か気になったらしい。ぎこちなく伝票にペンを走らせる女性店員の様子を見やりながら、彼は尋ねた。「君、ひょっとして新人さん？　もしかして滝口美穂さんの代わりに入った人かい？」

「え？　あ、はい、そうです。といっても学生バイトですけどね」女子大生らしい店員は事情を簡単に説明した。「私、以前は客として、この店をよく利用していて、それで美穂さんとも仲良くなったんです。そしたら彼女が突然、あんなことになってしまって……それで私、彼女の代わりに、ここでしばらく働かせてもらうことにしたんです。まあ、大将から直々に頼まれたってこともありますけどね」

「ふうん、そうなんですか」と頷いたアンナは、念のためと思って、先ほどカウンターで男性におこなった質問を、この店員にも投げてみる。だが、やはりというべきか、彼女は首を左右に振りながら、「いいえ、大将によく似た人物なんて、私は知りません」と先ほどの男性と同様の答え。アンナは再び肩を落とすしかなかった。

だが、その直後「あ、だけど」と呟いた女性店員の口から、思いがけない新事実が飛び出した。

「美穂さんのほうには、よく似たお姉さんがいるようでしたよ」

「え、よく似たお姉さん？」

「ええ、いま思い出しました。もう一年以上も前のことですけど、私、一度だけ街で見かけたことがあるんです。美穂さんが、そっくりの女性と一緒に、カフェでお茶しているところ。たぶん、お姉さんだと思うんですよねえ。その人、大人っぽい紺色のスーツ姿でした。美穂さんは普段そんな恰好しない人だから、見間違えることはなかったんですけど、あれでもし同じ服装だったら、どっちがどっちか見分けがつかないと思います」

「ん、でも待ってくれよ」と口を挟んだのは正木俊彦だ。「僕は美穂さんとまあまあ親しい仲だけど、彼女の口からそんな話を聞いたことなどない。姉や妹がいるなんて話は一度も……」

「そうですか。でも私は確かに見ましたよ」

と、女性店員は頑として譲らない。興味を掻きたてられたアンナは身を乗り出すと、

「ねえ、店員さん。滝口美穂さんによく似たその女性が、どこの誰か、詳しいことは判りませんか。二人の会話の中に、何かヒントになる言葉など、ありませんでしたか」

「そうですねえ。私もべつに聞き耳を立てていたわけじゃないし、もう随分と前のことですからねえ……」といって腕組みしながら考え込む彼女は、「ああ、でも何かキッカケさえあれば、すぐにでも思い出せそうなんだけどなあ」と、あからさまに何かを要求する態度。

そこでアンナが《若鶏の唐揚げ》と《マグロのお造り》と《ウーロン茶》を追加注文。さらに正木が「チップだ、取っておきなさい」といって数枚の札を握らせると、彼女は「ああ、そうそう、思い出しました」といってパチンと指を弾いた。「そういえば、あのとき二人は、『鯉ケ窪学園がどうこう……』って話しているようでした。二人とも学生って歳《とし》でもないのに、なんか変だなって思ったんです。――ええ、いま思い出しました」

カネを握った途端に思い出したらしい。なんとも現金な女子大生である。だが、とにかく、これは気になる情報に違いない。アンナは再び尋ねた。

「滝口美穂さんは鯉ケ窪学園の卒業生なんですか」

「いいえ、違いますよ。彼女は公立高校を出ているはずです」

「うん、確かにそうだ。美穂さんと鯉ケ窪学園とは何ら接点がないと、僕も思う。それなのに二人の間で鯉ケ窪学園のことが話題になっていたということは、ひょっとすると、その紺色スーツの女性のほうが学園の関係者、例えば、そこで働いている教師とか事務員とか、そういう人物なのかもしれないな」

「だとするなら、私も学園のどこかで、その人と顔を合わせているかも……あッ」

瞬間、アンナの口から叫び声が漏れる。お目当ての一枚を見つけ出すのに、さほどの時間は掛からなかった。

彼女は慌てて愛用のスマートフォンを取り出すと、過去に撮影した画像を検索。それは、随分と前に仲間たちと撮った写真だ。音楽室のピアノの前で数名の女子生徒とともに、パンツスーツを着た若い女性が微笑んでいる。撮影者はアンナ自身なので、画像の中に彼女の姿はない。アンナはその画像を女性店員に示しながら、

「刺された滝口美穂さんをエックス山で救助したとき、なぜか私、その顔に見覚えがあるような気がしたんです。でも、いまやっと気付きました。――見てください。あなたがカフェで見たという、滝口さんによく似た女性って、この人じゃありませんか」

すると、女性店員は差し出されたスマホをシゲシゲと見詰めながら、

「確かに美穂さん、そっくり！　え、これって美穂さん本人じゃないんですか？」

目を丸くして女性店員が問い返す。アンナは静かに頷いた。

「ええ、これは滝口美穂さんではありません。この女性は鯉ケ窪学園の音楽教師、浦本響子さんという人です」

「浦本響子？」店員はその名を鸚鵡返《おうむがえ》しして首を振った。「知らない名前ですねえ」

そのとき正木俊彦のジャケットのポケットで、彼の携帯がふいに着信音を奏でた。慌ててスマホを取り出した正木は、それを耳に押し当てながら、「はい、正木です……ええ、大丈夫ですけど、どうかしましたか……ええッ、何ですって!?」

突然、彼の声が奇妙なくらいに裏返る。アンナと女性店員は互いに顔を見合わせてキョトンだ。間もなく短い通話を終えた正木は、力ない仕草でスマホを仕舞う。そして絞り出すような声で、最新かつ最悪のニュースを告げた。

「病院からの電話だ……つい先ほど、美穂さんが亡くなったそうだ……」

※

「ええーッ、この期《ご》に及んで死んじゃうんですか、滝口美穂さん！」思わず原稿から顔を上げた僕は、傍らに佇む水崎アンナ先輩に不満げな視線を向けた。「なんか、可哀想……」

先輩は腕組みしながら重々しく頷いた。「うむ、確かに残念なことだ。医師たちも懸命の治療に当たり、その甲斐《かい》あって、被害者も一命を取りとめたかに思われたんだが、そんな矢先に容態が急変。とうとう帰らぬ人になってしまった——というわけだ」

「何が《というわけだ》ですか。本当は事件の真相を判り難《にく》くするために、殺したんですよね。被害者が生きていたら、その口から事件の真相が語られてしまう。それじゃあミステリとしては面白くないから、そうならないように解決篇《へん》の手前で殺した。——違いますか、先輩？」

「そう何度も《殺した殺した》って非難めいた口調でいうな。べつに問題ないだろ。小説の中で誰かを殺したって、作者が殺人罪に問われる心配はないんだから。だいいち、滝口美穂を殺したのは私じゃない。犯人はあくまでも荻原悠二だ。そのことを忘れるなよ」

と、またしても先輩は身も蓋もない興醒《きょうざ》め発言を繰り返す。

僕は「ハア」と小さく息を吐くと、回転椅子ごと先輩に向きなおった。「ところで、急に音楽教師の名前が出てきましたけど、浦本響子って名前には、なんだか聞き覚えがあります。確か四月に起こった『音楽室の殺人』。そこで首を絞められて殺された音楽教師のことですよね。あのとき事件の被害者となった女性が、今回の事件の被害者の姉か妹か親戚か、もしくはそっくりさん――その可能性が高いってことですか」

「ふむ、そこにそう書いてあったのなら、きっとそういうことなんだろうな」と、なんだか先輩は奥歯に物が――それも相当に大きな金具か何かが――挟まったような物言いだ。

僕は怪訝な顔で続けた。「しかし浦本響子教諭の存在に、いまさら何の意味があるっていうんです？　ほぼ一年前に起こった音楽教師殺害事件が、今回のエックス山の事件と何か関連するとでも？　だけど確かあの事件は、同僚の国語教師が真犯人ってことで、すでに解決済みのはずですよねえ」

「ああ、確かにそうだった。――ほほう、君、なかなか記憶力がいいな」

感心感心、というように先輩は腕組みした恰好で何度も頷く。

僕は顎に手を当てながら、しばし考えに耽った。「……だとすると、二つの事件にいったい何の関係が？　やっぱり動機の部分と結びついてくるのかな……」

ミステリにおいて過去の事件が語られるとき、それは往々にして現在の事件の動機、あるいは引き金としての役割を果たすことが多い。今回もそういったパターンなのだろうか。

いろいろと考えてみるが、何ら脳裏に閃くものはない。仕方がないので再びデスクに向きなおり、原稿の続きに戻ろうとする僕。するといきなり先輩が意地悪な声を発した。

「おいおい、君！　勝手に続きを読もうとするんじゃない」

「はあ？」当然ながら僕はキョトンだ。「続きを読んで何が悪いんですか。もう物語も終盤、そろそろ解決篇のはずですよね？」

「だからこそ、いってるんだよ。そう簡単に解決篇を読むんじゃない――ってな！」

「どういう意味です？　解決篇を読まなきゃ誰が犯人か判らないじゃないですか」

「判るだろ。犯人は荻原悠二だよ！」

「あ、ああ、そうでした……ええ、確かに犯人は荻原でしょうね」これでもし、別の人物が真犯人だったなら、かなり驚きのミステリだが、たぶんそんな結末にはならないのだろう。やはり犯人は荻原悠二で間違いないのだ。「しかし彼のアリバイの謎が判りません。きっと何かトリックがあるんですよね。僕はそれを知りたいんですよ」

「だから解決篇を読むっていうのか？　やれやれ、まったく君って奴は、安直な読者の典型だな。少しはこれを書いている作者の身にもなれよ」

「はあ、先輩の身になるんですか？　この僕が？」――んなこと無理ですよ、という本音の呟きが口を衝いて飛び出しそうになる。そこをグッと堪えて、僕は問い掛けた。「じゃあ、具体的にどうしろっていうんですか、先輩？」

「きまってるだろ。考えるんだよ。脳ミソふり絞って、精一杯推理して、この事件の真相を解き明かしてみろ。それが読者として、作者の努力に報いる唯一の方法なのだから」

「はあ……仮に先輩のおっしゃるとおりだとしても、なんで僕が先輩の努力に報いなくてはならないのか、その点がサッパリ……」

「ああ、もう、ゴチャゴチャいってないで、君は黙って考えればいいんだよ。あらゆる可能性を考えて考えて、それでも正解にたどりつけない、そのときには……」

「……そのときには？」

真顔で問い掛ける僕の視線の先、水崎先輩は自らの胸に親指を向けながら、

「降参しろ。おとなしく私の軍門に降《くだ》るんだ。そして第二文芸部の部員になれ！」

——結局、それか。それなのか！

僕は啞然とするしかない。水崎アンナ、なんという執念深い女性だろうか。そのけっしてブレることのない意志の強さ、一途《いちず》さ、あるいは頑迷さに、僕は身震いする思いがした。

5

『エックス山のアリバイ』（解決篇）

すでに店の明かりが落ちた居酒屋『荻笑』。店頭に掲げられた看板の文字も、暗がりの中に沈んでいる。そんな中、正面玄関の扉を押し開いて、ひとりの人物が姿を現した。薄手のダウンジャケットを着込んだ中年男性だ。暗闇のせいで、その顔をハッキリと拝むことはできないが、そ

れが荻原悠二であることは間違いない。営業時間を過ぎた居酒屋の店内で、後片付けを終えた彼は、いままさに帰宅の途につくところなのだ。

街の明かりもめっきり寂しくなった深夜の街で、薄暗い歩道を歩き出す居酒屋店主。その足は駅とは反対方向に向かっている。そちらに自宅があるのだろう。荻原は人通りの絶えた道を、ゆっくりとした足取りで進む。

やがて周囲は商店街の景色から、平凡な住宅街のそれへと変わった。そろそろ自宅も近いのだろう。心なしか彼の足取りも、その速度を速めたような気がした——まさにそのとき！

住宅街の路地に置かれた自動販売機の陰から、黒いコートを羽織った人影が、音もなく姿を現した。頭上にハンチングらしき帽子を乗せた、謎の人物だ。前をいく男性の背中から数メートルの距離を取りながら、謎の人影は静かに歩き出す。一方の荻原は自分の背後に張り付く黒いコートの人影に、いっさい気付く様子はない。そのまま彼は、とある空き家らしき建物の前に差しかかる。そのタイミングを狙っていたかのごとく、謎の人影はコートのポケットに右手を突っ込む仕草。だが、その人物がポケットから右手を引き抜く寸前、その背中をポンと叩く、もうひとつの右手があった。「——待って！」

ギョッとした様子で、その場に立ちすくむ謎の人物。次の瞬間、グレーのワンピースにベージュのコートを羽織った美少女、水咲アンナがその耳元に囁きかけた。

「おやめなさい、早まった真似は……」

その言葉はまるで魔法の呪文のごとく、一瞬にして相手の身体を凍りつかせた。ポケットから取り出しかけた何かが、相手の右手から滑り落ちて路上に転がる。耳障りな金属音を奏でたその物体を、街灯の明かりが照らした。それは鈍い光を放つ一本のナイフだった。

アンナは素早く、それを拾い上げる。黒いコートの人物は背中を向けたまま、動きを止めている。そんな二人の前方を、何も知らない荻原が悠々と歩き去っていく。ダウンジャケットの背中が夜の闇に紛れて見えなくなったころ、アンナの背後に控えるもうひとりの人物、正木俊彦が唇を震わせながら問い掛けた。「お、おい、いったい誰なんだい、その人は……？」

アンナは答える代わりに、謎の人物を無理やり振り向かせる。そして頭上のハンチング帽を素早く奪い取った。現れたのは豊かな黒髪だ。露になったその顔面を見るなり、正木の口から「あッ」という驚きの声があがった。「き、君は、美穂さん!? 滝口美穂さんか……いや、だけど彼女は今夜、病院で亡くなったはずだよな……？」

戸惑いを隠せない正木の前で、アンナは静かに頷く。そして彼の誤りを正した。

「ええ、滝口美穂さんではありません。この人は鯉ケ窪学園の音楽教師、浦本響子さんです」

※

「…………」その瞬間、プレハブ小屋の中で時間が止まったような気がした。僕は自分が何を読まされているのか判らず、しばし沈黙。やがて「はあ!?」と間抜けな声を漏らすと、回転椅子ごと水崎アンナ先輩へと向きを変え、非難するような口調で問い掛けた。「ちょ、ちょっと先輩、どーいうことなんですか、これって！」

「ん、どういうことって、何がだ？」問い返す水崎先輩は、すでにその顔面に勝利者の笑みを湛えている。彼女は僕を指差しながら、「君、その原稿を読んだんだろ。だったら、そこに書いてあるとおりさ。浦本響子はナイフを持って荻原悠二を襲撃しようとした。だが寸前で名探偵水咲アンナちゃんに制止された。お陰で、新たな惨劇は未然に防がれたというわけだ。――いや、メデタシ、メデタシ！」

「いやいや、何が《メデタシ》ですか。全然おかしいでしょ！」僕はデスクの上の原稿を叩きながら、思わず声を荒らげた。「意味判んないですよ。なんで、ここでいきなり浦本響子が出てくるんですか。彼女は四月の事件のときに死んだはずのキャラでしょ！」

「ああ、確かに浦本響子は死んだ。国語教師に殺されたんだ。だけど、君――」

「はあ？」

「あれって本当に四月の事件だったかな？」

「…………」いまさら何をいってるんだ、この人は？　眉をひそめる僕は、自らの記憶をたどるようにして口を開いた。「ええ、四月でしたよ。あれは僕がこの学園に入学してすぐのこと。文芸部に入部しようとした僕はウッカリ間違えて、この第二文芸部のプレハブ小屋の戸を叩いてしまい……そこで先輩と初めて出会って、それから詳しい経緯は忘れましたが、その場で最初の原稿を読まされて……」

「おいおい、君がいってるのは、『君が私から最初の原稿を読まされた事件』のことだろ。その事件が起こったのは、間違いなく四月のことだ。しかし、だからといって、あのとき君が読んだ『音楽室の殺人』が四月の話だったと、どうしてそう言い切れるのかな？」

「え？　だ、だって……四月の話だったと思いますよ。確か、桜の花びらが事件を解くカギになってましたし……」

「いい記憶力だ。だけど君——」水崎先輩は僕の目を覗き込むようにしていった。

「東京の桜なんて三月の終わりごろには、もう咲いているぞ」

「………」僕は思わず絶句した。確かに先輩のいうとおりだが、そんなことってあるだろうか。あのとき読んだ『音楽室の殺人』が新年度の四月初旬の事件ではなくて、年度末である三月下旬の事件だったなんて——「いやいや、あり得ないですよ！　だ、だって先輩の原稿に、ちゃんと書いてあったはずですよ、四月だってことが」

「ほう、そう思うなら自分で確認してみたら、どうだ？　そう書いてあるか否かを——」

いうが早いか、水崎先輩はデスクの袖の引き出しを開けて、中から分厚い原稿の束を取り出した。大きなダブルクリップで閉じられた外見とその分量。過去に僕が先輩から読まされてきた四つの短編を束ねたものであることは、ひと目で判った。

一枚目には『鯉ケ窪学園の事件簿２０ＸＸ年度版（仮）』という見覚えのある文字。その仮タイトルからも判るとおり、これは鯉ケ窪学園における、とある一年を描いた連作短編集なのだ。学園の一年を描くのだから、その始まりは当然のごとく四月だろう。——と、そう思い込んだのが運のツキ、というか、こちらの先入観による勘違いだったのかもしれない。

あらためて『音楽室の殺人』の原稿を捲《めく》って目を通してみると、確かに先輩のいうとおり、そこに《四月》という表記はいっさいなかった。代わりに散見されるのは《春》とか《桜》などといった曖昧なキーワードだ。僕は自分の誤りを認めるしかなかった。

「ということは……」

恐る恐る僕は連作の二話目、というか二番目に読まされた作品『狙われた送球部員』にも目を通してみる。それは梅雨空の続く六月の事件であると、僕はいまのいままで思い込んでいた。実際にそれを読まされたのが、梅雨真っ只中の六月の、しかも雨の降る放課後だったからだ。

だが読み返してみると、やはり作中に《六月》という記述はない。《長雨》とは書いてあるものの、それが《梅雨》だとは書かれていない。そして当然のことながら《長雨》というのは、必ずしも初夏を意味するワードではなく、もちろん秋にだって《長雨》の季節はある。

「じゃあ、ひょっとして……」

そう呟きながら、僕は三番目の作品に目を通す。『消えた制服女子の謎』だ。僕はこの作品を学園が夏休みに入った七月下旬にプールサイドで読まされた。だが、いま一度原稿を読み返してみると——おや、これはハッキリ《七月》と書いてある。夏休み中の事件であることも、しっかり記述してある。

どうやら、この作品に関しては、僕が読まされた時季と作品内の季節がピッタリ一致しているらしい。なぜ、この作品だけが？　と一瞬考え込んだものの、すぐさま僕は納得するに至った。五つの連作短編における三作目というのは、いわば折り返し地点。ということは——

「そうか、自然とこうなるわけだ……」

続いて僕は四番目に読まされた作品『砲丸投げの恐怖』の原稿を捲った。僕がこの原稿を読まされたのは十月。まさに鯉ケ窪学園のグラウンドにて体育祭の熱戦が繰り広げられている最中のことだった。だが、あらためて眺める原稿に、やはり《十月》の文字はない。代わりに体育祭が間近に迫っているらしい描写——グラウンドに体育祭用の白線が引かれているなどの文章——が見受けられる。ならば、やはりこの作品は十月の事件を扱っているのだろうか。そんなふうにも思えるのだが、いや、そうではあるまい。よくよく考えてみれば、この作品のみ、事件の舞台は鯉ケ窪学園ではなく、そのライバル校である龍ケ崎高校なのだ。あの学校の体育祭は果たして何月だったろうか。最近は五月ごろに体育祭を実施する学校も多い。だとするなら、体育祭間近であることが、必ずしも秋十月を意味しないことは自明のことだろう。

「で、いよいよ五作目……」

すなわち、今回の『エックス山のアリバイ』だ。この作品の冒頭では、さほど意味があるとも思えないのに、雪が降る描写がある。そして学園から旅立っていった卒業生に水咲アンナが思いを馳せるという、これまた無意味な描写があったりする。一方で僕がこれを読んでいる現在は、卒業式を間近に控えた三月だ。まだまだ気温は低く、ときに雪がチラつくこともある。したがって作中の季節も年度末の三月であるかに思われるのだが、よくよく読めば、ズバリ《三月》と明記された箇所は、やはりひとつもない。そして花冷えという言葉もあるように、季節外れの雪は《四月》に降ることもあるのだ。

と、ここまで考えたとき、僕はこの連作短編集の作者、すなわち水崎アンナ先輩の僕に対して仕掛けた罠の全貌を、ようやく理解するに至った。目の前の原稿の束から顔を上げた僕は、あらためて先輩に向きなおる。そして彼女の目を見詰めていった。

「先輩はこの一年間、その名のとおり水先案内人となって、僕に五つの短編を読ませてきました。ただし、その五作は物語の季節と、それを僕に読ませる季節が、完全に逆だったんですね」

6

「…………」その言葉を聞いた瞬間、正木俊彦は信じられないといった表情。「はあ？」と呆けたような声を発すると、黒いコートの女性を指差しながら、「この人が浦本響子って人？ てことは、つまり亡くなった美穂さんの……？」

「ええ、姉か妹か、よく似た親戚、あるいは単なるそっくりさんです」

水咲アンナの漠然とした発言を聞き、浦本響子は不満げに真実を告げた。

「そっくりさんではありません。――滝口美穂の姉です」

「やはりそうですか」と頷いたアンナは、音楽教師の背中に手を当てると、「とりあえず、こっちへ」といって彼女の身体を空き家の敷地内へと誘導する。荒れ果てた暗い庭先にて、三人の会話は続いた。腑に落ちない様子で浦本響子に質問したのは、正木だ。

「姉といっても、あなた、ただの姉じゃありませんよね？ だって、あなたの顔は滝口美穂さんと、まさに瓜二《うりふた》つだ。ひょっとして双子の姉ってことですか」

「ええ、お察しのとおりです。私と美穂は双子の姉妹。それなのに、なぜ名字が異なるのかと、不思議に思われるかもしれません。当然そこにはそれなりの事情があるのですが、いまここで詳しい話はいたしません。ただ両親の経済的な事情により、双子の姉である私が、幼少期に滝口家から浦本家へと養子に出された。そのことだけ理解してください。しかし名字が異なり、育ちが違えども、やはり双子の姉妹。互いに瓜二つの顔かたちであることは、当然のことなのです。お判りいただけましたか、正木さん」

「なるほど。そういうことですか」と、いったん頷いた正木は、その直後「えッ!?」と声をあげて、大きく目を見開いた。「あ、あなたは、なぜ……なぜ僕の名前を知っているんです？　僕とあなたは、いまが初対面のはずですよね？」

正木は気味悪そうに、目の前の女性を指差す。浦本響子は気まずそうな表情のまま黙り込んでいる。その沈黙を破るようにアンナはひとつ「ゴホン」と咳払いして口を開いた。「いいえ、正木さん、あなたと浦本さんは初対面ではありません。あなたは前に一度、彼女に会っています。いや、会っているなんてもんじゃない。二人で一緒に映画を見に出掛けたことさえある。そんな仲なんですよ」

「はあ、なんだって!?　僕がこの人と一緒に映画を!?　ははッ、馬鹿なことといわないでくれよ。それじゃあ、まるで僕がこの人とデートしたみたいじゃ……え、えぇーッ！」

鈍感極まる純朴青年も、事ここに至って、ようやく真相に気付いたらしい。正木は目を見張りながら、「――ま、まさか！」

「ええ、その《まさか》ですよ、正木さん」アンナは淡々と説明を続けた。「事件が起こった日、あなたは滝口美穂さんと二人で立川に出掛けて、そこで彼女と一緒に映画を見た。そう思い込んでいるでしょうけど、それはあなたの勘違い。実際には、あなたのデートの相手を務めたのは、滝口さんの双子の姉、浦本響子さんだったのです」

「そ、そんな馬鹿な！　いくら瓜二つの双子だからって、デートに誘った相手を見間違うなんてことは……」

「そういいますけど、正木さん、あなたはつい先ほども、浦本さんの姿を見て、それを滝口美穂さんであると勘違いしていましたよね」

「そ、それはそうだが、しかし勘違いしたまま、何時間も一緒に過ごすなんて……」

「あり得ませんか？　だけど、あなたが《滝口さん》とデートしたのは、事件の日が初めてなんでしょう？」

「う、うん、それはまあ、そうだが……」

「それにデートといっても、一緒に映画を見て、食事をするだけのこと。そんなに深い話をしたわけでもないだろうと想像するんですけど」

「うん、確かに……」

「だったら、滝口美穂さんの代役を双子の姉が務めたとしても、あなたはそれに気付かない。その可能性は充分に考えられるのではありませんか」

「う、うむ……」正木の声は見る間に小さくなっていき、いまや蚊の鳴くような音量でしかない。

「そういわれれば、確かにそうかもしれない。僕も自信がなくなってきたよ。ねえ、実際のところ、どうだったんですか、美穂さん――いや、浦本さん？」

問われた音楽教師は、アンナのことを手で示しながら、

「そちらの女性が指摘されたとおりです。だから私が正木さんの名前を知っているのは当然のこと。なんなら、あの日のデートの際に正木さんが喋った、気に入らない上司のエピソードを、ここでお話しすることだって可能ですけれど」

「いや、それは結構！」心当たりがあるのだろう。正木は慌てて彼女の言葉を遮ると、「なるほど、判りました。確かに僕が事件の日にデートした相手は、滝口美穂さんじゃなくて、浦本響子さんだったらしい。でも、やっぱり判りません。なぜ二人はそんなおかしな真似をしたんですか。まるで、この僕を弄ぶような真似を」

「申し訳ありません。元々は美穂と正木さんのデートの約束のほうが先にあったのです。ところが、その後、美穂は同じ日に別の男性と会う約束をしてしまい――いわゆるダブルブッキングですね――そこで困った美穂が、私に頼んできたのです。『お願いだから、正木俊彦という人と会ってあげてくれ。一緒に映画を見るだけでいいから』と」

「それで、アッサリ引き受けたってわけですか!?」

「ええ。実をいうと、似たようなことは、過去にも経験があったものですから」

「うーむ、そういう話って、双子に纏わる面白エピソードとしては、何度か聞いたことがあるけど、まさか僕自身がその手を食うなんて……」呆気に取られた様子で正木は頭を掻く。そして、いまさらのようにハッとした表情を浮かべた。「じゃあ、ひょっとして、そのダブルブッキングの相手というのは……あの日、美穂さんが実際に会っていた相手というのは、もしかして……」

「ええ、お察しのとおり」浦本響子は深々と頷き、その名を告げた。「荻原悠二です」

その瞬間、正木は言葉を失ったように黙り込む。そんな彼にアンナがいった。

「これで判ったでしょう、正木さん。滝口美穂さんが言い残した名前は『オギワラ・ユウジ』。にもかかわらず、当の荻原悠二に完璧なアリバイが成立するのは、なぜか。犯人である荻原の傍に、身代わりを務めてくれる影武者がいたわけではありません。影武者はむしろ被害者の側にいたのです。その影武者に気付かなかった正木さんは、滝口美穂さんが午後七時ごろまで確かに自分と一緒だったことを、刑事さんたちの前で証言しました。そして刑事さんたちも、その話を信じた。となると、滝口美穂さんがエックス山で襲われたのは、おおよそ午後七時十分から、私が傷ついた美穂さんを発見する午後七時二十分までの間の出来事と考えるしかない。結果、その時間帯に西国分寺駅前のパチンコ店にいた荻原悠二に、完璧なアリバイが成立してしまった——」

「なるほど、確かに荻原の犯行はまったく不可能に見えるな」

「ええ。でも事実は違ったんです。滝口美穂さんは事件の日に正木さんと一緒に過ごしたわけではなかった。彼女は最初から荻原と一緒だったんです。だとするなら、彼女が襲撃される時刻は、べつに午後七時十分以降に限定されることはない。例えば、午後六時半ごろにエックス山で犯行に及んだ荻原が、午後七時ちょっと前に西国分寺駅前のパチンコ店に姿を現すことは、実に容易なことではありませんか」

「うむ、犯行の直後にパチンコ玉を弾きたくなる心理が、イマイチよく判らないが、時間的には充分に可能だろうな」

「パチンコ店を訪れたのは、興奮を鎮めるためだったのかもしれません。あるいは日曜の夕方にその店でよく遊んでいたから、普段どおりの行動を心がけたということかも。いずれにせよ、アリバイ工作を目論んでの行動ではないはずです。彼のアリバイは、あくまでも偶然の産物だったわけですから」

「なるほど、確かに君のいうとおりかもしれない。だが、それでもまだ腑に落ちないところがあるな」といって、あらためて正木は浦本響子に向きなおった。「なぜ、美穂さんは荻原と休日に二人で会ったんでしょうか。荻原は彼女に気があったようだけれど、美穂さんはそれを迷惑がっていたはずでは？」

「ええ、確かにそうでした、表向きは」と音楽教師の口から微妙な答え。「しかし、その実、職場を取り仕切る荻原に対して、美穂は少しずつ惹かれていったのです。だからダブルブッキングした際、荻原との約束のほうを優先したのでしょう」

「そ、そんなぁ……じゃあ、なんで美穂さんは僕との約束を反故《ほご》にしなかったんですか。わざわざ身代わりを立てるようなことをした理由は？」

「保険です」

「保険……」

「ええ、おそらく二番目の男をキープしておきたかったのでしょうね」

「酷いぃーッ。あんまりだぁーッ」空き家の敷地に青年の嘆きの声がこだました。

アンナは同情を禁じ得ない思いだったが、ともかく事件の日、滝口美穂が荻原悠二と一緒だったことは事実らしい。二人がどこで何をして過ごしたのか、それはアンナにも判らない。ひょっとすると、正木・浦本ペアが立川で健全なデートを楽しんでいる間、荻原・滝口ペアは逆方向の吉祥寺《きちじょうじ》あたりで、人目を憚りながらヨロシクやっていた可能性もある。

いずれにせよ、荻原悠二と滝口美穂は帰宅する途上、揃ってエックス山に足を踏み入れた。そこで二人の間に何らかの諍いが起こり、修羅場となったのだろう。荻原は彼女をナイフで刺して逃走した。その後しばらくして、たまたま現場を通りかかったのが、水咲アンナだったというわけだ。

ショックのあまりロクに口も利けない状態の正木に成り代わり、アンナはさらに不明な点を浦本響子に尋ねた。「事件の日、姉妹はどちらも同じ服を着ていたんですか。両者がまったく違う服を着ていたなら、正木さんのデートの相手とエックス山で倒れていた被害者が別人であると、警察もすぐに気付けたはずなんですが」

「ええ、おっしゃるとおりですね。実のところ、私と妹は、まったく同じ服を着ていたわけではありません。ですが、互いに示し合わせて、似たような服装にしたことは事実です。そのほうが後々デートの日の服装が話題になった際に、妙な混乱をせずに済む。そう考えた上での小細工でした」

「やはり、そうでしたか」想像したとおりの答えにアンナは深く頷く。そして「最後に、もうひとつだけ」といって指を一本立てた。「あなたは事の真相を知りながら、それを警察に申し出ることをしなかった。それは、なぜですか」

「ああ、それは説明するまでもないのでは？　あなたはよくご存じのはずです。――ええ、確かに事件の一報を聞いたとき、私は当然それが荻原悠二の仕業に違いないと思いました。にもかかわらず、自ら真相を明かそうとしなかった理由。それは妹にまだ助かる見込みがあったからです。妹が助かるのなら、真相は彼女の口から明かされるから、それでいい。だけど、もし妹が命を落とすようなことがあったら、そのときは――」

「そのときは自らの手で荻原に復讐《ふくしゅう》の刃を――あなたはそう考えたのですね。だから今夜、あなたはナイフを手にしながら、彼のことを待ち伏せした」

アンナの言葉に、浦本はうなだれるようにして首を縦に振った。「ええ、そのとおりです。しかしまさか、そのことを予見して私の邪魔をする人物がいるなんて……それだけは思いもよらないことでした……」

「復讐なんて、いけません。きっと妹さんだって喜びませんよ」遥か年上の音楽教師に、アンナはまるで年長者のごとく助言した。「あなたのやるべきことは、いますぐ警察に出向いて、すべての真相を打ち明けることです。それが亡くなった妹さんへの何よりの供養になるのではありませんか」

「ええ、でも……」

「大丈夫です。心配いりません。今夜ここで起こりかけたことは、けっして誰にも喋りません。私は何も見なかったし、もちろん彼も——ねえ、そうですよね、正木さん？」

「あ、ああ、もちろんだとも。僕だって何も見ていないさ」

二人の言葉に励まされたように、うなだれていた浦本響子が顔を上げる。その眸に光るものがあった。彼女はそれを指先で拭うと、遅ればせながらアンナに対して大切な質問を口にした。

「そういえば、お名前を……あなたのお名前を、まだお聞きしていませんでしたね。いったい何とおっしゃるのですか。よかったら、ぜひお聞かせください」

「え、私ですか？」照れくさい思いで、アンナは自分の顔を指差す。そして、ひとつ大きく息を吸うと、音楽教師の前でその名を名乗った。「私の名前は水咲アンナ。鯉ケ窪学園の第二文芸部に所属する二年生。この四月から新しく部長となりました。——以前、音楽室で写真を撮らせてもらったこともあるんですけど、憶えていらっしゃいませんか、浦本先生」

親しげな口調でそう呼ぶと、音楽教師は啞然とした表情になって、

「え？　あなた、うちの学園の……生徒なの……？」

あまりに意外な事実を前に、浦本響子はしばし絶句。そして感謝の気持ちを伝えるように、あらためて深々と頭を下げる。そんな彼女たちの傍らには、大きく枝を伸ばす桜の木。舞い落ちる花びらは、季節外れの雪のごとく彼女たちの頭上に降り注ぐのだった。


――『エックス山のアリバイ』閉幕――

※

最後の最後になって《四月》そして《桜》というワードが、まるで言い訳のように出てきて、最後の作品――いや、最初の作品と呼ぶべきか――は終了した。種明かしが済んだから、もう隠しておく必要がなくなった、といわんばかりの開き直った終わり方だ。過去の例に従うならば、原稿を読み終えた僕は、『相変わらず《閉幕》っていうのが大袈裟ですねえ』などとお決まりのツッコミを披露して、作者である水咲アンナ――いや違う、水崎アンナをムッとさせるところだ。

だが、もはやそんな瑣末《さまつ》なことは、どうだっていい。

僕はもっと根本的な疑問を口にした。

「目的は何なんですか。わざわざ、こんなことをする理由って、いったい何です？」

「ん、動機の話か？」水崎先輩は少しの間、考えてから説明した。「動機はアレだよ。その……ほら、痴情の縺れってやつだ。そう、滝口美穂は荻原悠二と複数回の逢瀬《おうせ》を重ねるうち、彼に身も心も奪われてメロメロになったんだな。そして事件当日、エックス山で二人っきりになったところで、彼にいったんだ。『私と結婚して！』とか何とか強引なことを。さあ、それを聞いて荻原は大慌てだ。結婚なんてできるわけがない。なぜって、彼には内縁の奥さんがいて、彼の居酒屋も自宅も、名義はその奥さんのものだったんだからな」

「え、内縁の奥さん？　どこから出てきたんですか、そんなキャラ？」

「あれ？　出てなかったか。――まあ、いいや。表に出ないのが内縁の内縁たる所以《ゆえん》ってことさ。とにかく、そんなわけで荻原悠二と滝口美穂の間に不穏な空気が流れる。そこで業を煮やした彼女が禁断の台詞を口にするわけだ。『私たちの関係を全部、奥さんにバラしてやるから！』とか何とか。次の瞬間、そうはさせじとばかりに、荻原は彼女に襲い掛かったってわけだ。――え、ナイフはどこから出てきたのかって？　ええっと、それはまあ、たまたま持ってたんだろうな。ほら、野蛮な男って、大抵ポケットの中に隠し持ってるだろ、飛び出しナイフとかバタフライナイフを……」

「持ってませんよ！　そんなの持ち歩いているのは、昭和の不良ぐらいですって！」

「じゃあ、きっと荻原って奴は、昭和の不良がそのまま大人になったみたいな、そんな男だったんだろ。とにかく、荻原が滝口美穂を刺した理由は、そんなところさ」

「なるほど、そうですか……って、いやいや、違いますよ！」つい納得しそうになる寸前で、僕は慌てて首を左右に振った。「僕が聞きたいのは、作中の登場人物が犯行に至る、その動機じゃありません。そもそも作中人物が何の目的でどんな悪事を働こうが、そんなの僕にとっては、どうだっていいことですから！」

「おいおい、身も蓋もないことというなよ。いまのは、とんだ興醒め発言だぞ。少なくとも作者の前でいうようなことじゃない。——謝れ。いいから、謝りなさい！」

「す、すみません。言い過ぎました。謝ります。ごめんなさい」——だけど、いままで身も蓋もない興醒め発言を繰り返してきたのは、むしろ先輩のほうですからね！　心の中で無言のツッコミを入れながら、僕はあらためて彼女に尋ねた。「僕が聞きたいのは、わざわざ先輩がこんな妙なことをした、その動機ですよ。なぜ先輩は連作短編を逆から読ませるような真似をしたのか。その動機を知りたいって、僕はいってるんですよ」

「ん、ああ、そっちか……うん、そっちの動機ね……」

そう呟く先輩の視線が、たちまち面白いほどに中空をさまよう。まるで寂れたプレハブ小屋のどこかに、失《な》くした《動機》の欠片《かけら》を見出《みいだ》そうとするかのようだ。

「どうしたんですか、先輩？　何か理由があって、こんなことをしたんでしょ？　何の理由もなく、こんな面倒な真似、するわけないですもんね。だって一年がかりですよ。一年かけて先輩はこの企みを、僕を相手に実行した。当然、そこにはちゃんとした目的がありますよね？」

「そ、それは、まあ、そうだな……」

「だから僕はその目的を聞いてるんですよ。判ってます、先輩？」

「わ、判ってるさ、そんなこと……判ってるけど、それは、つまりだな……早い話が要するに……そう、君を降参させるためだ。私は絶対に解けない謎でもって、君を屈服させようと思ったわけだ。うん、そう、そういうことだ……」

「はあ、そうですか。確かに先輩のいうとおり、これは絶対に解けない謎でしたよ。なにしろ最初の話で死んだはずの人物が、最後の話ではピンピンして現れるんですからね。そりゃあ僕だって、白旗を上げるしかなかったですよ」

そう、確かに僕は降参した。アリバイの謎を解き明かすことができないまま、彼女の前で『参りました』と頭を下げて、それでようやく解決篇を読ませてもらったのだ。先輩の勝手に決めたルールに従うならば、敗北を喫した僕は、もうすでに第二文芸部の正式な部員ということになるのかもしれないが――「じゃあ、先輩は僕を負かして部員にするために、こんな真似を？　だけど先輩、そうまでして僕のことを部員にしたがる理由って何なんです？　第二文芸部を存続させるため？　先輩が卒業したら、第二文芸部は部員がゼロになって廃部が決定的になる。それを回避するため、この僕に白羽の矢を立てた。要するに、それだけのことですか？」

「そ、そうだな……それもある……」相変わらず視線の定まらない水崎先輩は、長い黒髪を右手で掻き回しながら、「で、でも、それだけのことじゃないぞ……」

「はあ、それだけじゃない――って、じゃあ、何なんです？」

なおも執念深く問い詰める僕。すると、なぜか先輩は両の頬を真っ赤にしながら、

「な、何なんですって……ああもう！　おまえ、そんなことも判んないのかよ！」

と、この期に及んで、いきなり僕のことを《おまえ》呼ばわり。そんな彼女は唖然とする僕の前でデスクの天板をバシンと叩くと、噛み付くような大声でいった。

「そんなのッ！　おまえのことがッ！　好きだからにッ！　きまってんだろーがッ！」

「…………」

瞬間、プレハブ小屋の空気はピシッと音を立てて凍りついた。思いがけない水崎先輩からの《告白》を耳にして、回転椅子に座る僕の身体がグラリと傾ぐ。「え、え、えぇぇぇーッ！」

気が付くと、僕は椅子から滑り落ちて、床に尻餅をついていた。彼女の立ち姿を見上げる僕は、わなわなと唇を震わせながら、「せせせ、先輩、いま何とおっしゃいました？」

「二度もいえるか、馬鹿！」水崎先輩は腕組みした姿で、とうとう耳まで赤くなった顔をプイッとそむける。そして意外な告白の続きを口にした。「おまえが部員になれば、第二文芸部は存続する。自動的に君が新部長だな。私は部のＯＧとして、あるいは前部長として、堂々とおまえに会いにいけるじゃないか。だから、私が卒業するまでには、必ずおまえのことを部員にしておきたかったんだ」

「せ、先輩……．そんなにまで僕のことを……」

彼女の思いの強さに衝撃を受けた僕は、震える両足で床の上から立ち上がる。そして自らの抱く率直な感想を、目の前の彼女へとぶつけた。「でも先輩……先輩って卒業した後も、この部室にくる気でいるんですか？」

「はあ……きちゃ駄目なのか⁉」

「いや、駄目っていうか何ていうか……え、わざわざ僕に会うためだけに？　どういうことなんですか、それ？　まるでストーカーみたいですよ、先輩のいってること……」

「誰がストーカーだよ！　戸惑うな、馬鹿！」水崎先輩は自らの顔面を指差しながら、「だいたい、私レベルの美少女に告《こく》られたら、普通はもっと喜ぶもんだぞ！」

「喜べませんよ。先輩、ちょっと変ですって。何ていうか、常軌を逸してるっていうか思い込みが激しすぎるっていうか、ほとんど変態的じゃありませんか。前々から変わった人だとは思っていたけど、正直、想像以上でした。僕もう、なんかちょっと怖いですよ、先輩のこと」

「怖がるなよ——ていうか失礼だろ。仮にも部長である私に向かって、ストーカーとか変態とか、そんな言い草があるか。おい、忘れるなよ、さっき私の前で降参した瞬間から、おまえはもう第二文芸部の正式な部員なんだからな」

「えー、嫌ですよぉ。そんな先輩が決めた一方的なルールに、なんで僕が従わなくちゃいけないんですか。僕はただ解決篇を読みたかっただけで、部員になる気はべつにぃ……」

「こらこら、《べつにぃ》じゃないだろ。ここまで私にいわせておいて、おまえ、まさか逃げる気じゃあるまいな？　それはいくらなんでもズルいぞ。あまりに酷すぎる。おまえは、この私の純真な乙女心を弄ぶつもりか！」

「べつに弄ぶつもりはありませんけど、そう思われるなら、それでも結構です。なんなら、それで僕のことを嫌いになってくれても構いませんよ」

「なんだよ、その開き直ったような言い草は！　それが一年生部員の三年生部長に対する態度か！」先輩は長い髪を揺らしながら、僕の前に鬼の形相で立ちはだかると、「逃がさんぞ。おまえのことは絶対、逃がさんからな！」

両手を広げた姿で通せんぼする水崎先輩。その眸は爛々《らんらん》とした輝きに満ちている。

そんな彼女に対して、僕は右に左にステップを踏みながら語りかけた。

「ねえ、水崎先輩、あなたに無理やりミステリを読まされたこの一年間は、僕にとってもなかなか愉快な時間でしたよ。正直、僕は先輩のファンになりました。いえ、あくまで先輩の作品のファンって意味ですよ。それにミステリのことも、結構好きになりましたしね。その意味で先輩には感謝しています。この先も先輩と過ごした日々のことは、けっして忘れないでしょう。——けれど！」

といった次の瞬間、僕はひとつフェイントをかけて、彼女の脇をすり抜けた。その動きに翻弄された先輩は、バランスを崩して床に片膝を突く。その隙にプレハブ小屋の引き戸を一気に開け放ち、僕はひとり外へと飛び出す。そして、くるりと後ろを振り向くと、床にしゃがみ込んだ彼女に向かって、軽く片手を挙げながら、「けれど、もう先輩には付き合いきれません。第二文芸部の後釜は、誰か他の人に譲ってくださいね。それじゃあ――」

別れの挨拶を告げるや否や、ひとり踵を返して駆け出す僕。その背中に向かって、水崎先輩の容赦ない罵声が浴びせられた。

「馬鹿馬鹿！　この卑怯者《ひきょうもの》ッ、大嘘つきッ、詐欺師ッ、悪党ッ……だけど……だけどッ！」

次の瞬間、僕の背後でひと際、大きな絶叫が響き渡った。

「だけど、嫌いになんて絶対なってやらないからなぁ――ッ！」

第二文芸部部長、水崎アンナ先輩の魂の叫びは、鯉ケ窪学園の日当たりの悪い裏庭全体に轟き、そして日没間近の三月の空へと吸い込まれていった。

初出誌
「月刊ジェイ・ノベル」
文芸部長と『音楽室の殺人』　二〇一五年九月号、十月号
文芸部長と『狙われた送球部員』　二〇一六年十一月号、十二月号
「web ジェイ・ノベル」
文芸部長と『消えた制服女子の謎』　二〇一七年十月十七日、十一月十四日配信
文芸部長と『砲丸投げの恐怖』　二〇一八年十二月十八日、二〇一九年一月十五日配信
文芸部長と『エックス山のアリバイ』　二〇二〇年一月二十一日、二月二十五日配信

本作品はフィクションです。実在する人物および団体とは一切関係ありません。（編集部）

[著者略歴]
東川篤哉（ひがしがわ・とくや）
1968年広島県生まれ。岡山大学法学部卒。2002年、カッパ・ノベルス新人発掘シリーズ『密室の鍵貸します』でデビュー。11年、『謎解きはディナーのあとで』で本屋大賞受賞。ユーモア本格ミステリ屈指の書き手として幅広い世代から愛されている。著書に、本作と同じく鯉ケ窪学園が舞台の『放課後はミステリーとともに』『探偵部への挑戦状　放課後はミステリーとともに2』のほか、『館島』『交換殺人には向かない夜』『ハッピーアワーは終わらない　かがやき荘西荻探偵局』『伊勢佐木町探偵ブルース』『魔法使いと最後の事件』など多数。

君《きみ》に読《よ》ませたいミステリがあるんだ

2020年7月20日　初版第1刷発行
2020年8月10日　初版第2刷発行

著　者／東川篤哉
発行者／岩野裕一
発行所／株式会社実業之日本社
〒107-0062
東京都港区南青山5-4-30　CoSTUME NATIONAL Aoyama Complex 2F
電話（編集）03-6809-0473　（販売）03-6809-0495
https://www.j-n.co.jp/
小社のプライバシー・ポリシーは上記ホームページをご覧ください。

ＤＴＰ／ラッシュ
印刷所／大日本印刷株式会社
製本所／大日本印刷株式会社

ISBN978-4-408-53758-0（第二文芸）